KB077008

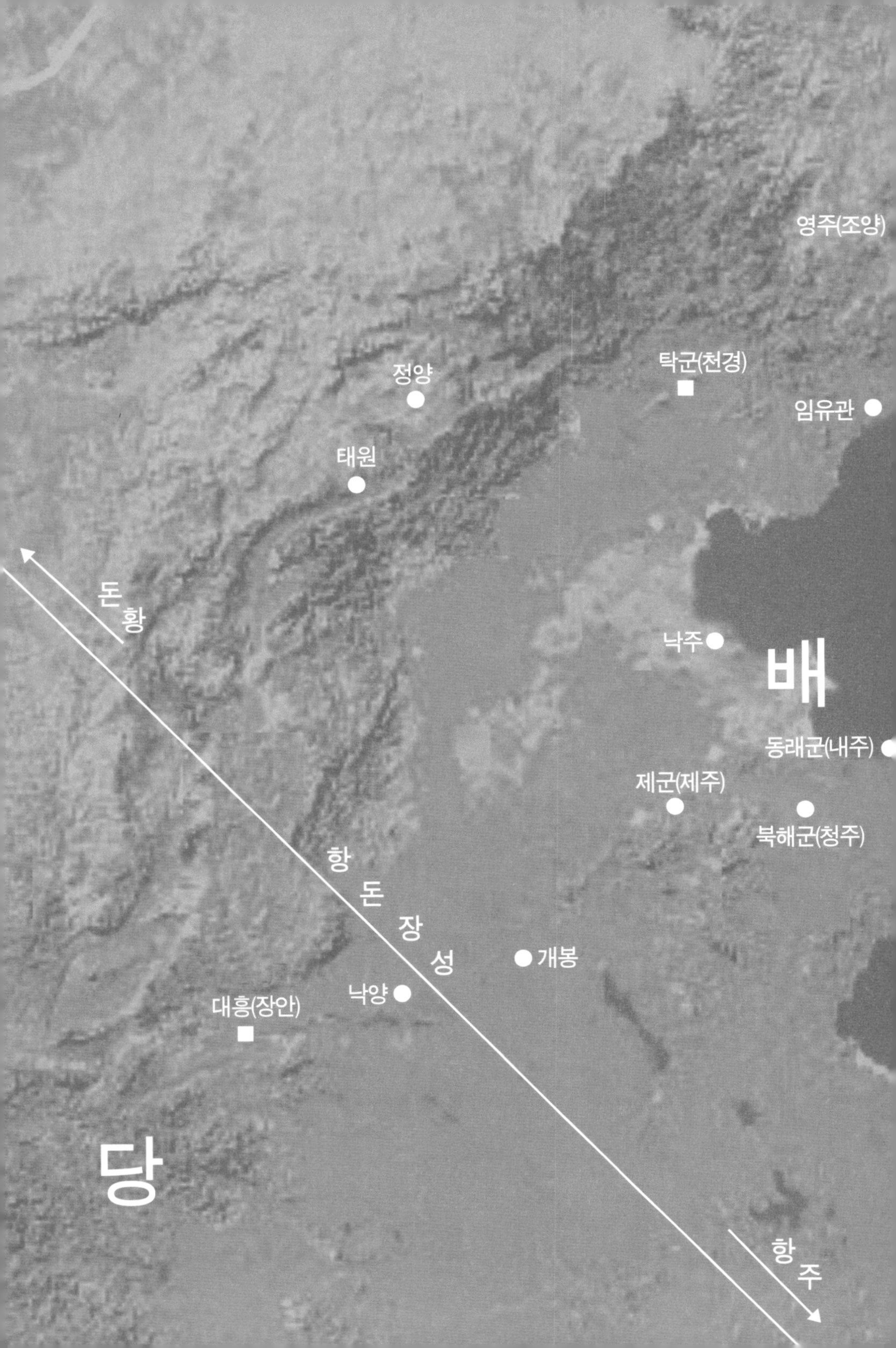

영주(조양)
탁군(천경)
정양
임유관
태원
돈황
낙주
배
동래군(내주)
제군(제주)
북해군(청주)
항돈장성
개봉
낙양
대흥(장안)
당
항주

요동성
비사성(대련)
장안성(평양)
원산
남포
부소갑(개성)
익현현(속초)
달 국
칠중성(파주)
만노군(진천)
당성(화성)
국원성(충주)
웅진성(공주)
중천성(부여)
서라벌(경주)
기벌포(장항)
월나(영암)
이도성
대마도(두섬)
탐라
국지성

# 시의 나라

신의 나라

신영진 장편소설 ②

초판 인쇄 | 2012년 12월 27일
초판 발행 | 2013년 01월 01일

지은이 | 신영진
펴낸이 | 신현운
펴낸곳 | 연인M&B
기 획 | 여인화
디자인 | 이희정
마케팅 | 박한동
등 록 | 2000년 3월 7일 제2-3037호
주 소 | 143-874 서울특별시 광진구 자양로 56(자양동 680-25) 2층
전 화 | (02)455-3987 팩스 | (02)3437-5975
홈주소 | www.yeoninmb.co.kr
이메일 | yeonin7@hanmail.net

값 13,000원



ISBN 978-89-6253-124-4 04810
ISBN 978-89-6253-122-0 04810(전5권)

## 삼년산성 대첩

험한 전쟁에 나가는 귀장들에게 황제로서 당부할 말은 무사히 돌아오라는 한마디뿐이요.
덧붙이자면 한순간에 목숨이 왔다 갔다 하는 전쟁터에서 그러기가 쉽지는 않겠지만,
비록 적이라 할지라도 함부로 죽이는 일이 없도록 하시오.

신영진 장편소설 2

대제국

# 신의 나라

백성을 보호하지 못하는 나라는 나라가 아니다…
참으로 명언 중에 명언이외다.

연인M&B

차례

# 눈에 띄는 인재들

태황제는 상업 총감 민진식과 조영호를 대동하고 마산 포구에 나가 있었다. 두 달 전, 민진식은 상업 총감이 되자마자 마산 포구에 있는 상단을 찾아가 우두머리인 목관효를 만났다. 그는 자신을 구봉상단의 강수(綱首)라고 소개했다.

삼국시대에는 상단의 우두머리를 강수라고 불렀으며 조선 시대로 들어와 행수라고 불렀다는 것을 잘 알고 있었기 때문에 무역학을 전공한 민진식은 그를 깍듯이 대우해 주었다.

자신들은 천하를 평정하고 세상을 다스리라는 천제(天帝)의 명을 받아 하늘에서 내려왔으며, 이제 나라를 열고 백성들이 잘살 수 있는 나라를 만들려 한다는 뜻과 함께 천명(天命)을 수행하는데 동참해 달라는 말을 넌지시 건넸다.

목관효는 목관효 대로 당성을 장악한 무리가 하늘에서 내려온 천장들이라는 소문에 반신반의하고 있었으나 불과 며칠 뒤, 바로 옆에 있는 화량 포구가 밤에도 전깃불로 대낮처럼 밝혀지는 것을 보고 나서는 그 소문이 헛소문이 아니라는 것을 깨닫게 되었다.

그러나 신라 땅이던 이곳을 배달국이 장악하고 나서는 서라벌을 오가는 육로 길도 막히고, 자신들이 있는 마산포에는 전깃불도 밝혀 주지 않자 하늘에서 온 장수들로부터 버림을 받았다고 생각하고 있던 참이었다.

그런데 천장 중에 한 사람이 일부러 찾아와서 자신들의 일에 동참해 달라고 부탁하니 그의 입장에서는 춤이라도 추고 싶은 심정이었다. 목관효는 기꺼이 동참하겠다는 약조와 함께 배달국에 충성을 맹세했다.

보고를 받은 배달국 태황제는 목관효에게 수군 중령의 계급과 함께 '제국상단' 이라는 상호까지 내려 주었다.

바로 그즈음에 태황제는 신라군들로부터 노획했던 무기들을 녹여 농기구를 만들라는 명을 내렸고, 쇠를 달구기 위한 석탄이나 숯이 당장 필요한 실정이었다. 그러나 근처에는 석탄 광산도 없었고, 숯을 굽는 숯가마도 없었기 때문에 어려움을 겪고 있던 참이었다. 이때 교역을 담당할 목관효가 장수로 들어왔으니 배달국 조정에서도 여간 다행한 일이 아니었다.

당연히 목관효에게 숯을 구해 오라는 첫 임무가 부여되었고, 그는 상단을 구성해 현대에서는 삼척이라고 불리는 곳인 실직군(悉直郡)까지 가서 숯을 구해 왔다. 그 외에도 배달국에서 필요로 하는 물건이라면 자신이 여태까지 모은 재물을 팔아서라도 기필코 구해 왔다. 이렇게 되자 상업 총감 민진식은 그를 격려할 필요가 있다고 느끼고 오늘 태황제를 모시고 나온 것이었다.

비조기가 선착장 모래밭에 착륙하자 제국상단이라고 쓴 긴 깃발이 걸린 집에서 목관효가 뛰어나와 태황제를 향해 넙죽 엎드렸다. 그는 얼마 전에 수항궁(守港宮)에서 자신을 수군 중령으로 임명하고, 상호까지 내려 주던 태황제의 얼굴을 똑똑히 기억하고 있었다.

"폐하! 소신 제국상단 강수 수군 중령 목관효, 태황제 폐하께 문후 올리옵니다. 이렇듯 누추한 곳까지 행차하시어 소신 몸 둘 바를 모르겠사옵니다."

"목 강수! 어서 일어나시오. 과인은 상업 총감으로부터 목 중령이 우리 제국에 충성을 다하고 있다는 것을 누누이 들어 잘 알고 있소. 그래서 일부러 왔어요."

"폐하! 소신 감읍할 따름이옵니다."

태황제는 그가 한글을 오랫동안 배운 사람처럼 능숙하게 말을 잘하자 속으로 어찌된 영문인지 궁금했다. 인사를 마친 목관효는 어찌했으면 좋겠느냐는 표정으로 상업 총감인 민진식을 쳐다보았다.

"목 중령! 폐하를 밖에 계속 서 계시게 할 참이요?"

40대 중반의 목관효는 태황제의 방문이 예상도 못했던 일이라 허둥대는 모습이 완연했다.

"황공하옵니다! 어서 안으로 드시옵소서."

"고맙소."

상단 건물은 근처에서는 보기 드물게 큰 가옥이었고, 집안 곳곳에는 상품들이 쌓여 있었다. 일하는 사람들은 가끔 제국상단을 드나드는 군복 차림의 상업 총감을 보아 왔었기 때문에 옷차림을 보고 하늘에서 내려온 천장들이 방문했다는 것은 알아챘지만, 태황제라는 사실은 까마득히 모르고 있었다.

방 안은 호화로움이라고는 찾아볼 수 없을 만큼 단출했다. 한쪽에는 앉아서 쓰는 책상인 서안(書案)이 놓여 있었고, 구석에는 장식이 없는 미닫이와 얕은 장롱 위에 이부자리가 가지런히 놓여 있을 뿐이었다.

"폐하! 잠시만 기다려 주시옵소서. 다과상을 내오라고 이르겠사옵니다."

"그러시오."

잠시 밖으로 나갔던 목관효가 다시 들어와 무릎을 꿇고 앉았다.

"너무 누추하여 폐하를 모시기가 부끄럽사옵니다."

"그렇지 않소. 그런데 과인이 궁금한 것이 있소."

"하문(下問)하여 주시옵소서."

"원래 목씨라는 성씨는 주로 백제 쪽에 많은 것으로 알고 있었는데 그렇지 않소?"

"그렇사옵니다. 연유를 말씀드리면, 본디 이곳은 백제 땅이었으나 이백여 년 전에 고구려가 한성*을 비롯해 이곳까지 빼앗았사옵니다. 먼 조상 때부터 이곳에 기반을 내려온 소신의 집안은 백제에서 이곳을 도로 찾을 것이라 굳게 믿고 그대로 생업을 계속해 왔사옵니다. 허나 이번에는 신라 진흥왕이 이곳을 공격하여 신라 땅이 되었사옵니다. 이때 강수이던 소신의 아비는 사비로 가려 했으나 조부가 갑자기 병을 얻어 급사(急死)*하는 바람에 어쩔 수 없이 그대로 눌러앉게 된 것이옵니다."

그가 장황하게 늘어놓는 내용은 역사의 한 토막이었고, 계속되는

* 한성: 현재의 서울 강동구.
* 급사(急死): 갑자기 죽음.

삼국 사이의 전쟁으로 말미암아 백성들이 당했던 고충을 여실히 알 수가 있었다.

"그렇다면 목 강수는 원래 백제 사람이란 말씀이 아니요?"

"그렇기도 하옵니다만, 저희 같은 미천한 것들이야 목숨이나 부지할 수 있다면 어디인들 매한가지가 아니겠사옵니까?"

"흠, 과인이 생각해 볼 때 적지 않은 세월 동안 이곳에서 상단을 꾸려 왔다면 더 큰 기업을 이루었을 텐데 생각보다 규모가 작은 이유는 무엇이요?"

"소신의 윗대에서는 상단 규모가 지금보다 훨씬 컸었사옵니다."

진봉민은 사연이 있을 거라 생각하고 내쳐 물었다.

"그런데 작아진 이유는 무엇이요?"

"신라가 이곳을 점령하고 난 후에는 아래에는 백제가 있고 위에는 고구려가 있어 활동 영역이 좁아질 수밖에 없었사옵니다. 그러니 가업을 유지하는 것조차 힘들어질 수밖에 없었고 간신히 식솔이나 건사하면서 지냈사옵니다. 물론 대륙에 있는 산동으로 길을 나면 상당한 이문을 볼 수가 있으나, 바닷길이 험하여 신이 가지고 있는 작은 배로는 자주 다녀올 수가 없었사옵니다. 그나마 한해에 한 번 정도 날씨가 좋은 때를 택해 다녀오는 것으로 상단을 유지해 왔사옵니다."

"흠…… 그렇다면 배를 크게 만들면 될 것이 아니요?"

"폐하! 배를 크게 만든다는 것이 쉽지도 않을뿐더러 선부서(船府署)*에서 허락을 해 주지 않았사옵니다."

"거기서는 왜 허락을 해 주지 않은 것이요?"

"지금 서쪽 바닷길 대부분은 백제가 장악하고 있사옵니다. 이곳은

* 선부서(船府署): 선박에 관한 일을 감독하는 신라 조정에 설치된 관청.

백제와 가깝기 때문에 잘못하면 큰 배는 그들에게 빼앗길 우려가 있다는 이유였사옵니다. 그래서 이곳에 있는 배 중에서 그나마 큰 배라는 것은 사신들을 수나라로 실어 나르는 사송선(使送船) 두 척과 아리수 유역에서 조세로 받은 쌀을 운반해 오는 조운선 두 척이 전부였사옵니다."

"허어! 그런 이유가 있었구려."

"하온데 폐하께서 당성에 있던 사송선과 조운선을 저희 제국상단에 배속해 주셔서 원행도 가능하게 되었사옵니다. 소신 감읍할 따름이옵니다."

사실은 배가 적은 것을 안타깝게 생각한 상업 총감인 민진식이 폐하께서 하사하셨다면서 사신들이 수나라를 왕래할 때 쓰던 사송선 2척과 조세미를 운반해 오던 조운선 2척을 제국상단에 준 것이었다.

"사송선은 몇 명이나 탈 수 있소?"

"사십 명이 탈 수 있사옵니다. 하오나 사송선은 사람을 주로 나르도록 만들어졌기 때문에 물품을 싣기에는 불편한 점이 있사옵니다. 조운선 두 척이 그나마 물목(物目)*을 많이 실을 수가 있사오나 가까운 바다에서 쓰는 배라 대륙을 왕래하기에는 아무래도 위험하옵니다."

"흠…… 그렇구려. 그런데 목 강수는 우리말을 배울 틈이 제대로 없었을 터인데 어떻게 그리 말씀을 잘 하시요?"

"폐하! 장사꾼이 가장 중요시하는 것이 말이옵니다. 서로 말이 통하지 않으면 장사도 할 수가 없사옵니다. 소신의 여식이 학당에서 글을 배워 와서 소신에게 가르쳐 준 것이옵니다."

* 물목(物目): 물품.

배달국에서는 제국군 중에 한글 강사로 선발된 5백 명을 당성 근방에 있는 각 촌락으로 파견하여 한글을 가르치고 있었다.

"흠, 그렇구려. 수나라 땅인 산동과는 어떻게 교역을 했소?"

"산동은 원래 수나라가 들어서기 이전인 연나라 때까지는 백제와 가까운 관계였사옵니다. 얼마나 가깝게 지냈으면 그곳을 대륙 백제라고까지 했겠사옵니까? 그 후에 수나라가 들어서고 나서 그때보다는 관계가 소원해졌지만 지금도 그곳에는 백제나 신라 말을 쓰는 자들이 적잖이 있사옵니다."

새로운 사실을 알게 된 진봉민은 속으로 크게 놀라고 있었다. 왜냐하면 현대 역사학자들이 왈가왈부하던 산동 지방과 백제와의 밀접한 관계에 대해서 막상 이곳에 와서 들으니 사실이었기 때문이었다.

"흠, 그렇다면 그곳과는 지금도 교역이 그리 어렵지는 않겠구려."

"수나라 수군들이 막고 있기는 하지만 금지하는 물목이 아닌 한 크게 어렵지는 않사옵니다."

이때, 밖에서 앳된 목소리가 들렸다.

"아버님, 다과상을 준비하였습니다."

"안으로 들이도록 하라."

"예……."

대답과 동시에 여닫이문이 열리면서 곱게 차려입은 소녀가 작은 개다리소반에 정갈하게 차려진 다과상을 들고 들어왔다.

"얘야, 어서 폐하께 문후를 올려라."

말이 끝나자, 태황제 앞에 조심스럽게 다과상을 내려놓은 소녀는 뒤로 물러나 사뿐히 큰절을 하면서 입을 열었다.

"미천한 소녀 목단령, 폐하께 문후 여쭈옵니다."

태황제 진봉민이 살펴보니 촌구석에 있는 소녀답지 않게 흰빛의 고운 얼굴과 이목구비가 반듯하여 상당한 미인이었다.

"반갑소! 자리에 편히 앉으시오."

"예에……."

"나이는 몇이요?"

"소녀 열다섯이옵니다."

"흠…… 낭자가 부친에게 우리 제국의 말과 글을 가르쳐 주었다는 말을 들었소. 그래? 한글을 공부해 보니 어떠시오?"

"폐하! 대륙에서 건너온 문자보다 쓰기도 편하고, 쓴 대로 말하면 되니 가히 하늘에서 쓰는 글이라 그런지 아름답다고 여기옵니다."

"하하하! 아름다운 글이라……? 배우기는 어떠하오?"

"배우기 또한 스물여덟 글자만 알면 되니 배운다고 할 것도 없었사옵니다."

부끄러운지 발그레한 복숭아 빛으로 얼굴을 물들이며 말하는 모습이 참으로 앙증맞아 보였다.

"그렇소? 그렇다면 다행이요. 백성들이 쓰고 말하기가 편하다면 더할 나위 없이 흐뭇한 일이요."

말을 듣는 목단령은 살며시 태황제를 쳐다보다가 눈이 마주칠까 얼굴을 붉히며 얼른 시선을 내리깔았다.

이때, 옆에 앉아 있던 목관효가 처음 보는 딸의 행동을 눈치채고는 한마디 거들었다.

"폐하! 소신이 늦은 나이에 얻은 자식이라 부족한 것이 많으나, 대륙에 들를 때마다 여러 방면의 서책을 구해 와 익히게 하였사온데 총기가 있는지 제법 학문에 눈을 떴사옵니다. 다행히 상재(商才)가 있어 요사이는 상단 살림을 맡기고 있사옵니다."

"호! 그렇구려…… 상업 총감!"

"예, 폐하."

"상업에 재주가 있는 자들에게는 주판(珠板)과 아라비아숫자를 가르쳐 보도록 하시오."

"예…… 알겠습니다. 지금 이들이 사용하는 주판은 중국에서 건너온 일곱 알짜리라서 그렇지 않아도 네 알로 바꿀 필요를 느끼고 있었습니다. 아라비아숫자 교육에는 생각이 미치지 못했는데 곧 교육계획을 수립하여 실시토록 하겠습니다."

"음, 목 강수는 여식을 아주 곱게 길렀구려. 총명한데다가 학문까지 갖추었다니…… 장중보옥(掌中寶玉)이겠소?"

"황공하게도 폐하께서 칭찬해 주시니 몸 둘 바를 모르겠사옵니다."

"하하하! 빈 말이 아니라, 사실이요."

"소신, 감읍하고 황공한 마음 금할 수가 없사옵니다."

"목 강수가 우리 배달국에 입조(入朝)한 후, 충성심과 노고가 크다는 말을 여러 차례 듣고 일부러 만나 보고 싶어 이렇게 왔던 것이요. 앞으로도 배달국 장수로서 애를 써 주시오. 과인은 이만 돌아가야겠소."

"폐하! 소신 폐하께 신명을 다 바쳐 충성을 다할 것이옵니다."

"고맙소, 목 중령! 그리고 과인이 목단령 낭자를 만난 기념으로 이것을 드리겠소. 쓰는 법은 작은 모필(毛筆)을 쓰듯이 종이에 쓰면 될 것이요."

말을 한 태황제는 준비해 왔던 볼펜과 프린트용 종이 한 묶음을 건네주었다. 떨리는 손으로 받아 든 목단령은 발그레한 얼굴로 감사의 인사를 했다.

"폐하! 이렇게 귀한 하사품을 내려 주심에 소녀 감읍하여 몸 둘 바를 모르겠사옵니다."

"하! 하! 마음에 든다면 다행이오."

말을 마친 태황제인 진봉민은 밖으로 나와 상업 총감 민진식과 조영호의 호위를 받으며 비조기에 올랐다.

비조기가 완전히 이륙할 때까지 마산포 나루에는 목관효 부녀와 제국상단에서 일하는 식솔들이 나와 모두 허리를 굽힌 채 마중하고 있었다.

돌아오는 길에 진봉민이 입을 열었다.

"앞으로 목관효를 더욱 중히 써야 할 것이요. 산동에도 근거를 마련할 수 있도록 지원해야 할 것이고, 우리가 생산하는 물품들을 교역할 수 있도록 큰 화물선도 만들어 주어야 할 것이요."

"당연하신 말씀입니다. 농업 총감이 가지고 온 인삼 씨가 파종되어 대량생산이 되면 홍삼뿐만 아니라, 앞으로 생산될 공업 제품도 교역을 할 수 있도록 지원해 나가겠습니다."

"그래야 할 것 같소."

진봉민은 수항궁으로 돌아오자마자 조영호만을 대동하고 이번에는 '제국공방' 이라고 이름 붙인 단야공방(鍛冶工房)으로 향했다.

이 시대에 단야공방이라 하면 대장간을 말하는 것이었지만, 광공업 총감인 강진영의 지휘 하에 일반적인 대장간보다는 꽤나 큰 규모의 시설을 만들어서 제국공방이라고 이름을 붙인 것이다.

배달국은 포로와 군사들 중에서 기술을 가진 자를 파악해 3백여 명의 장인들을 찾아내었다. 그중에 철을 다루는 장인(匠人) 1백여 명이 이곳에서 일을 하고 있었다. 그들에게는 특별히 노역이 면제되었고, 군사훈련과 한글교육을 실시하고 나서 배달국 계급을 부여한 다음 이곳에서 철제 물품을 만드는 일을 시키고 있었다. 요사이 그들이 하고 있는 작업은 군사들이 사용하던 무기를 녹여 쟁기 날이나 호미, 삽 등 농기구를 만드는 일이었다.

작업장 칸막이마다 숯불을 지핀 야로(冶爐) 하나에 여러 명이 달라붙어 작업을 하고 있었는데, 불게 달아오른 쇠를 두드리는 그들의 망치 소리가 꽤나 요란스러웠다.

태황제인 진봉민이 이곳을 방문한 것은 이번이 처음이었다.

황제가 방문했음을 총감에게 알리겠다는 조영호의 말에 작업에 방해할 필요가 없다고 만류한 진봉민은 한 칸, 한 칸 작업장을 살피며 천천히 돌아보았다. 이곳에 있는 장인들은 이미 광공업 총감인 강진영이 군복 차림으로 자주 들르기 때문에 평소에 보던 차림새인 진봉민 일행을 크게 의식하지 않고 옆으로 지날 때에 허리를 굽혀 예를 표할 뿐이었다. 이들을 지휘하고 있는 강진영이 작업의 능률성을 위해 벌써 오래전부터 그렇게 하도록 지시한 것이었다.

작업장을 둘러보는 진봉민은 직감적으로 작업장 칸막이마다 10명의 장인이 있으며 그들 10명 중에는 1명의 책임자가 있다는 것을 알아챘다. 칸마다 둘러보며 앞으로 나아가던 진봉민이 한 곳에 머물러 작업하고 있는 광경을 한참 동안이나 물끄러미 지켜보고 있었다.

옆에 함께 있던 조영호는 태황제가 10여 분 동안이나 그 칸만 물끄러미 쳐다보고 있는 것이 이상해서 여러 번 살펴보았지만 다른 칸과 별 차이를 발견할 수가 없었다.

이때 진봉민이 작업장 안으로 천천히 들어갔다.

"그대가 이 칸의 책임자인가?"

진봉민의 물음에 아주 어려 보이는 청년이 진봉민을 향해 허리를 한 번 굽히고는 대답을 했다.

"그렇습니다, 장군님!"

"이름은 무엇인가?"

"배달국 육군 소위 쇠동이라 합니다."

"그래? 다른 곳에는 여러 명이 각자 따로 일을 하는데 이곳은 어째서 둘씩 짝을 지어 일을 하는 것이냐?"

"그것은 일을 더 빨리 할 수 있어서 그렇습니다."

"어째서 더 빨리 할 수 있다는 말이지?"

"장군님! 우리가 지금 하고 있는 일이 쓰던 무기를 녹여서 농기구로 만드는 것이 아니겠습니까?"

"그런데?"

"원래 보통 철괴는 물러서 작은 망치로도 쉽게 농구를 만들 수 있지만, 이것들은 이미 망치로 두드려서 만들었던 물건들이라 단단합니다. 그러니 큰 망치를 높게 올렸다가 내리쳐야 모양대로 쉽게 만들 수가 있는 겁니다. 그렇게 하자면 한 사람은 밑에서 재료를 잡아주고 또 한 사람은 서서 망치질을 해야 더 빠릅니다."

"호오…… 그렇겠구나. 그런데 야장일은 많이 해 보았느냐?"

"태어나서부터 쇠부리질만 보고 살았습니다."

"허허허! 그래? 살던 곳은 어디냐?"

"……."

"왜? 말하기가 싫으냐?"

"아닙니다, 잠시 부모님 생각이 나서 그랬습니다. 지금 부모님 계신 곳은 만노군(萬弩郡: 충북 진천)이고요, 태어나기는 적화현(赤火縣)에서 태어났습니다."

적화현은 경남 합천을 일컫는 삼국시대의 지명이라는 기억이 순간 머리를 스친 진봉민이 물었다.

"그럼, 조상이 가야국 출신이겠구나?"

가야국이라는 말에 그는 자부심이 가득한 표정으로 대답했다.

"장군님께서 어떻게 아십니까? 맞습니다, 할아버지께서 대 가야국 장수였다고 합니다."

"허어…… 그래? 그러면 그대 부친도 야장이시겠구나?"

"그렇습니다! 만노군 야로촌 수야장이십니다."

어느새 그 칸에서 일하던 장인들도 일손을 놓고 두 사람의 대화를 듣고 있었다.

"그런데 어떻게 나이도 어린 그대가 책임자를 맞고 있느냐?"

"장군님께서 나이 같은 것은 따지시지도 않고, 쇠부리를 시켜 보신 후에 고과(考課: 점수)를 매겨 열 명을 장수로 임명했습니다. 소장도 거기에 들어 책임을 맡았고요."

"허어! 그랬구나. 음…… 집으로 돌아가고 싶지는 않느냐?"

"부모님을 보고 싶지만, 하늘에서 오신 태황제 폐하께서 삼한을 통일하시면 자연히 볼 수 있으니 그때까지는 참을 겁니다."

"허허허! 그래 장하구나! 혹시 어려운 것은 없느냐?"

"어려운 것이라면 이곳에 제철로가 없다는 점입니다."

"쇠를 녹이는 화로를 말하는 것이냐?"

"예, 그것만 있다면 이것들을 확 녹여서 새로 만들 수 있으니 일이 훨씬 쉬울 것입니다."
"그렇다면 너의 장군님께 말해 보지 그러느냐?"
"미관말직인 소장이 하늘에서 오신 장군님께 어떻게 함부로 말씀드릴 수가 있겠습니까? 그것은 도리에 어긋나는 겁니다."
"흠, 그럼 제철로를 만들 수는 있느냐?"
"예, 소장이 이곳으로 오기 전에 만들어 보았습니다."
"호오, 그래?"
이때 광공업 총감인 강진영이 허겁지겁 달려왔다. 그가 나타나자 쇠동이가 반가운 기색으로 막 인사를 하려는데 그런 쇠동이를 무시하고 먼저 태황제를 향해 군례를 올리며 말을 했다.
"아니? 폐하! 말씀도 없이 여기는 어쩐 일이십니까?"
"잠시 둘러보기 위해 들렀소. 강 장군은 어디를 다녀오시는 길이시요?"
"예, 김민수 장군에게 이곳에서 만든 농기구를 전달도 할 겸 품목별로 필요량을 알아보고 오는 길입니다."
"하하하! 그랬구려."
그들이 나누는 말을 들은 장인들은 그때서야 자신들을 살펴보던 사람이 황제 폐하라는 것을 알게 되자 모두 꿇어 엎드렸다. 대화를 나누던 쇠동이 또한 어느새 꿇어 엎드려 고개를 푹 수그리고 있는 모습에 진봉민은 피식! 웃음이 났다.
"쇠동이는 일어나라."
"폐하……! 소인이 폐하이신지도 모르고 불경을 저질렀사옵니다."
"괜찮다, 어서 일어나거라…… 그대가 스스로 배달국의 육군 소위라고 하지 않았느냐? 소위면 장수인데 그렇게 용기가 없어서 뭐에

쓰겠느냐?"

"예…… 에……."

대답을 한 그는 얼른 일어나 허리를 굽히고 섰다.

'이자의 쇠 다루는 능력을 알아볼 방법이 없을까?'

하고 잠시 궁리하다가 언뜻 스치는 생각에 넌지시 물었다.

"그래? 쇠를 그렇게 잘 다룬다면서 이번 전쟁에 나올 때 네가 쓸 무기는 직접 만들지 않았느냐?"

진봉민이 묻자, 그는 기어들어 가는 목소리로 대답했다.

"저…… 만든 것은 있사오나…… 그것만큼은 차마 달구지 못하고, 마지막에 달구려고 구석에…… 구석에…… 보관하고 있사옵니다."

사실, 큰 기대 없이 혹시나 하여 물은 것인데 있다는 것이었다.

"오! 그래? 어서 가져와 보거라."

태황제가 가져오라고 명하자, 그는 경을 치게 생겼다고 생각하면서 고철 더미에서 칼 하나를 가져와 공손히 바쳤다.

"이것이옵니다, 폐하! 소인이 손때를 묻히며 만든 것이라…… 아쉬운 마음에 저의 야장(冶場)으로 가져왔었사옵니다."

칼을 받아 든 진봉민은 자세히 살펴보았지만 칼집은 없고, 손잡이만 거친 소가죽으로 덮여 있는 볼품없어 보이는 물건이었다.

한참을 살피던 진봉민이 칼을 내밀며 강진영에게 말을 했다.

"광공업 총감이 좀 살펴보시오."

"예!"

칼을 받아 든 강진영이 손가락으로 검신(劍身)의 넓적한 부분을 튕기자 '채—앵!' 하는 맑은 소리가 났다.

그는 다시 장인이 작업하던 곳에 있던 다른 칼 하나를 집어 들었다. 그러고는 양손에 하나씩 나눠 들더니 다짜고짜 두 칼날을 부딪쳤다.

'챙!' 하는 소리가 들린 후에 두 칼을 살펴보니 쇠동이가 만든 칼날은 큰 흠집이 없었으나 다른 칼날은 거의 반쯤 잘려져 있었다.

강진영이 빙그레 웃으며 입을 열었다.

"폐하! 보시는 바와 같이 이 칼은 명검이라 해도 과언이 아닙니다."

"하! 하! 하! 그래요?"

"그렇습니다. 대단히 잘 만든 검입니다."

"음…… 쇠동이라고 했지?"

"예, 폐하! 한쇠동이라고 하옵니다."

"과인은 그대를 배달국 육군 소령으로 승진시킨다. 그리고 철의 성질을 잘 아니 지철(知鐵)이라는 이름을 내리겠다. 이 검 또한 과인이 보았으니 '견황검(見皇劍)' 이라는 검명과 함께 그대에게 주겠다. 잘 간수토록 하라."

쇠동이는 처음 뵙는 황제 폐하가 자신에게 커다란 은전을 베풀자 무릎을 꿇고 절을 하면서 말을 했다.

"폐하! 소장 배달국 육군 소령 한지철, 크신 은혜에 감사드리옵니다. 앞으로 이 몸이 부서지는 한이 있어도 폐하께 충성을 다하겠사옵니다."

소령 계급이 대단하다는 것은 이미 군사교육을 받으면서 알고 있었고, 특히 자신이 감히 마주 쳐다보지도 못하던 장수들인 해론도 소령이 아니던가! 그런데 자신이 그런 대단한 장수들과 같은 계급인 소령으로 임명되자, 꿈인가 생시인가 분간이 되지 않을 지경이었다.

태황제의 말은 계속 이어졌다.

"광공업 총감!"

"예, 말씀하십시오."

"장군은 한지철 소령에게 제철로를 만들 수 있도록 지원해 주시오."

강진영은 영문을 모르겠다는 눈으로 진봉민을 쳐다보며 되물었다.

"제철로라 하셨습니까? 철을 녹이는 그 제철로 말씀입니까?"

"그렇소! 한 소령이 제철로를 다 만들면 그 책임자로 임명하시오."

"알겠습니다."

"그리고 녹여서 농기구를 만들 병장기 중에 혹시 '견황검' 같은 명품이 있는지도 살펴보도록 하시오."

"예! 알겠습니다."

배달국 태황제가 돌아가자, 제국공방은 잔칫집 분위기였다. 이곳에서 일하는 대부분의 장인들은 군사가 되기 전까지 신라국에서는 철간이라 해서 노비로 취급받던 자들이었다. 그럼에도 황제가 나이도 어린 쇠동이를 격려해 주고 높은 벼슬에 이름까지 내려 주는 것을 보았으니 자신의 일처럼 기뻐하는 것은 당연했다.

훌륭한 인재를 얻었다는 흐뭇한 마음으로 진봉민이 수항궁으로 돌아오니, 총리대신인 강철과 과학 총감인 홍석훈 그리고 이일구, 이휘조 장군이 기다리고 있었다.

"폐하! 어디를 다녀오시기에 그렇게 흐뭇해하십니까?"

"하하하! 오늘 제철 기술이 뛰어난 가야국 후손을 발견하는 바람에 흐뭇해서 그렇소. 그런데 여러분이 기다리신 것을 보니 급한 일인가 보오?"

"그렇습니까? 그것 참 다행스러운 일입니다. 오늘은 좋은 일만 있나 보옵니다."

"아니? 또 무슨 좋은 일이 있으시오?"

"폐하, 우리가 그동안 사용하지 못하던 비조 3호기를 사용할 수 있게 되었습니다."

비조 3호기는 이순신함에서 쓰던 헬기였다.

"호, 그래요?"

"네, 드디어 오늘 압축 탄소 엔진으로 교체를 끝냈습니다. 크레인이 없어 두 달이나 걸렸다고 합니다. 다만, 아직 시험 비행을 해 보지 않아 안전성을 확인하지는 못한 것 같습니다."

"참으로 다행이요. 과학 총감 정말 고생이 많으셨소. 시험 비행은 상당히 위험하다고 알고 있소. 시간을 두고 여러 번 확인한 다음 실시하도록 하시오."

"알겠습니다. 소장보다도 이일구 장군과 이휘조 장군의 고생이 컸습니다."

그러자 이일구와 이휘조는 사양하며 말했다.

"소장들이야 틈틈이 과학 총감께서 시키는 대로 했을 뿐입니다."

"하하! 그래요, 그래! 서로 공을 사양하는 모습도 참으로 보기 좋소."

진봉민이 웃으며 하는 말에 다들 겸연쩍어하면서 그들 역시 웃음으로 얼버무렸다.

"그런데 총리대신!"

"예, 말씀하십시오."

"총리대신을 비롯해 천족장군들은 잘하고 있지만, 앞으로 나에 대한 극존칭어는 쓰지 않도록 해 주시오."

강철은 금방 알아듣지 못했는지 멀뚱히 태황제를 쳐다보았다.

"……?"

진봉민이 설명을 곁들여 다시 말했다.

"변품 장군도 그렇지만 무은 대령이나 해론 소령도 전에 자신들이 모시던 국왕에 대한 어법 때문인지는 몰라도 나에 대해 아주 높임말을 사용하고 있는데 듣기가 거북하오. '하시옵소서, 아뢰옵니다.' 라든가 그런 표현 말이요."

"아! 예, 그런데 저희들이야 아직 습관이 안 되어 쓰지 않고 있지만, 오히려 듣기 좋던데요."

"아니요, 지금 우리가 나누는 정도의 존댓말이면 족할 것 같소. 한글교육을 시킬 때 그렇게 교육하도록 이르시오."

"알겠습니다, 제장들과 검토해 보겠습니다. 이제 드릴 말씀을 다 드렸으니 저희들은 물러가겠습니다."

"그렇게 하시오."

강철을 비롯한 장수들은 진봉민에게 군례를 올리고는 수항궁에서 물러 나갔다. 그리고 며칠이 지난 어느 날이었다.

수항궁에서는 진봉민과 강철이 조용히 대화를 나누고 있었다.

"총리대신, 그렇다면 신라 국왕이던 김백정이 오도 가도 못하게 되자 우리에게 망명을 청한다는 말씀이요?"

"그렇습니다! 반정 세력이 조정 권력을 장악했다는 사실을 안 진평왕은 국면 돌파를 위하여 마지막 희망을 걸고 백제에 도움을 청했지만 이미 반정 세력 쪽과 손을 잡은 백제가 도움을 거절하자 외톨이가 된 것입니다."

"흠! 김백정이 참으로 딱하게 되었구려."

"그뿐만이 아닙니다. 지금 머물고 있는 사복홀이 바로 신라군이 집결해 있는 만노군의 턱밑이라 언제 밀어닥칠지 모르니 더욱 불안할 것입니다."

"그럼, 왜 진즉에 우리에게 의탁하지 않았을까?"

"소장도 그게 의문이었습니다. 그런데 이후 정황을 종합해 보니 김백정은 이곳을 떠날 때 폐하께서 제시하신 조건인 국원소경(國原小京)에서 하슬라에 이르는 땅을 내놓을 생각이 없었던 것 같습니다."

"흠, 그럴 수도 있겠지. 그 땅이 아까워서 우리와 전쟁이라도 벌일 결심을 하면서 돌아가던 길이었는지도 모르겠군. 도중에 반란 소식을 들었어도 자신이 그들을 토벌할 수 있다고 판단한 것이겠고, 결국은 정확한 형세 판단을 못하고 어물거리다가 진퇴양난에 처한 것이고…… 그렇지 않소?"

"아마 틀림없을 것입니다."

"그러면 어떻게 한다……?"

"소장 생각에는 그자를 받아들이는 것이 나을 것 같습니다."

"어째서 그렇소?"

"이 시대로 와 보니 왕에 대한 충성심은 생각보다 특별하다는 것을 느꼈습니다. 그런 이유로 그자를 활용한다면 앞으로 신라 출신 백성들을 다스리기가 훨씬 수월해지리라고 봅니다. 또한, 망명한 장수들의 마음속에 남아 있을 죄책감도 일거에 해소할 수 있는 이점도 있습니다."

"음, 일리 있는 말씀이요. 만약에 그를 받아들인다면 어떻게 대우를 해 주면 좋을 것 같소?"

"육군 대장에 임명해서 농업을 맡기면 어떨까 생각해 봤습니다만…….”

“농업이라……? 글쎄? 농업 부문은 김민수 장군이 현대 농법으로 크게 변화를 시킬 분야인데 그자가 제 역할을 해내겠소? 오히려 시대가 변해도 변화가 적은 광업 분야가 낫지 않을까?”

“폐하! 광업 분야를 맡길 더 큰 이유가 있습니까?”

“흠! 광업은 주로 광산개발이 주가 되는데 갱도 속에 들어가 일을 한다는 것이 어디 쉬운 일이겠소? 앞으로 포로들에게 그 일을 시켜야 할 텐데 그들을 잘 다독거릴 수 있을 것이라고 보기 때문이요.”

“아하! 이해가 됩니다. 그럼, 일단 망명을 허락한다고 전하겠습니다.”

“그렇게 하십시다.”

“그리고 당성토평군 군주였던 임말리를 비롯해서 포로 장수들에 대한 한글교육이 끝난 지도 오래됐는데 어찌하면 좋겠습니까?”

“아! 그 포로 장수들 말이요?”

“예!”

“그들이 우리 배달국을 어떻게 생각하고 있소?”

“변품 장군 말을 들으니 그들은 자신을 무척이나 부러워한다고 합니다.”

“허허! 부러워하다니 무슨 말씀이요?”

“포로 장수들을 자유롭게 행동하게 놔두었더니 망명한 변품 장군을 자주 찾아오는 모양입니다.”

“그래서요?”

“예, 알천 장군은 찾아온 포로 장수들에게 신라에 쿠데타가 일어난 것이라든가 진평왕이 사면초가에 처한 사실 등 최근 정세를 말해 준 것 같습니다."

"그래서요?"

"포로 장수들도 나름대로 생각을 해 보았을 터이고 장래가 암담했겠지요. 그래서인지 천명을 받고 온 분들을 섬기니 얼마나 좋으냐고 하면서 부러워하는 내색을 여러 번 하더랍니다."

"교육도 끝났는데 그들은 뭐하고 지내는 것이요?"

"요사이 우수기 장군을 비롯해 천족장군들이 번갈아 가며 도로 공사를 지휘하는데 그곳에도 따라 나가고, 어느 날은 홍석훈 장군과 박영주 장군이 지휘하고 있는 군항 공사에 따라 나가 돕는다는 말도 들었습니다."

"그렇다면 진평왕이 오는 대로 그들도 배달국 장수로 받아들입시다."

"알겠습니다. 소장도 그렇게 생각하고 있었습니다."

"아참! 도로 공사는 어떻게 되어 가고 있소?"

"폐하께서도 알고 계시는 바와 같이 여기서 수원까지는 이미 도로가 완비됐고, 지금은 두 방향으로 공사가 이루어지고 있습니다. 상행선은 수원에서 안양 방향으로, 하행선은 수원에서 평택 방향으로 공사가 진행 중입니다."

"허허! 상행선과 하행선이라……"

"편의상 그렇게들 부르고 있습니다."

"상행선 쪽이야 신라 군사가 거의 없을 테니 괜찮겠지만, 하행선 쪽은 신라 영역이라 그들의 군사도 있고, 백제 국경과도 가까운데 위험하지 않겠소?"

"이미 그 문제에 대해서는 장수들과 의논하여 대비해 두었습니다.

공사를 감독하는 육군들이 있지만, 그들 외로 특전군에게 수시로 현장을 돌아보게 하고 있습니다."

"공사 인력 배치에도 변동이 있소?"

"아닙니다. 원래대로 군노(軍奴) 일만은 군항 공사에 있고, 나머지 팔천은 말씀드린 대로 둘로 나누어 도로 공사를 하고 있습니다."

"총리대신! 저들 군노들도 제국군으로 편제하면 어떻겠소?"

"폐하, 그것은 어려움이 있습니다."

"어려움이라니 무슨 말씀이요?"

"저들의 지휘관이었던 장수들도 아직 포로 신세인데 군사들을 먼저 제국군으로 편제할 수는 없는 노릇입니다. 게다가 지금은 군량곡이 넉넉한 편이라 그런대로 꾸려 나가지만 군노들까지 제국군으로 편제하면 초급장교가 오백 명은 족히 될 터인데 그들의 녹봉은 어찌하시겠습니까?"

"오호! 내가 그 생각을 못했구려. 지금도 녹봉을 지급하고 있는 것이요?"

"아직은 식사만 제공하고 있습니다만, 앞으로 장교들이나 장군들도 가정을 꾸려야 하니 보수를 지급해야 하지 않겠습니까? 그래서 지금 보수 지급 기준안을 만들고 있는데 군노들까지 제국군에 편제하면 감당하기 힘들어질 것입니다."

"일리 있는 말씀이요. 알겠소! 역시 우리가 제대로 자리를 잡아야 가능하겠구려. 아직 백성들에게 세금도 걷지를 않고 있으니……."

"그렇습니다. 이왕 말씀이 나온 김에 백제 사비성을 점령하는 것은 어떻겠습니까?"

"사비성을 말씀이요? 그야 사비성을 가질 수만 있다면야 더 바랄

게 뭐가 있겠소? 쉽질 않으니 문제지……."

"이번에 한번 시도해 봄직도 합니다만……."

"어떻게 말씀이요?"

"백제가 이번에 신라 조정의 쿠데타 세력과 공수동맹을 체결하고 군사를 대목악으로 집결시키고 있다고 합니다."

"대목악이라면 천안이 아니요?"

"네, 그래서 이 기회에 그곳에 집결한 백제군을 공격하여 항복을 받아 낸다면 가능하지 않겠습니까?"

"백제군을 공격한다? 흠…… 두 나라 군사가 얼마나 된다고 하오?"

"신라군은 진천에 삼만 오천을 집결해 놓고 있고, 백제군은 천안에 오만이 집결해 있다고 합니다."

"그 정도라면 두 나라가 가지고 있는 병력 대부분이 집결한 것 같은데……."

"틀림없이 그럴 것입니다."

"저들이 언제쯤이면 이곳으로 쳐들어올 것 같소?"

"정보사에서 분석한 바로는 올해 추수를 끝내고 군량미를 확보한 이후인 내년 봄쯤으로 예상하고 있습니다."

"흠…… 내 생각에는 이곳에서 저들을 막는다면 우리가 가지고 있는 무기로 쉽게 저들을 물리칠 수 있을 것이요. 하지만 우리가 그곳을 먼저 공격하려면 적지 않은 군사와 함께 탱크나 장갑차까지도 움직여야 하는데 그렇게 되면 인명 손실도 클 테고, 앞으로 대륙과의 전쟁에 써야 할 탄약이 많이 소비되지 않겠소?"

"그렇기는 합니다만, 혹시 다른 묘안이라도 있으신지요?"

"글쎄? 신라에 썼던 방법을 다시 써 보는 것은 어떻겠소?"

"신라에 썼던 방법이라면…… 아! 납치를 하란 말씀입니까?"

"그렇소만…… 가능하겠소?"

"뭐, 안 될 거야 있겠습니까? 이미 써 보았던 작전이라서 오히려 더 쉽기는 할 것입니다."

"내 생각에는 망명하겠다는 신라 국왕이 우리에게 오고 난 후에 지금 거의 비어 있을 사비성을 급습해서 백제 무왕을 잡아 오는 것이 나을 것 같소만!"

"구태여 진평왕이 온 다음 작전을 전개해야 할 이유라도 있습니까?"

"음, 내 생각이오만, 신라군이 이곳으로 치고 오더라도 자신들의 왕이었던 김백정을 전면에 내세우면 신라군은 사기가 꺾이지 않겠소? 백제군 또한 마찬가지로 자신들의 왕이 잡혀 오면 함부로 행동을 못할 테고……."

"그럼, 백제 국왕을 체포해 와서 항복을 요구하실 작정이시옵니까?"

"그렇소! 우리가 신라 국왕을 체포해 와서 장수들의 식솔을 살려낸 이득도 있지만, 한편으로는 쿠데타 발생의 단초를 제공해서 내부를 분열시킨 일석이조의 효과를 거두지 않았소?"

"그렇기는 합니다."

"백제도 똑같을 것이요."

"그럼, 백제에도 쿠데타가 일어날 것이란 말씀입니까?"

"설마 그렇게야 되겠소? 이번 작전의 핵심은 백제 왕뿐 아니라, 조정 대신도 몇 명 체포해 와야 될 것이요. 필히 염두에 둘 것은 백제 무왕의 아들인 부여의자*까지 데려와야 한다는 것이요."

* 부여의자: 백제 의자왕의 이름이 기록에 없어 편의상 '부여의자'로 표기함.

"왕자까지 데려와야 할 이유가 있겠습니까?"

"물론이요. 그래야 백제 왕을 대신할 자가 없으니 소기의 목적을 거둘 수 있을 것이요. 그렇게 하지 않으면 백제 왕을 잡아 오더라도 남아 있는 부여의자가 그 역할을 대신하게 될 것이요. 게다가 백성들까지 선동해서 저항한다면 오히려 일을 더 꼬이게 만드는 결과가 되지 않겠소?"

그 말에 강철은 고개를 끄덕이며 수긍을 했다.

"말씀을 듣고 보니 그럴 것 같습니다. 염두에 두고 작전 계획을 짜 보도록 하겠습니다."

"성공만 한다면 전면전보다 백성들도 고생하지 않을 테고 인명도 다치지 않을 것이라 생각하오."

"그거야 그렇습니다만, 신라 때보다는 더 어려운 문제가 한 가지 있습니다."

강철의 말에 무슨 문제가 있느냐는 듯이 태황제가 강철의 얼굴을 쳐다봤다.

"……?"

"진평왕을 체포해 올 때는 다행히 귀순한 변품 장군이 왕의 얼굴을 알기 때문에 찾아내기가 쉬웠으나, 이번에는 백제의 궁궐 배치나 백제 왕의 얼굴을 아는 장수가 없다는 점이 문제입니다."

"그 생각을 못했구려. 그럼, 어떻게 한다?"

"일단 부딪쳐 보는 수밖에는 없을 것 같습니다. 어차피 왕이 궁 안에 있지 멀리야 가겠습니까? 정보사에 명해서 백제 국왕이 궁 안에 있는지 확인한 다음 작전을 펼치면 크게 문제되지는 않을 것입니다."

"알겠소, 총리대신이 제장들과 의논해서 작전을 세밀히 구상해 보시오."

"예, 알겠습니다. 소장, 그렇게 알고 물러가겠습니다."

"그러시오."

강철은 수항궁을 물러나와 자신의 집무실로 돌아가면서 여러 생각에 젖었다.

여기는 백제국 사비성, 정전(正殿)인 벽해궁에서는 조회가 열리고 있었다. 평소와 다름없이 상단 용좌에는 왕인 부여장이 앉아 있었고, 단 아래에는 신하들이 도열해 있었다.

"병관좌평께서는 군사 배치를 모두 끝냈소?"

"그렇사옵니다, 폐하! 대목악에 우리 군사 오만을 집결시켰사옵니다."

"신라국은 어떻소?"

"그들 역시 만노군에 삼만 오천을 집결시켰다 하옵니다."

"삼만 오천? 어찌 삼만 오천밖에 되지 않는 것이요?"

"그들은 이미 배달국에 이만 오천 군사를 잃어 지금 동원할 수 있는 군사가 총 삼만 오천이라 하옵니다."

이때 내법좌평인 왕효린이 옥좌를 향해 머리를 조아리고는 입을 열었다.

"폐하! 내법좌평 왕효린 아뢰옵니다. 신라국이 만노군에서 왕봉성에 이르는 땅을 우리에게 넘기기로 하여 두 나라 간에 공수동맹이 성립되기는 하였으나 군사수를 보면 저들은 우리를 이용하려는 의도밖에는 없는 줄로 아옵니다."

"그거야 이미 다 알고 있었던 일이 아니요?"

"폐하! 그렇지 않사옵니다. 언제 저들이 자신들의 군사가 삼만 오천이라고 밝힌 적이 있사옵니까?"

"그렇기는 하오만……."

"저들이 우리에게 주겠다고 하는 곳 중에 쓸 만한 곳은 당성과 미추홀*뿐이옵니다. 그렇지만 두 곳 중에 한 곳은 이미 배달국 무리가 장악하고 있사옵니다. 설사 두 나라가 힘을 합쳐 그 땅을 빼앗는다 하더라도 신라국이 대륙으로 가는 유일한 길목인 당성을 우리에게 순순히 넘겨주겠사옵니까?"

"흠……."

"돌이켜보아도 선대왕이신 성왕 때 저들은 공수동맹을 파기하면서까지 그곳을 탈취해 갔사옵니다."

"그렇기는 하나 이미 약조한 일인데 이제 와서 번복할 수야 없질 않겠소? 게다가 전날 조회에서 내법좌평도 반정 세력 쪽과 손을 잡아야 된다고 주장하지 않았었소?"

"폐하! 번복하자고 아뢰는 말씀이 아니옵니다. 지금 대목악에 집결시킨 우리 군사 중에 저들 숫자만큼만 남기고 일만 오천을 빼서 만약의 사태에 대비해야 한다는 말씀이옵니다."

내법좌평의 말에 위사좌평 백기가 내달았다.

"폐하! 신 위사좌평 아뢰옵니다. 소신도 내법좌평의 말이 백번 지당하다고 생각되옵니다. 배달국 무리가 하늘에서 내려온 천장들이라고는 하나 두 나라 군사 삼만 오천씩 도합 칠만이면 충분하다고 여기옵니다. 그렇다면 그 이후의 사태도 염두에 두어야 한다고 보옵니다."

---

* 미추홀 : 인천광역시 지역.

"흠…… 일리 있는 말씀이요. 병관좌평은 어찌 생각하시오?"

"소신 역시도 저들의 군사수를 알고는 영 내키지를 않았사옵니다. 막상 여러 좌평들의 말을 듣고 보니 뒷일을 대비하는 것이 옳다고 여겨지옵니다."

병관좌평의 말이 끝나자 맨 앞에 서 있던 상좌평 사택적덕이 나섰다.

"폐하! 상좌평 아뢰옵니다. 신의 생각도 우리가 구태여 오만 군사를 다 낼 필요는 없다고 보옵니다. 신라국의 민호(民戶)수는 우리보다 많사옵니다. 그렇다면 나중에라도 어느 쪽이 군사를 모으기가 쉽겠사옵니까? 우리는 별도의 대비를 하는 것이 마땅하옵니다."

계산에 치밀한 상좌평까지 같은 주장을 펴자 무왕이 고개를 끄덕였다.

"알겠소! 모두 뜻이 같은 것으로 보아 그렇게 하는 것이 옳을 듯하오. 병관좌평은 은밀히 일만 오천의 군사를 빼어 웅진으로 옮겨 놓도록 하시오."

웅진은 현대 지명으로는 공주를 일컫는 곳으로 웅천(熊川) 또는 곰나루라고도 했으며, 백제가 한성 백제를 잃고 남하하여 그곳에 있는 공산이라고 하는 야트막한 산의 능선과 계곡을 따라 성을 쌓았다.

그렇게 쌓은 공산성 안에 궁궐을 지어 전대 왕인 성왕 초기까지 백제국의 도성으로 사용했던 것이다.

"폐하, 분부대로 거행하겠습니다."

군사 일부를 빼는 것으로 결정되자, 위사좌평 백기가 다시 입을 열었다.

"폐하! 소신 위사좌평 백기 아뢰옵니다. 대목악에 있는 우리 군사의 지휘 장수를 보강하는 것이 옳을 줄로 아옵니다."

"그것은 또 무슨 말씀이요?"

"지금 대목악에 있는 우리 군은 여러 성에 나뉘어 주둔해 있던 장졸들을 모은 것이라 개별적으로는 강하지만 전군을 통솔하는 부분에 있어서는 취약하옵니다. 이에 대한 대책을 논의해야 될 줄로 아옵니다."

"흠…… 그럴 수도 있겠구려. 병관좌평은 어찌 생각하시오?"

"예, 폐하! 소신도 위사좌평의 말씀에 공감은 하고 있으나, 하루아침에 지휘 장수를 바꾸는 것이 오히려 위태롭다고 생각하여 그대로 두고 있었사옵니다."

"그 말씀 또한 일리가 있소."

두 좌평들의 말을 들은 상좌평이 나섰다.

"폐하, 지금 우리 백제군을 통솔하고 있는 것은 웅진방령인 예다 장군이온데 웅진으로 군사 일만 오천을 빼기로 하였사오니 그를 웅진으로 복귀시키고 새롭게 총사(總司)를 임명하여 군을 통솔케 하소서."

"오호! 탁월한 방책이요. 다른 분들의 생각은 어떠시오?"

"상좌평의 말씀이 탁견이라 사료되옵니다."

모두 좋은 방안이라는 생각이 들자 고개를 끄덕이며 대답했다.

"흠…… 그럼, 예다 장군을 웅진으로 보낸다면 대목악에 있는 우리 군사를 총지휘할 장군으로는 어느 분이 좋겠소?"

왕의 말이 떨어지기가 무섭게 위사좌평 백기가 나섰다.

"폐하! 신을 보내 주시옵소서. 신이 신라군과 함께 배달국 무리들을 토벌하고 백제의 위상을 드높이겠사옵니다."

위사좌평이라는 직책이 왕궁을 지키고, 왕을 호위하는 위사들을 총괄하는 자리였기 때문에 전대 왕들도 자신들이 가장 신임하는 자를 임명해 왔다.

"공이 용맹하다는 것은 과인이 익히 아는 터이지만, 공은 과인 곁에 있어야지 어찌 전쟁터로 떠나려 하시오?"

"폐하! 소신이 폐하를 곁에서 모시는 것도 중요하지만, 이번 전쟁만큼은 다른 때와 다르다고 생각되옵니다. 하여 출전을 청하는 것이오니 가납하여 주시옵소서."

"흠, 상좌평의 생각은 어떻소?"

"백기 공이 우리 군사를 통솔한다면야 무슨 걱정이겠사옵니까? 가납하심이 옳은 줄로 아옵니다."

다른 신료들도 상좌평의 말이 지당하다는 표정으로 고개를 주억거리자 무왕은 마지못한 듯이 명을 내렸다.

"그럼, 위사좌평 백기 공을 대장군으로 하여 백제군 총사를 겸하게 하겠소. 허면 부총사는 누구로 하면 좋겠소? 천거해 보시오."

"황공합니다, 폐하! 부총사로는 달솔인 부여사걸을 천거하옵니다."

"알겠소! 어차피 공을 보좌할 부총사이니 공이 천거한 대로 달솔 부여사걸을 장군으로 삼고 부총사에 명하겠소."

"하해(河海) 같으신 성은에 감읍하옵니다."

백제는 이번 전쟁의 최고 지휘관으로 왕이 가장 신임하는 백기로 결정하면서 조회는 끝났다.

편전(便殿)인 황화전(皇華殿)으로 돌아온 무왕은 아끼는 백기가 전선으로 떠난다는 사실에 서운하기도 했지만, 능히 믿을 만한 그에게 백제군 총사를 잘 맡겼다는 생각도 들었다.

백제에는 왕 바로 아래에 조정을 움직이는 육좌평이 있었고, 그들

중에도 으뜸이 상좌평이요, 그다음이 위사좌평과 병관좌평 순이었다. 그런 자리에 있으면서도 나라를 위해서 목숨이 왔다 갔다 하는 전쟁터로 서슴없이 나서는 그가 미덥지 않을 수가 없었던 것이다.

무왕이 울적한 마음에 젖어 있을 때, 흑치사차가 알현을 청했다. 그는 왕명을 출납하고, 왕을 가까이서 호위하는 임무도 담당하는 부서인 전내부(前內部)의 나솔이었다. 원래 나솔은 백제의 16관등 중에 6번째 등급으로서 왕에게 쉽사리 알현을 청할 수 있는 위치는 아니었지만, 그가 전내부에 소속돼 있기 때문에 가능한 일이었다.

안으로 들어온 그에게 무왕은 무덤덤하게 물었다.

"그래, 무슨 일인가?"

"폐하께서 아셔야 할 일 같아 외람되이 알현을 청하였사옵니다."

"그래? 짐이 알아야 할 일이라는 것이 무슨 일이더냐?"

"예, 신라의 폐주(廢主)*인 진평이 배달국 무리에 투항을 청했다고 하옵는데, 배달국에서는 근처 백성들이 모두 볼 수 있는 곳에서 진평을 받아들이는 행사를 갖는다고 하옵니다."

말을 들은 무왕은 별 관심이 없는 투로 중얼거렸다.

"오갈 데가 없어지니 그들에게 의탁할 모양이군."

"하온데……."

"뭐? 더 할 말이 있느냐?"

"예, 그 행사에서 대보(大寶)와 함께 나라까지 들어 바친다고 하옵니다."

그 말이 끝나기가 무섭게 되물었다.

"아니? 옥새에다가 나라까지 갖다 바친단 말이냐?"

---

* 폐주(廢主): 왕위에서 밀려난 왕. 폐위된 왕.

"예!"

대답을 들은 무왕은 마음속으로 '아뿔싸!' 하는 비명이 토해졌다. 그것이 사실이라면 결코 귓등으로만 들을 말이 아니었던 것이다. 비록 그가 정변 세력에 의해 왕위는 찬탈당했지만, 아직도 정통성은 그에게 있다는 것을 무왕은 잘 알고 있었다.

그가 역적 토벌의 깃발을 내걸고 불과 몇 천의 군사만 가지고 서라벌로 향한다 하더라도 순식간에 백성들이 따라나서 수만 명의 군사로 변할 것은 자명한 일이었다. 이 시대에 대의명분이라는 것은 그렇게 무서웠다.

그런데 그 명분이 배달국 무리에게 넘어가려고 하는 것이다. 이제 옥새와 더불어 명색뿐이지만 나라까지 바치는 절차가 끝나면 신라 영토는 더 이상 신라 영토라고 할 수가 없게 되는 것이다. 앞으로 혹시라도 백제가 신라 땅이라고 생각하고 들어가기라도 한다면 저들은 분명 자신들이 영토를 침범했다고 떼를 쓸 것은 틀림없었다.

"흠…… 백성들을 모아 놓고 행사를 벌인다는 말이 사실이냐?"

"예, 우리 쪽 간자(間者)들이 보낸 소식이니 분명할 것이옵니다."

"그게 언제라더냐?"

"열흘 정도 남았사옵니다."

대답을 들은 그는 자신이 직접 그곳으로 가 봐야겠다는 결심을 하고, 그때부터 흑치사차에게 낮은 목소리로 무언가 밀명을 내리기 시작했다.

# 동상이몽(同床異夢)

아침 햇살이 환하게 비치고 있는 가운데 배달국의 당성에는 수많은 인파가 계속 모여들고 있었다. 제국군 군악대가 연주하는 각종 악기 소리가 요란한 가운데 성 앞에 새로 만들어진 넓은 도로 양편으로 백성들이 늘어서서 수원 쪽을 쳐다보며 수군거리고 있었다.

"이보게, 악기 소리가 요란한 것을 보니 신라 국왕께서 오시기는 오시나 보네 그려."

"이 사람아! 소문 못 들었나? 서라벌에 반란이 일어나서 피신해 온다지 않는가?"

"어허……! 자네는 반만 아네 그려."

"그건 또 뭔 소린가?"

"피신해 오는 것이 아니라 항복하러 온다네."

"항복을 해?"

"그래! 서라벌에 반란이 일어난 것은 맞네만, 그래서 오갈 데가 없어진 신라 왕이 우리 태황제 폐하께 항복할 테니 받아 달라고 여러 번 간청해서 허락을 받았다더군."

"어째서 태황제 폐하께서는 여러 번 간청할 때까지 허락하지 않으신 겐가?"

"허참, 이 사람! 그걸 모르겠나? 자신들이 쫓아낸 왕을 받아 주면 신라가 가만있겠는가? 그래도 받아 주신 것을 보면 태황제 폐하께서 인정이 많으시지……."

"그럼, 신라에서 또 쳐들어올 거라는 말이지 않은가?"

"허허! 이 사람 귀는 뒀다 뭘 하는가? 신라군이 진평왕을 잡으려고 만노군까지 와 있다질 않는가?"

"그럼, 왕께서 이곳으로 오시면 틀림없이 쳐들어오겠구먼."

"그렇겠지. 그럼, 뭐하나? 태황제 폐하께서는 이미 그럴 거라는 것을 다 아시면서도 받아 주시는 걸. 신라가 쳐들어와도 막아 낼 방도가 있으신 게야."

"그건 맞는 말이네. 저번에도 이만 대군이 쳐들어왔어도 쪽도 못 쓰고 모두 포로가 됐으니…… 크하하하!"

"그래서 이번에는 신라가 백제와 손을 잡았다네."

"그럼, 백제도 함께 쳐들어온다는 말인가?"

"그렇다더군. 그래서 백제군도 지금 대목악에 진을 치고 있다는 소문일세."

"어이쿠! 그럼, 큰 전쟁이 일어나겠네 그려!"

"십만 대군이라는 소문도 있고……."

"십만씩이나?"

"그러니 그런 대군도 두려워하지 않고 신라 왕을 받아 주시는 것을 보면 역시 하늘에서 내려오신 분이라 다르긴 뭔가 달라!"

"그렇기는 하네만, 그런 대군이 곧 쳐들어온다는 데도 어째서 이곳에서는 아무런 기척이 없는 건가?"

"이유는 나도 모르네…… 태황제 폐하께서 다 생각하고 계시는 것이 있으시겠지."

"그렇구먼! 그럼, 신라 왕이 항복하면 어찌 되는 건가?"

"그거야 우리 태황제 폐하의 신하가 되는 거지, 어찌 되긴……."

"허어! 왕이 어떻게 신하가 되나?"

"이 사람아! 우리 폐하께서는 황제가 아니신가? 왕도 황제 밑에 있는 건데 이상할 게 뭐가 있어!"

"오호라! 그렇게 되는 거로군……."

"사실 말이지, 항복은 말 뿐이고 갈 데가 없으니 목숨이나 건지려고 도망쳐 오는 게야. 태황제 폐하께서는 그걸 아시면서도 품에 받아 주시는 거고……."

"흠……."

"자! 자! 이제 우리도 성안으로 들어가 보세."

서로 큰소리로 떠들던 백성들은 성안으로 발걸음을 옮기고 있었다. 여느 날과는 달리 오늘은 성문이 활짝 열려져 있었고, 아무런 통제도 받지 않고 누구나 자유롭게 성안을 드나들고 있었다.

이때 멀리 말을 탄 군사들이 나타나고 이어 호화스러운 가마가 뒤따르고 있었다. 요란한 음악 소리가 울리는 가운데 말을 탄 신라 군사들은 굳은 얼굴로 천천히 수항궁을 향해 전진해 들어갔다.

수항궁 앞마당에는 큰 단이 설치되어 있었고, 단 위에는 군복 차림의 태황제가 온화한 얼굴로 앉아 있었다. 단 밑에는 배달국 장수들이 도열해 있었으며, 행사장 곳곳에는 구경하려는 백성들로 인산인해를 이루고 있었다.

행사장 가까이 행렬이 도착하자 무은 대령이 그들을 멈추게 하고 신라 국왕인 김백정 일행을 말과 가마에서 내리도록 명했다. 통역을 맡은 변품 소장의 안내로 신라 국왕인 김백정과 상대등 수을부, 새주 미실이 천천히 걸어가 태황제 앞에 섰다.

"소신 신라 국주 김백정, 배달국 태황제 폐하 전에 문후 드리옵니다."

김백정은 들고 있던 상자를 옆에 놓고, 인사말과 함께 그 자리에 넙죽 엎드려 큰절을 했다.

"어서 오시오. 먼 길 오시느라 고초가 컸겠소."

김백정의 숙배(肅拜)가 끝나자 이번에는 상대등 수을부가 역시 큰절을 하면서 인사말을 했다.

"소신 신라국 상대등 수을부, 배달국 태황제 폐하 앞에 문후 드리옵니다."

"어서 오시오. 수을부 공, 반갑소."

긴 수염을 휘날리는 상대등의 인사가 끝나자, 아까부터 태황제를 쳐다보며 생글거리던 새주인 미실이 사뿐히 절을 하며 간드러진 목소리로 입을 열었다.

"열국 왕들의 경하를 받으실 태황제 폐하께 소녀 문후 올리옵니다. 소녀는 신라국 새주 미실이라 하옵니다."

새주는 왕의 도장인 옥새를 보관하는 직책이었다.

단 위에서 미실의 행동을 내려다보고 있던 진봉민은 요기 어린 미모에 색기(色氣)가 줄줄 흐르는 몸짓으로 간드러지게 말을 하는 그녀가 역사에서 알던 대로 참으로 대단한 요부라는 생각이 들었다.

"과인은 그대의 문후를 받을 마음이 없다. 그대는 미모를 이용해 신라 조정을 농단하고 국정을 어지럽혀 왔음을 과인이 이미 잘 알고 있노라. 여봐라! 저자를 하옥하라."

단 위에서 온화한 미소를 짓고 있던 태황제가 근엄한 표정으로 명을 내리자 그 자리는 갑자기 살얼음 같은 분위기로 변했다.

"예!"

그녀는 전혀 예상하지 못했던 상황이었는지 그 자리에서 그만 졸도하고 말았다. 황명이 떨어지자 근처에 있던 특전군 몇 명이 대답과 동시에 달려들어 졸도한 그녀를 끌고 행사장을 나갔다.

"모두 들어라! 미실이라는 자는 반반한 미모를 미끼로 왕으로부터 대신에 이르기까지 가리지 않고 유혹하여 음행을 저질러 왔다. 이런 행동으로 은밀히 세력까지 쌓아 국정을 농단해 온 것을 과인이 익히 아노라. 그런 연유로 과인이 하늘에 있을 때부터 심히 못마땅하게 여겼었는데 오늘 저자를 보게 되어 하옥시킨 것이니 괘념치 말고 절차를 계속하라."

"예!"

태황제의 말이 끝나자 밑에 있던 총리대신의 신호에 따라 언제 그런 일이 있었냐는 듯이 절차는 계속되었다.

"태황제 폐하! 소신 신라 국주 김백정은 조정에 불궤한 무리들이 난을 일으켜 수족이 잘린 신세가 되었사옵니다. 다행히 천명을 받으시고 하계로 내려오신 태황제 폐하께서 이 한 목숨 연명할 기회를 허락하시어 신하의 도리를 다하고자 하옵니다. 소신은 그 증표로 태황제 폐하께 신라국의 옥새와 함께 나라를 들어 바치오니 가납하여 주시옵소서."

진평왕은 조심스럽게 단을 올라가 무릎을 꿇고는 두 손으로 옥새가 들어 있는 상자를 태황제에게 바쳤다.

"과인은 국주의 뜻이 충심에서 우러나온 것임을 믿고 가납하겠소."

진봉민은 말을 끝내고는 옥새 상자를 받아 옆에 놓았다. 고개를 끄덕인 진봉민이 단 아래를 굽어보면서 큰 소리로 입을 열었다.

"모두 들으시오. 신라 국주인 김백정은 과인에게 스스로 신라국을 들어 바쳤소. 과인은 그 공을 치하하여 김백정을 배달국 육군 대장에 임명하고, 광업 대신의 직을 내리오."

"황은이 망극하옵니다."

바로 그때 갑자기 어디선가 '피! 피융!' 하는 날카로운 소리가 들렸다. 단 아래에 있던 사람들은 직감적으로 활시위 소리라는 것을 깨닫고는 소리를 쫓았다.

역시 2대의 화살이었다. 그중에 하나는 정확히 태황제의 가슴을 향해 날아들고 있었다. 그것을 본 자들은 자신도 모르게 '앗!' 하는 비명 소리를 내질렀다.

화살이 과녁에 맞을 때 나는 소리인 '딱!' 하는 소리에 뒤이어 '탕! 탕! 탕!' 세 발의 총성이 울렸다.

순식간에 일어난 일이었다. 총리대신인 강철과 조민제가 부리나케 단 위로 뛰어 올라가고 있었다.

분명히 2대의 화살이었는데 하나는 보이지 않고 다른 하나는 태황제의 가슴에 깊숙이 박혀 있었다. 황급히 진봉민에게 다가간 조민제는 단추를 풀고 화살이 박힌 부위를 자세히 살폈다.

다행히 화살은 속에 받쳐 입은 방탄복에 맞고 미끄러져 겨드랑이 사이의 공간에 박혀 있었다. 조민제가 조심스럽게 화살을 빼내자 화살촉이 스쳐 간 팔 안쪽 상처에서는 피가 비쳤다.

"폐하! 혹시 화살촉에 독이 묻었을 수도 있으니 소장이 빨아내겠습니다."

"음……."

군의관 출신인 조민제는 입으로 상처를 여러 번 빨아내고는 손수건을 꺼내 상처가 있는 팔을 묶고 다시 옷매무새를 바로잡아 주었다.

간단한 처치가 끝나자 진봉민은 곁에 와 있던 강철에게 지시했다.

"총리대신, 내려가서 계속 진행하시오."

"예, 알겠습니다."

강철이 단을 내려가는 동안 무릎을 꿇고 얼이 빠진 표정으로 앉아 있던 진평왕의 얼굴을 힐끗 쳐다본 진봉민은 아무 일도 없었다는 듯이 다시 의자에 좌정을 했다. 그때서야 놀란 표정으로 쳐다보고 있던 백성들의 '와! 와!' 하고 안도하는 환호 소리가 구봉산 기슭을 메아리쳤다.

그런 가운데서도 날카로운 눈빛을 빛내며 일어나는 상황들을 하나도 놓치지 않고 주시하는 자들이 있었다.

진봉민은 상처 부위가 약간 쓰라리다는 느낌이었지만 내색하지 않고 처음과 마찬가지로 미소 띤 얼굴로 단 아래를 내려다보았다. 특전군들이 골목골목을 누비면서 경계를 강화하는 모습이 눈에 들어왔다.

손을 흔들며 환호하고 있는 백성들을 한참 동안 내려다보던 진봉민이 손을 들어 그들을 진정시키고는 김백정을 향해 말했다.

"김백정 공도 자리로 내려가시오."

"예, 폐하! 신 김백정 물러나옵니다."

진평왕은 원래 전쟁터를 무서워하지 않고 직접 군사를 이끌 정도로 용기가 넘치던 왕이었다. 그러나 이젠 나이도 있었고 특히 이번 쿠데타로 사면초가에 몰린 신세가 되고 나서부터는 부쩍 자신감을 잃은 모습이었다.

얼이 빠져 있던 그가 조심스럽게 단을 내려가서 총리대신이 지정하는 자리에 서는 것을 확인한 태황제는 입을 열었다.

"다음으로 신라국 상대등이던 수을부 공을 배달국 육군 중장에 임명하오. 성심을 다해 주시오."

단 아래 있던 수을부는 태황제를 시해하려던 자들이 있었음에도 태황제가 전혀 내색 없이 절차를 계속하자 그 의연함에 혀를 내두르고 있었다.

"태황제 폐하! 소신 수을부 감읍할 따름이옵니다."

고개를 끄덕인 진봉민이 단 아래에 무은이 나타나자 빙그레 웃으며 큰 소리로 물었다.

"무은 대령! 오늘 과인을 시해하려던 자가 어떤 자들이요?"

"폐하! 한 명은 사살되었고 한 명은 부상을 입었사온데, 그자 말에 의하면 만노군에 와 있는 신라국 상대등인 칠숙이라는 자가 보냈다고 하옵니다."

"허허! 그렇소?"

이때 강철이 모두 들으라는 듯이 큰 소리로 말했다.

"태황제 폐하! 소신이 사흘 내로 그자를 잡아 와 폐하 앞에 무릎을 꿇리도록 하겠습니다."

진봉민은 강철의 말뜻을 알아차리고 역시 큰 소리로 대답했다.

"당연한 말씀이요. 배달국에 사는 일개 백성에게라도 함부로 병장기를 휘두르면 그 죄가 태산이거늘 하물며 과인을 해하려 했으니 그 자를 잡아 와 백성들에게 보이도록 하시오."

"예! 알겠습니다."

"그리고 그동안 김백정 장군과 수을부 장군을 충성스럽게 호위한 군사들에게도 상을 내리도록 하시오. 또한 그들 중에 원하는 자는 받아들이고, 고향으로 돌아가겠다는 자는 돌려보내도록 하시오."

"폐하! 명하신 대로 하겠습니다."

"이제 마치도록 하시오."

"예!"

이로써 명목상 신라국은 배달국에 흡수되었다. 옥새는 국왕의 정통성과 권위의 상징이었기 때문에 국왕이 스스로 바친 옥새를 갖게 됨으로써 배달국 태황제는 신라의 주인이 된 셈이었다.

배달국에 망명한 신라 국왕이던 김백정과 상대등 수을부에게는 각각 머물 숙소를 마련해 주었고, 다음 날부터는 나이를 감안해 군사교육은 생략하고 한글교육만 받도록 계획되어 있었다.

손국 행사를 마치고 수항궁으로 돌아온 진봉민은 군의관 출신인 조민제로부터 상처를 다시 치료받고 있었다.

"폐하, 그나마 독화살이 아니라 천만다행입니다."

"그러게 말이요. 방탄복을 받쳐 입었기에 망정이지 그렇지 않았다면 큰일 날 뻔했소."

"글쎄 말입니다. 미끄러진 화살촉에 살갗이 약간 긁히긴 했지만 곧 아물 것입니다. 오늘도 조영호 장군이 경호를 해야 한다고 고집하고 저격수로 있었기에 금방 처리가 됐던 것입니다."

"허허 참! 이곳으로 오기 전에는 박상훈 장군이 그렇더니 이곳에서는 내가 암살대상이 되는군."

"앞으로 그런 일이 또 일어나지 않는다고 장담할 수가 없으니 조심하셔야겠습니다. 자, 이제 치료가 끝났습니다."

"수고했소."

"소장도 얼른 총리 집무실로 가 봐야겠습니다. 그곳에서 칠숙이라는 자와 백제 무왕을 체포하러 가기 위한 작전 회의가 있다고 합니다."

"그렇소? 그럼, 어서 가 보시오."

"예!"

조민제는 서둘러 총리 집무실로 왔다.

그곳에서는 이미 작전 회의가 이루어지고 있었다. 강철은 말을 하다 말고 조민제가 들어오는 것을 보자 반갑게 말을 건넸다.

"어서 오시오, 조민제 장군! 폐하께서는 괜찮으시오?"

"예, 총리대신 각하. 그만하길 다행입니다."

"그러게 말이요. 자, 그럼 계속하겠소. 우수기 장군은 칠숙을 먼저 잡는 것보다는 백제 왕을 먼저 체포해 오자는 말씀이요?"

사실, 우수기는 거의 매일 도로 공사 감독을 나가고 있었기 때문에 회의 참석도 쉽질 않았다.

"그렇습니다."

"다른 분들 생각은 어떠시오?"

강철이 묻자 조성만도 그 의견에 동의한다는 듯이 거들었다.

"소장도 우수기 장군과 같은 생각입니다. 아직까지는 백제 왕이 사비성 안에 있다고 하지만, 혹시 우리가 칠숙을 체포해 오는 동안이라도 만에 하나 그가 사비성을 나온다면 낭패가 아닐 수 없습니다."

이때, 변품이 할 말이 있다는 표정으로 강철을 쳐다봤다.

강철은 그를 크게 신임하고 있었다. 배달국에 첫 번째로 망명한 장군이라는 점도 있었지만, 그는 듬직한 체격에 궂은일도 마다하지 않고 모든 일에 앞장서 왔다. 강철은 이러한 변품을 눈여겨보면서 늘 믿음직하게 생각하고 있었다.

"변품 장군! 무슨 하실 말씀이라도 있는 것이요?"

"예, 각하! 소장이 지난번 조영호 장군과 함께 서라벌을 다녀온 경험으로 미루어 말씀드리면 어느 쪽을 먼저 다녀오느냐 하는 문제로 왈가왈부할 필요가 없다고 봅니다."

"허허! 그렇다면 더 좋은 방안이 있으시오?"

"각하! 먼저 사비성으로 가서 백제 왕을 체포한 다음 돌아오는 길에 칠숙을 체포한다면 어떨까 합니다."

낮은 어조로 말한 것이었지만 참석자들 귀에는 천둥처럼 들렸다. 어째서 두 쪽을 한꺼번에 생각하지 못하고 따로따로 작전을 펴야 한다고 생각했는지 모두들 실소가 났다.

잠시 침묵이 흐른 뒤에 조영호가 입을 열었다.

"소장도 변품 장군의 방안에 동의합니다. 충분히 가능하다고 판단됩니다."

강철은 미소를 지으며 정리를 했다.

"다른 분들은 어떻게 생각하시오?"

비조기의 조종사인 이일구도 두 쪽을 한꺼번에 처리하자고 말을 했다.

"소장도 그 의견에 동의합니다. 다만, 비조기를 착륙시키고 얼마나 빠른 시간 내에 그들을 찾아내느냐 하는 문제를 의논해야 할 줄로 압니다."

이일구의 말에 말석에 앉아 있던 무은이 입을 열었다.

"이일구 장군께서 말씀하신 부분에 대해서는 이미 우리 정보사에서 알아보았습니다. 잠시 설명을 드리자면 사비궁은 내궁과 외궁으로 구분되어 있습니다. 그러나 신하들이 일을 하는 곳인 외궁은 크게 신경 쓰지 않아도 될 것입니다. 문제는 내궁인데 그곳은 왕과 신하가 행사나 회의를 하는 벽해전(碧海殿)과 왕이 주로 머물며 국사를 처리하는 편전인 황화전 외에 청서전, 세선전, 세미전(世美殿), 백강전, 왕자전(王子殿) 등의 건물로 구성되어 있습니다. 특별한 일이 없는 한 백제 국주는 편전이나 대전에 머물 것으로 예상됩니다."

정보사령인 무은의 설명을 들으면서 참석한 장수들은 정보사에서 고생을 많이 했다는 것을 느낄 수가 있었다.

"그럼? 칠숙이 머물고 있다는 신라 군영은 어떠하오?"

"예, 지금 칠숙은 만노군 치소(治所)에 머물고 있는 것으로 파악되었습니다. 만노군 치소는 연보당(蓮寶堂)이라고 하는데, 신라 군사들이 그곳을 호위하는 형태로 군막을 치고 있다고 합니다."

"그럼, 만노군 태수의 집무실을 중심으로 군막을 치고 있다는 말씀이요?"

"그렇습니다."

모든 상황을 파악한 총리대신 강철이 말을 했다.

"그럼, 백제 왕과 칠숙을 한꺼번에 체포하기로 하고 작전을 명하겠소. 본관이 살펴보니 내일은 날씨가 맑을 것이요. 출발은 내일 아침 일찍 하는 것으로 하겠소."

"예!"

강철이 내일은 날씨가 맑을 거라고 말을 하자 망명 장수들은 그것을 어떻게 아는지 궁금했지만 감히 물을 수는 없었다.

강철이 이렇듯 날씨를 자신 있게 말할 수 있는 것은 태황제가 넘겨준 책력이 있었기 때문이었다. 이곳으로 오기 전, 진봉민은 삼국시대에는 양력과 음력, 일출과 일몰 시간, 날씨 등을 기록한 책력이 중요할 것이라는 판단을 하고, 연구를 한다는 명분으로 일기예보를 관장하는 관상대와 여러 기관에 부탁해서 과거 2천 년 동안의 책력 데이터를 얻었다. 물론 조선 시대 중반 이후는 기록으로 남아 있는 만세력이라는 명칭의 책력이 있었지만 그 전의 데이터는 각종 역사 자료를 참고로 해서 연구용으로 만든 것이기 때문에 빠진 것도 많고 오차도 큰 것은 사실이었다.

그렇지만 이 시대에는 농업 생산이 국가 경제의 기반을 이루던 시대이니 만큼 사시사철의 기상이나 밤낮의 길이 등을 아는 것이 중요할 수밖에 없었다. 그렇기 때문에 각 나라가 천문을 중시해 왔고 오죽해서 삼국시대로부터 조선 시대에 이르기까지 매년 초만 되면 중국에서 책력을 얻어 오는 것을 국가적인 큰 일로 생각했겠는가!

"이번에도 체포 작전의 총사령관은 경험이 있고 특전군을 지휘하고 있는 조영호 장군이 맡는 것이 좋겠소."

그러자 조영호가 자신 있게 대답했다.

"알겠습니다. 다만 이번 작전에는 천족장군들께서 바쁘시니 기관총좌를 소장이 지휘하는 특전군에게 맡겨 주셨으면 합니다."

처음 듣는 말에 눈이 휘둥그레진 강철이 물었다.

"호오! 그렇다면 특전군 중에 그것을 다룰 줄 아는 자가 있다는 말씀이오?"

"네, 이미 중기관총 사격 훈련을 마친 자들이 있습니다."

"그것 참 잘되었구려. 그렇다면 기관총 사수 걱정은 덜었소이다. 바쁜 와중에도 번번이 천족장군들이 총좌를 맡아야 하는 번거로움을 덜 수 있게 되었으니 말씀이요. 다음으로 부사령관은 역시 경험이 있는 변품 장군이 맡아 주시오. 물론 비조기 조종은 장지원 장군과 이일구 장군이 맡아 주셔야 할 것이요. 나머지 세세한 부분은 네 분에게 일임하겠소."

"알겠습니다!"

"그 외에도 더 하실 말씀이 있으시오?"

"각하, 소장이 한 말씀드리겠습니다."

"말씀해 보시오, 조민제 장군!"

"오늘 손국 행사에서 폐하를 시해하려던 사건이 있었는데 앞으로는 절대 이런 일이 있어서는 안 될 것입니다. 그러자면 하루속히 호위하는 경호원을 두어야 할 것입니다."

"옳은 말씀입니다. 다행히 조영호 장군 덕분에 그나마 큰일을 모면했소. 본관이 나름대로 생각이 있으니 당분간은 조 장군이 특전군 중에서 몇 명을 가려 뽑아 경호를 맡기도록 하시오."

손국 행사가 치러지기 전에 조영호는 혹시라도 있을 불미스런 일에 대비하기 위해서라도 태황제를 경호해야 한다고 강력히 주장했었다. 그 바람에 경계 군사수가 늘어났고, 조영호 자신도 저격을 맡고 있었기 때문에 재빨리 암살자들을 사살하거나 체포할 수 있었던 것이다.

"알겠습니다."

"회의를 끝마치면서 총리대신으로서 한마디 하겠소. 천족장군들을 제외한 세 분은 새로 귀부한 김백정 대장을 찾아가 문안 인사를 하시오. 비록 같은 배달국 장수가 되었다지만, 어찌 됐던 귀장들이 국주로 모셨던 분이니 그것이 예의일 듯싶어서 드리는 말씀이오."

"……."

사실, 망명 장수들의 마음은 착잡했다. 자신들이 주군으로 모시던 국주가 일개 장수가 됐으니 당분간은 서로 마주쳐도 서먹서먹하겠다는 생각을 하고 있던 중이었다.

강철의 말을 듣고 오히려 난색을 표시한 것은 변품이었다.

"각하! 신경을 써 주셔서 감사합니다만, 소장의 생각에는 당분간 그렇게 하지 않는 것이 옳을 듯합니다."

"그래요? 어째서 그렇소?"

의외라는 표정으로 강철이 되물었다.

"귀부를 했다고는 하지만, 소장은 아직도 그분이 마음에서 우러나서 했다기보다는 사면초가에 몰려 어쩔 수 없이 한 것이라고 생각하고 있습니다."

"흠! 그렇게 생각할 수도 있겠지요."

"그래서 당분간 혼자 있게 하는 것이 옳을 듯싶습니다."

"변품 장군의 말씀도 일리가 있소. 그렇다면 그 문제는 세 분이 알아서 하시오. 구태여 본관이 관여치 않겠소."

"예, 소장들도 그것이 편할 것 같습니다."

"알겠소! 내일은 작전이 있으니 내일 아침의 어전회의는 생략하겠소. 그만 자리를 파하도록 하십시다."

작전 회의가 끝나고 강철은 태황제에게 회의 결과를 고하기 위하여 수항궁으로 향했다.

수항궁 안에는 진봉민이 노트북을 켜 놓고 무엇인가 글을 쓰고 있다가 강철이 들어가자 반색을 하며 말을 건넸다.

"어서 오시오. 그래 회의를 한다더니 다 마치신 것이요?"

"예, 폐하! 부여장과 칠숙을 체포하는 작전 회의가 있었습니다. 상처는 괜찮으십니까?"

"살짝 긁힌 건데, 뭘……? 작전 회의가 있다는 말은 조민제 장군으로부터 들었소만!"

"예, 내일 아침 비조기 두 대를 동원해서 먼저 사비성에서 부여장을 체포하고, 돌아오는 길에 진천에 들러 칠숙을 체포해 오기로 하였습니다."

"하루에 모두 가능하겠소?"

"처음에는 따로따로 작전을 펴는 것만 생각하고 어느 쪽을 먼저 갔다 올 것인가 논의를 하는 중에 변품 장군이 한꺼번에 하자는 의견을 내서 그렇게 하기로 결정했습니다."

"호오! 변품 장군이 말이요?"

"네, 이번 작전의 총사령관에는 조영호 장군을 임명하고, 부사령관에는 변품 장군을 임명한 다음 전권을 위임해 주었습니다."

"잘 하셨소! 망명 장수들이 우리 천족장군들만 의존하게 해서는 안 될 것이요. 그들의 역량을 키워 주어야 앞으로 배달국 장수로서 제 역할을 해낼 것이요."

"소장도 그렇게 생각합니다. 그리고……."

"뭔 말씀인데 그러시오?"

"망명한 장수들에게 그들의 국주였던 김백정 대장을 찾아가 인사를 하라고 했더니, 변품 장군이 반대를 했습니다."

"허어! 그래요? 무슨 이유요?"

"그는 김백정 대장이 마지못해 망명한 것으로 보고 있는 것입니다. 그러니 당분간 혼자 놔두는 것이 좋겠다는 의견이었습니다."

"음…… 그런 것을 보면 변품 장군의 충성심은 인정을 해 줄 만하오."

"그렇습니다. 충성심으로는 말하면 천족장군들조차도 부끄럽게 만들 정도라고 합니다."

"그건 또 무슨 말씀이요?"

"지난 번 서라벌에서 김백정 대장을 체포해 올 때, 백제 도성을 살펴보기 위해 사비성을 둘러보고 온 모양입니다."

"그런데요?"

잔뜩 호기심이 발동한 진봉민이 재촉하듯 물었다.

"사비성 상공을 한 바퀴 돌면서 장지원 장군이 농담으로 백제 왕도 체포해 가자고 했다가 큰 망신을 당했다고 합니다. 변품 장군이 그 말을 듣자마자 황명도 받지 않고 일개 장수가 임의로 전쟁을 벌이면 큰 죄가 된다고 나무라듯 말해서 장지원 장군과 조영호 장군 얼굴이 화끈거렸다고 합니다."

"하하하! 그런 일이 있었구려. 그거 참……!"

"처음에는 소장도 웃었으나, 장지원 장군이 매사 언행을 조심해야겠다고 하는 말에 느끼는 바가 컸습니다."

"흠…… 그런 것 보면 이 시대 사람들에게 배울 점이 참으로 많은 것 같소."

"그렇습니다. 소장 역시 알량한 과학기술 몇 가지 가져와 놓고는 우리가 큰소리를 치는 것이 아닌가 하는 생각이 들 때도 많습니다."

"총리대신도 그렇소? 사실, 나도 자주 그런 생각이 들어 혼자 부끄러울 때가 많소. 울적해지기도 하고……."

"예, 소장은 그럴 때마다 처음 올 때의 각오를 되새기면서 마음을 추스르곤 합니다."

"그건 나도 마찬가지요."

"폐하! 그런데 뭘 그리 열심히 쓰고 계셨습니까?"

"아! 이거 말이요? 이제 우리 제국에 장수들을 비롯하여 인재들이 모이고 있으니 각부 조직을 구상해 보고 있었소."

"아! 예……."

"이 시대에 맞는 조직을 만들기가 쉽질 않구려. 지금 삼국이 사용하고 있는 조직도 검토해 봤는데 우리가 가진 지식과 기술을 수용하기에는 부족하고, 그렇다고 우리가 아는 현대 조직도 안 맞고……."

"그렇기는 할 것입니다."

"그래서 고민 중이요. 아참! 그리고 가능한 우리 천족장군들에게는 부서를 맡기지 않는 것이 더 나을 것 같소. 한 가지 책임을 맡기면 한 가지에만 몰두해야 하기 때문에 오히려 비효율적이라 생각하오."

"그러면 어떻게 하시려는 것입니까?"

"천족장군들은 총리부나 과학부 소속으로 만들어 필요에 따라 융통성 있게 어느 일에나 관여할 수 있도록 하는 게 좋을 것 같소. 쉽게 말해 대신 관직은 망명한 장군들에게 맡기고, 천족장군들은 총감이라는 직책으로 각부 대신들에게 자문을 해 준다는 말씀이요."

"폐하, 좋은 방안 같습니다."

"지금은 어전회의에 소령까지도 참석을 시키고 있지만 앞으로는 그것이 어려워질 것이라 생각하오."

"물론 그럴 것입니다."

"그래서 정보 분야는 총리부 직속으로 하고, 감찰 분야는 태황제 소관으로 하려 하오."

"감찰 분야라 하시면 신하들의 비리를 조사하는 부서를 말씀하시는 것입니까?"

"그렇소만, 일단 이 정도로 생각해 보았는데 뭐 참고가 될 만한 말씀이 없으시오?"

"예, 폐하! 경호 부서를 두려고 하옵니다. 불편하시더라도 오늘과 같은 불미스런 일이 없으려면 그렇게 해야 할 것 같습니다."

"그래야겠지요! 나뿐만이 아니요, 천족장군 모두를 경호하는 조직을 검토해 보시오. 한 분 한 분의 안전이 다 중요하니……."

"알겠습니다. 폐하의 안전만 생각했지 천족장군들의 안전까지는 미처 생각지 못했습니다."

"허어! 나나 천족장군들이나 다를 바가 뭐 있겠소? 오히려 나보다는 총리대신을 비롯한 천족장군들이 더 중요하오. 이 점 명심해 주시오."

"예!"

"그런데…… 아무리 생각해 봐도 옥에 가두어 놓은 미실을 어떻게 처리해야 할지 판단이 서질 않는구려."

"사실, 역사를 아는 우리야 그녀의 죄과를 잘 알고 있지만 백성들은 모른다는 점이 문제이긴 합니다."

"나도 그 점 때문에 고민하고 있소. 음행을 많이 저지른 것이야 지금 신라의 개방적인 성 풍속에 비추어 보면 죄라고도 할 수 없고…… 그렇다고 방면할 수도 없는 노릇이니……."

"폐하, 용단을 내리시지요. 놔준다고 하더라도 조용히 지낼 여자가 아니질 않습니까? 필경 무슨 농간을 부려서라도 우리 조정과 연결을 꾀할 것입니다."

강철의 말을 들은 진봉민은 깜짝 놀라며 그렇게까지는 생각지 않았다는 얼굴로 반문했다.

"아니? 그럼, 죽이라는 말씀이요?"

"그렇게 해야 하지 않겠습니까? 놔둬 보았자 백해무익인 여자인데 그럼, 어쩌실 생각이십니까?"

"흠, 그래도 죽이는 것은 너무 가혹하지 않겠소?"

"폐하! 인정을 베풀 경우가 있고 그렇지 않을 경우가 있는데 이번 같은 경우에는 절대 인정을 베풀면 나중에 크게 후회하게 됩니다."

"……."

강철의 계속되는 종용에도 그는 별 대꾸도 없이 난처한 표정만 지은 채, 결론을 내지 못하고 미적대고 있었다. 강철은 가끔 진봉민의 그런 모습을 보면서 참으로 안타깝고 걱정스러운 마음을 지울 수가 없었다. 나라를 다스리는 통수권자는 마음에 내키지 않더라도 필요할 때에는 인정사정 두지 말고 냉혹하게 결단을 내려야 훗날에라도 나라를 위험에 빠뜨리지 않는다는 신념을 가지고 있었기 때문이었다.

미실을 죽여야 한다고 종용을 거듭하던 강철이 제풀에 지쳐 입을 다물고는 진봉민이 심사숙고하는 모습만 물끄러미 지켜보고 있었다.

"……?"

정적이 흐르는 동안 진봉민은 진봉민 대로 속으로 고심을 거듭하고 있었다. 그는 역사학도로서 미실의 행실이 지저분하고 신라 국정을 망친 요녀(妖女)라는 생각은 평소부터 가지고 있었다. 그렇기 때문에 혹시 멀리 내치게 되더라도 그 명분을 만들기 위해 백성들 앞에서 그녀를 옥에 가두라고 한 것이지 딱히 죽여야 할 만큼 큰 죄를 지었다고는 생각지 않았다. 아직까지는 배달국에 해를 끼친 것도 없는데, 그런 개연성이 있다는 이유만으로 그녀를 죽이자고 하니 여간 부담스럽지 않았다.

이윽고, 정적을 깬 진봉민이 입을 열었다.

"총리대신, 그녀를 처형하려면 합당한 이유가 있어야 할 텐데, 어찌하면 좋겠소?"

"글쎄요? 그렇다면 우리가 하늘에 있을 때부터 그 죄가 크다는 것을 알고 있었다고 하는 수밖에는 딱히 다른 방도는 없을 것 같습니다."

"꼭 죽여야 한다면 그렇게라도 하는 수밖에…… 다만 마음이 무거운 것은 누구도 우리 결정에 반대하거나 토를 달지 못한다고 하여 함부로 결정하고 처리한다면 그것이 바로 독재고 폭정이라는 생각 때문이요."

그 말에는 강철도 할 말이 없는지 고개를 끄덕였다.

"그건 맞는 말씀입니다. 그렇지만 어차피 우리 앞에 좋은 일만 있는 것도 아니고, 궂은일에는 누군가 그런 고통을 감내하는 수밖에 도리가 없질 않겠습니까? 마음이 편치 않으시다면 이왕 말이 나온 김에 소장이 알아서 그녀를 처리하겠습니다."

"아니요! 오히려 그렇게 뒷구멍으로 몰래 처리한다면 그나마 쥐꼬리만한 명분도 잃고 마음도 더 편치를 않을 것이요. 칠숙이 잡혀 오면 그자와 함께 처형하여 백성들이 모두 볼 수 있도록 효수하는 것이 좋을 것 같소. 안타깝지만 그래야 앞으로라도 그런 자들이 생기지 않을 것이요."

"알겠습니다! 폐하께 어려운 결단을 종용한 것 같아 마음이 무겁습니다. 그리고 내일은 체포 작전 때문에 어전회의를 생략해야 할 것 같습니다."

"그러시오. 과인도 그렇게 알고 있겠소. 그리고 이제 임말리를 비롯한 포로 장수들에게도 계급을 부여해야 하지 않겠소?"

"이미 폐하께서 말씀하신 바가 있어, 소장이 생각해 봤는데 임말리와 김용춘, 김술종을 육군 소장에 염장과 수품을 육군 대령에 임명하면 적당할 것 같습니다만, 백룡에 대해서는 보류해야 할 것 같습니다."

"그자는 왜요?"

"우리에 대해 두려워는 하면서도 충성심은 의심스럽다는 평가였습니다. 그래서 별도로 정보부에 확인을 시켜 봤지만 결과는 마찬가지였습니다. 게다가 다른 포로 장수인 임말리 등과도 어울리지를 않는다고 합니다."

"흠, 그자가 우리 곡식 창고에 방화를 지시했던 것이 괘씸했지만 자기 나라를 위해 그런 것인데 무슨 죄랴 하고 넘어갔더니 역시 그런 자였군."

"바로 그것입니다. 처리가 필요하면 그때그때 해야지 그렇지 않으면 실기(失機)를 하게 됩니다. 물론 앞으로 그자는 일반 군노들과 함께 공사장에 보낼 생각입니다만, 혹시라도 다른 군노들을 선동하거나 이상한 눈치가 보이면 즉시 처단을 해야 할 것 같습니다."

"그야 다른 성실한 군노들을 선동한다면 그냥 놔둘 수는 없겠지. 그럼, 그렇게 하기로 하고 내일은 회의가 없다 하니 나머지 장수들이나 적당한 날을 잡아 임명장을 주도록 하십시다."

"알겠습니다. 더 이상 말씀이 없으시면 소장 물러가겠습니다."

"수고하셨소. 바쁘실 텐데 그러시오."

"네."

그가 나가자, 진봉민은 씁쓸한 기분이 되어 사용하던 노트북을 덮었다.

백제와 공수동맹을 맺은 신라는 배달국을 치기 위하여 만노군에 3만 5천의 대군을 집결해 놓고 있었다.

연보당은 별로 크지도 않고 그렇다고 크게 호화롭지도 않았지만, 이 건물은 원래 만노군의 치소였다. 만노군은 태수가 다스리는 작은 고을에 불과했기 때문에 치소가 클 이유도 없었고, 호화로울 수는 더더욱 없었다. 그렇게 보잘것없고 조용하던 이곳에 갑자기 경계를 서는 군사가 늘어나고 복잡할 정도로 드나드는 사람이 많아졌다. 신라군 3만 5천이 주변에 군진(軍陣)을 치면서 이곳에 군사 지휘소를 설치했기 때문이었다.

그리고 닷새 전, 그렇지 않아도 지휘소가 되고 나서 건물 주변을 경계하는 군사가 많던 이곳에 갑자기 더 많은 군사들이 삼엄한 경계를 펼치기 시작했다. 이유는 바로 신라 조정을 쥐락펴락하는 상대등 칠숙이 온 것이다.

지금 연보당 안채의 큰 방에는 호화스러운 붉은 빛깔의 투구와 갑주 차림인 이리벌(伊梨伐)이 군사 배치도를 들여다보고 있었고, 짙은 동백꽃 색깔의 비단 관복을 입은 칠숙은 어두운 표정으로 방 안을 서성대고 있었다.

어느 나라나 마찬가지로 신라에서도 나름대로 정보를 수집하고 있었다. 그런데 사복홀에 은신해 있던 폐주인 김백정이 배달국에 투항하면서 손국을 한다는 정보가 입수된 것이다.

게다가 백성들이 모두 보는 데서 대대적인 행사까지 거행한다는 것이었다. 이러한 소식을 접하게 된 칠숙은 배달국 태황제를 없앨 수 있는 천재일우의 기회를 만났다고 생각하고 명궁으로 이름난 2명의 군사를 데리고 이곳으로 왔다. 그러고는 행사 날에 맞춰 그들을 보내 놓고 지금 초조한 마음으로 결과를 기다리는 중이었다.

군사 배치 도면을 보고 있던 이리벌이 방 안을 서성거리고 있는 칠숙을 향해 미소를 띠면서 조심스럽게 물었다.

"상대등께서 많이 초조하신 것 같습니다."

"그러게 말이요. 조바심을 낸다고 될 일도 아닌데 그래도 잘해 낼까 걱정이 되는구려."

"백발백중하는 자들이니, 크게 염려하지 않으셔도 될 일이라 봅니다. 게다가 태황제라는 자가 평소에 호위 무사도 데리고 다니지 않는다던데 그렇다면 이미 죽은 목숨이나 마찬가지 아니겠습니까?"

"본관도 분명히 그렇게 될 것이라 믿으면서도 마음 한구석이 왜 이렇게 불안한지 이유를 모르겠소. 지금쯤이면 연락이 올 때가 됐는데……."

"아직 때가 이릅니다. 소장의 생각에는 내일 오후나 돼야 소식을 알 수 있을 것입니다."

"흠…… 그럴 것 같소?"

"당연하지요, 당성까지 거리가 얼마입니까?"

이때 밖에서 병부령을 찾는 목소리가 들렸다.

"병부령께서는 안에 계십니까?"

"누구시오? 들어오시오."

그러자 안에 있던 병부령 이리벌이 입고 있는 갑주보다 훨씬 낡아 보이는 갑주 차림새인 장수 하나가 들어왔다.

그는 칠숙을 보자 정중하게 군례를 올리며 입을 열었다.

"아! 마침 상대등께서도 계셨군요. 오히려 잘되었습니다."

"어서 오시오, 동소 장군! 그래 무슨 일이요?"

"대목악에 있는 백제군에서 군사를 빼는 것 같습니다."

그 말을 들은 칠숙이 눈이 휘둥그레지면서 다그치듯 물었다.

"군사를 빼다니 무슨 말이요? 그들이 당성으로 쳐들어간다는 말씀이요?"

"그게 아니오라…… 군사 일부를 철군시키는 것 같습니다."

"허어! 철군이라니……? 좀 더 소상히 말씀해 보시오."

"소장은 수시로 수하를 보내 대목악에 있는 백제군의 동태를 은밀히 살펴보게 했습니다. 그런데 오만 명이던 군사가 갑자기 우리와 같은 삼만 오천 명 정도밖에 되지 않아 보인다는 보고가 있기에 상세히 알아보게 했더니 일만 오천이 웅진 쪽으로 이동했다고 합니다."

서로 공수동맹을 맺은 사이라면 적이 아니라 동지가 분명한데도 몰래 정탐을 하고 있었던 것이다.

도둑이 제 발 저리다고 했던가! 왕이 없는 사이에 쿠데타를 일으켰던 칠숙이 얼른 되물었다.

"혹시, 백제 도성에 무슨 일이 일어난 것이 아니요?"

"전혀 그런 낌새는 없었습니다."

"흠, 그렇다면 우리 군사수만큼만 남기고 나머지는 후방으로 뺐다는 말인데……."

옆에 있던 이리벌이 칠숙에게 물었다.

"상대등께서는 백제국의 의도가 무엇이라고 생각하십니까?"

"저들은 배달국을 토벌하고 나서 닥칠 뒷일을 생각하는 것 같소."

"그렇다면……?"

"배달국을 없애면 결국 우리와 백제만 남게 되오. 그다음은 어떤 일이 벌어지겠소?"

"당연히 두 나라의 다툼이 시작되겠지요."

"바로 그거요! 저들은 벌써 그것을 염두에 두고 있다는 말이요."

"그렇다면 우리도 대비를 해야 할 터인데 그럴 군사가 없지를 않습니까?"

"그러니 큰일이요. 내일 서둘러 서라벌로 가서 대책을 마련해 봐야겠소."

"당연히 그래야겠지요. 은밀히 군사를 모집해서 어딘가에 숨겨 두기라도 해야 할 것 같습니다."

"내일 아침 나절까지 당성에 보냈던 자들의 소식을 기다려 보고, 오후에 서라벌로 돌아가겠소. 본관이 떠나면 이곳은 병부령이 책임지고 맡아 주시오."

"알겠습니다."

"다들 돌아가 보시오. 본관도 좀 쉬어야겠소."

"예! 그럼, 소장은 물러가겠습니다."

"소장도 물러가겠습니다."

이리벌과 동소가 문을 열고 나가는 모습을 물끄러미 바라보던 칠숙은 현실의 냉혹함을 깨닫고는 문득 수을부가 생각났다.

상대등이던 수을부가 당성으로 납치되어 간 진평왕을 구해 오기 위해 길을 떠나자마자 자신은 석품과 모의를 하여 모반을 일으켰다. 다행히 정변이 성공하여 조정을 장악하게 되자, 진평왕의 동생인 김국반을 왕으로 추대하고 자신은 그렇게나 소망하던 병부령 자리보다 더 높은 상대등에 올랐지만 요사이는 맥이 빠지는 기분이었다. 수을부가 있을 때는 조정에 출사하겠다는 자들이 그렇게도 넘쳐 나더니 자신이 상대등에 오른 다음부터는 벼슬자리에 나와 달라고 사정해도 거절하는 판국이니 분통이 터질 일이었다.

이미 기라성 같은 신라 장수들이 배달국 무리에게 망명하거나 사로잡혀 버렸고, 그나마 남아 있던 자들도 대부분 자신이 상대등에 오르자마자 벼슬을 내던지고 칩거해 버렸다. 오죽하면 감문주(甘文州) 군주로 있던 이리벌에게 병부령을 맡길 정도이겠는가? 자신이 생각해도 답답하기가 이를 데가 없었다.

수을부가 새주를 데려가는 바람에 옥새를 찍지 못한 국서를 보내자 백제는 옥새가 없는 국서는 믿을 수 없다고 하여 땅을 더 떼어 주기로 하고 간신히 백제와 동맹을 맺었다. 그런데 후일을 생각한 백제가 저렇듯 군사를 뒤로 숨기고 있으니 신라도 가만히 있을 수만은 없는 노릇이었다. 눈앞에 있는 배달국 무리를 제거하더라도 그 이후에 백제가 등을 돌리고 쳐들어온다면 막아 낼 방법이 없었기 때문이다.

한편 당성에서는 이른 아침 2대의 비조기가 이륙하여 남쪽으로 향하고 있었다. 공격용 비조기는 평소대로 이일구가 조종을 맡고 있었고, 장지원이 조종하는 수송용 비조기에는 작전의 총사령관인 조영호와 부사령관인 변품이 특전군 20명을 데리고 탑승해 있었다. 지난번 김백정을 체포해 올 때와 다른 점은 기관총좌를 특전군이 맡고 있다는 것을 제외하고는 크게 달라진 것은 없었다.

30분이 지나자, 백마강 강변에 우뚝 솟아 있는 부소산이 보였다.

잠시 후, 궁궐에 가까이 접근한 공격용 비조기가 먼저 연막탄과 최루탄 공격을 시작했다. 그로부터 충분한 시간이 경과됐다고 판단한 조영호는 수송용 비조기를 조종하고 있는 장지원에게 착륙을 지시했다.

이어 비조기가 서서히 궁 안 뜰에 착륙을 하자, 방독면을 쓰고 기관단총으로 무장한 특전군들이 조영호와 변품의 신호에 따라 뛰어내렸다. 이번 작전에 참가한 특전군들은 지난 번 신라 국왕이던 김백정을 체포해 오는 작전에 참가했던 군사들이었기 때문에 이미 경험이 있었다.

특전군 2명은 비조기 옆에서 경계를 서고, 나머지 특전군들은 앞장서서 달려가고 있는 조영호와 변품을 뒤따랐다. 그동안 공격용 비조기는 수송용 비조기가 착륙해 있는 상공을 선회하며 경계를 늦추지 않고 있었다.

특전군을 인솔하고 정전인 벽해전으로 들어간 조영호는 서라벌에서와 마찬가지로 콜록거리는 기침 소리를 내고 있는 사람마다 찾아가 용모를 살폈다. 모두가 궁인들이었다. 옆에서 그 모습을 지켜보던 변품은 안 되겠다 싶은지 궁인 하나를 잡아 멱살을 움켜쥐었다.

그러고는 온통 눈물과 콧물로 범벅이 되어 있는 그자의 얼굴에 대고 큰 소리로 물었다. 신라어와 백제어는 사용하는 단어가 간혹 다른 것이 있었지만 의사소통에는 큰 지장이 없었다.

"너희 왕은 어디 있느냐?"

"……."

"다시 묻겠다. 너희 왕은 어디 있느냐?"

거듭되는 질문에 정신이 없어서인지 목숨이 아까워 그랬는지 모르지만, 그자는 콜록거리며 한쪽 구석을 가리켰다.

"……내전…… 콜록! 콜록! 에, 콜록! 콜록! 콜록!……."

변품은 이미 정보사에서 가르쳐 준 궁궐 안의 건물 배치를 완전히 숙지하고 있었기 때문에 그자가 손으로 가리키는 곳이 내전임을 알아챘다.

그를 팽개치듯 놔준 변품은 그곳으로 앞서 달려갔다. 물론 조영호와 특전군들도 뒤따랐음은 물론이다.

내전도 상황은 비슷했다. 자욱한 연기로 앞뒤가 잘 분간되지 않는 가운데 건물 안에서는 콜록거리는 소리만 들리고 있었다. 또다시 일일이 용모를 살펴가며 내전을 샅샅이 뒤졌지만, 국왕이라고 판단되는 자를 찾을 수가 없었다.

변품은 그곳에서 제일 직관(職官)*이 높다 싶은 자의 어깨를 움켜잡고는 물었다.

"왕은 어디에 있느냐?"

그자는 기어들어 가는 목소리로 더듬거렸다.

"쿨룩! 출궁…… 쿨룩! 쿨룩! 미행을…… 나가 셨…… 쿨룩! 쿨룩!"

---

* 직관(職官): 벼슬 이름.

그 말을 들은 변품은 혹시나 싶어 옆방으로 달려가 그곳에서 콜록대고 있던 궁인들에게 동일한 질문을 반복했지만, 대답은 마찬가지였다.

그는 당황스런 목소리로 곁에 있던 조영호에게 말했다.

"장군! 왕이 궁 밖으로 미행(微行)*을 나갔다고 합니다."

"흠, 그럼 일단 다음 단계의 작전을 진행합시다."

이미 여러 번 확인하는 변품의 행동을 지켜봤던 조영호는 더 이상 긴 말을 하지 않고 다음 단계로 넘어가자고 한 것이다.

"예!"

변품은 조영호와 나머지 특전군들에게 따라오라는 손짓을 하고는 이번에는 왕자전으로 향했다. 그곳에 있던 부여의자를 찾아내는 것은 그다지 오래 걸리지 않았다.

신호에 따라 2명의 군사가 그를 데리고 나가는 것을 보자마자 변품은 남아 있던 특전군들에게 손짓을 했다. 명령을 받은 특전군들은 어디론가 쏜살같이 사라져 갔다.

비조기가 있는 곳으로 나온 조영호와 변품은 우선 부여의자가 실려 있는지 확인을 하고는 비조기 문 앞에 서 있었다. 뒤이어 사라졌던 특전군들이 궁녀 하나와 자주색 비단 관복을 입은 자를 데려오고 있었다. 순간 조영호는 필요 없어진 궁녀를 도로 놔줄까 하다가 왕자가 있으니 모두 비조기에 태우게 했다.

비조기에 올라간 변품은 궁녀에게 왕자를 가리키며 물었다.

"이자가 왕자가 맞느냐?"

아직도 눈물 콧물이 흐르는 상황에서 억지로 눈을 떠 확인을 하고

---

* 미행(微行): 지위가 높은 사람이 허름한 차림으로 눈에 띄지 않게 무엇을 살펴보러 다님.

는 고개를 끄덕였다.

확인 과정을 거친 그는 아직도 비조기 주변을 경계하고 있는 특전군에게 탑승 명령을 내린 다음 옆에 앉아 있는 조영호에게 보고했다.

"장군! 왕자라는 것을 확인했습니다."

"음, 알겠소. 장지원 장군! 이륙하시오!"

"네! 알겠습니다."

이어 조영호는 비조 1호기에도 작전이 끝나고 이륙하겠다는 연락을 취했다. 그러자 부소산성에서 군사들이 몰려 내려오고 있다며 빨리 이륙하라는 독촉이 빗발 같았다.

비조기가 착륙하고 나서 불과 20분 만에 끝난 작전이었지만 안타깝게도 실패였다. 가장 중요한 알맹이가 빠진 것이다.

편대를 이룬 2대의 비조기는 백마강을 따라 동북쪽으로 날기 시작했다.

조영호는 무거운 마음으로 조종을 하던 장지원에게 국왕을 체포하지 못한 사실을 당성에 보고하고 웅진 상공을 거쳐서 가자고 지시했다.

그 사이 왕자가 정신을 차리자 변품이 그에게 확인 차 물었다.

"그대는 누구인가?"

"나는 백제 왕자인 부여의자요."

역시 왕자라는 것을 확인하자 이번에는 관인(官人)을 향해 물었다.

"그대는 누구인가?"

"나는 백제국 조정좌평 부여망지요."

모두들 순순히 자신의 신분을 밝히자 변품은 조영호를 향해 말을 했다.

"저들은 왕자와 조정좌평 직관에 있는 부여망지라고 합니다."
"수고하셨소이다, 장군!"
포로가 된 왕자 일행은 제정신이 아니었다. 생전 듣지도 보지도 못한 물체에 강제로 실려져 하늘을 난다면 어느 뉘라서 태연할 수 있겠는가!
그런데 바로 그때 갑자기 부여의자가 변품을 향해 언성을 높였다.
"이보시오! 죽을 때는 죽더라도 할 말은 해야겠소. 나에게 누구냐고 물었으면 공(公)도 누구라고 밝혀야 도리가 아니겠소!"
예상치도 못한 힐난에 변품이 오히려 어안이 벙벙해졌다. 그 광경을 지켜본 조영호는 그가 왜 언성을 높였는지 알 수가 없었기 때문에 변품을 쳐다보며 물었다.
"변품 장군! 저자가 뭐라는 것이요?"
"허허! 누구냐고 물었으면 물은 사람 역시도 누구인지 밝혀야 도리가 아니냐는 힐문인데요."
헛웃음을 치면서 어이가 없다는 투로 대답을 했다.
"음, 당돌하지만 틀린 말은 아니구려. 사실대로 대답해 주시오."
"예!"
대답을 한 변품이 그를 향해 말을 했다.
"본장은 배달국 장군 변품이라 하오. 옆에 계신 분은 하늘에서 내려오신 천족장군 중에 한 분이시오. 우리는 그대를 포획해 가기 위해 왔던 것이요. 이제 그대의 처지를 알았을 터이니 신중히 처신하기 바라오!"
"……."
그러고 나서 문득 생각난 듯 변품이 그에게 물었다.

"그대의 부왕(父王)은 어디에 있소?"

부여의자는 추측했던 대로 이들이 배달국에서 온 자들임을 알게 되자 이제 죽은 목숨이라고 생각하고 있었다. 그런데 자신의 부왕인 부여장의 행방을 묻자, 내뱉듯이 대꾸를 했다.

"나도 모르오. 며칠 전에 미행을 떠나셨다는 것만 알지 어디에 계신지는 궁에서도 아는 사람이라곤 아무도 없소."

역시 궁을 나간 것이 확실한 모양이었다.

부여장을 체포하지 못해 착잡해하는 변품과는 달리, 모든 것을 체념한 부여의자는 오히려 한결 마음의 여유가 생기고 비조기 창밖도 자연스럽게 내다보게 되었다. 바로 그때 2대의 비조기는 군사들이 복닥거리고 있는 웅진의 공산성 상공을 한 바퀴 선회하고 있었다. 부여의자도 아래가 공산성이라는 것을 한눈에 알아봤다.

자신의 눈에 백제군의 진영이 마치 아이들이 병정놀이를 하는 것처럼 보이자 자신도 모르게 '쿵!' 하는 신음이 절로 나왔다.

조정에서는 숙의에 숙의를 거듭하며 고심 끝에 군사를 배치한 것인데, 이들은 마치 손금을 들여다보듯이 하면서 속으로 얼마나 가소롭게 생각할까 싶었다. 생각할수록 얼굴이 화끈 달아올랐다. 부여의자의 마음속에 교차하는 이런 지레짐작들을 알 턱이 없는 조영호와 변품은 곧 있을 칠숙 체포 작전에 대한 생각에 잠겨 있었다.

웅진 상공으로부터 불과 20여 분 남짓하여 만노군에 이르자, 비조 1호기가 경계 비행을 하는 가운데 수송용 비조기는 만노군 치소인 연보당 앞뜰에 착륙을 했다.

이어 신라 군사 하나를 붙잡아 칠숙이 어디 있는지를 물으니 칠숙은 이미 서라벌로 출발했다는 대답이었다.

칠숙이 이곳에 없다는 것을 알게 된 조영호 일행은 마음이 급해져 막 비조기에 오르려는 찰나에 요란한 중기관총 소리가 귀청을 찢었다. 공중에서 엄호 비행을 하던 비조 1호기에서 쏘고 있는 것이 분명했다.

총소리가 들리는 이유가 있었다. 수송용 비조기가 착륙하자 엄호를 위해 비조 1호기는 상공을 선회 비행하고 있었다. 그런데 얼마 지나지 않아 조종을 하던 이일구는 깜짝 놀랐다.

비조기를 향해 미사일처럼 날아오고 있는 지게작대기 만한 물체들을 본 것이다. 한두 개도 아니었다. 도대체 이 시대에 웬 미사일이란 말인가!

마침 기관총좌에 앉아 있던 특전군도 이 광경을 목격했는지 다급한 목소리로 외쳤다.

"장군님! 저 화살을 쏘는 노포(弩砲)를 없애야겠습니다."

"아하! 저것이 노포라는 것이냐?"

"옛! 그렇습니다."

"흠!"

이일구가 화살이 발사되고 있는 노포를 향해 기수를 돌리자 명령할 필요도 없이 눈치 빠른 특전군이 기관총을 발사하기 시작했다. 노포는 남쪽 진영에 열 개나 배치되어 있었는데, 노포 1개당 10명의 군사가 붙어 있었다. 비조기에서 쏟아지는 기관총탄 세례에 노포도 부서지고, 노포에 붙어 있던 군사들 역시 짚단처럼 쓰러져 갔다.

대공포나 미사일처럼 쏘아지던 노포를 없애자마자 착륙해 있던 수송용 비조기에서 연락이 왔다.

"여기는 비조 4호기 도대체 무슨 일인가? 이상!"

"신라군의 공중 무기를 파괴하기 위한 조치였다. 이제 4호기는 이륙해도 좋다. 이상!"

"여기는 비조 4호기, 알았다. 이륙 후 남쪽으로 향한다. 이상!"

"알았다. 이상!"

무전 연락을 마치고 난 이일구는 조금 전의 상황을 되새겨 보면서 등골이 오싹해지는 느낌이었다. 이 시대에 설마 그런 무기가 있으리라고는 상상도 하지 못했기 때문이다. 물론 명중된다고 하더라도 추락할 리야 없겠지만 그것도 자신할 수 없는 일이었다. 잘못해서 날개에라도 맞아 부러지면 추락하지 않는다는 보장도 없었다. 아무래도 당성으로 돌아가게 되면 그 무기의 무서움에 대해 장군들에게 말해 주어야겠다고 생각하면서 특전군에게 물었다.

"아까 그 노포라는 무기의 성능이 어느 정도나 되느냐?"

"예, 아까 그 노포는 천보뇌라고도 부르는데……."

하고 말을 시작한 그는 보통 활보다 강한 노(弩)라고 하는 무기를 더욱 강력하게 만든 것으로 화살의 길이만 해도 7자*나 되고, 천 보(步)*나 떨어진 목표물도 거뜬히 쏘아 맞출 수 있다고 했다. 그래서 천보뇌라는 별칭도 갖게 됐다는 말이었다.

얘기를 듣던 이일구는 그런 대단한 무기를 누가 만들었는지 궁금해졌다.

"그럼, 그 노포라는 병장기는 누가 만들었느냐?"

"네에, 저것은 칠십여 년 전인 진흥왕 때 신득(身得)이라는 무기 장인이 노를 개량해서 처음 만들었습니다. 특히 공성 무기로 성을 공

---

* 일곱 자(尺): 당시 신라 때 길이 척도로 약 2.7m
* 천 보(步): 1.8km

격해 오는 적들을 상대하기가 좋기 때문에 주로 성을 수비할 때 사용해 왔습니다."

일개 병사에 지나지 않는 그는 노포에 대해 상당한 지식을 갖고 있었다.

"하하하! 그렇구나. 궁금했는데 재미있게 잘 들었다."

"그렇다면 다행입니다, 장군님!"

우수기는 신라군들이 배달국 공략을 준비하면서 나름대로 비조기에 대한 대책으로 노포를 준비하고 있었다는 것을 알게 되었다.

2대의 비조기는 서라벌로 가는 관도(官道)를 따라 비행하여 계립령에 이르렀다.

조영호가 변품에게 물었다.

"변품 장군! 그들이 이 길로 가는 것이 확실하오?"

"예, 분명 이 길로 갈 것입니다. 신라에서는 이 길을 북요통(北搖通)이라고 하는데 신라 도성인 서라벌에서 국원소경을 거쳐 당성에 이르는 관도입니다. 관도라는 것은 나라에서 관리하는 길입니다."

그는 친절하게 설명까지 덧붙이면서 대답을 하는 것이었다.

조영호는 '아하! 그렇다면 이 길이 고속도로나 국도쯤 되는 것이겠구나.' 하는 생각과 뒤이어 '변품은 전형적인 군인으로 별로 말도 없고 강건한 사람인 줄로만 알았는데 자상한 부분도 있구나.' 하는 생각이 스쳤다.

계립령을 넘어가면서 다시 변품이 말을 건넸다.

"장군! 북요통에서 제일 험하다는 곳이 바로 이 계립령입니다. 하늘재라고도 불리는데 국원소경과 감문주 사이를 통하게 해 주는 고갯길입니다."

"하하! 그렇소?"

간단한 대화를 나누며 계립령을 완전히 넘어서자 멀리 말을 탄 일단의 무리가 남쪽으로 길을 재촉하고 있는 것이 보였다.

"장군! 저들 중에 자색 옷차림을 하고 있는 자가 칠숙이 확실합니다. 자색 옷은 조정 대신들이나 입는 옷입니다."

그 무리가 칠숙의 일행이 분명해 보인다는 말을 들은 조영호는 2대의 비조기로 그들을 앞뒤로 막아 포획하기로 결정하고, 그는 움직임이 날렵한 비조 1호기에게 앞질러 날아가서 기관총으로 위협 사격을 가하라고 무전으로 지시했다.

비조기를 발견한 그들 역시 타고 있는 말에 채찍을 가해 속력을 높이기 시작했다. 그렇지만 역시 말이 뛰어 봤자 비조기의 속력을 어찌 당할쏜가.

앞질러 간 1호기가 지면 가까이 앞을 막아서서 기관총 사격을 가하자 놀란 말들은 앞발을 들면서 타고 있던 자들을 내동댕이치고는 길 밖으로 뿔뿔이 도망가고 있었다.

20여 명의 무리들은 모두 신라 군복 차림이었는데 유독 칠숙만은 동백꽃 빛깔의 비단 자색 관복 차림이었기 때문에 쉽게 눈에 띄였다. 변품은 비조기에서 그자를 알아보고는 칠숙이 틀림없다고 재차 확인했다.

길이 협소하였기 때문에 덩치가 큰 비조 4호기는 조심스럽게 착륙을 시작했다. 비조기가 착륙하자마자 변품이 특전군들과 함께 뛰어내렸다.

"철커덕!"

"철컥!"

특전군들이 앉아쏴 자세를 취하는 소리가 들렸다. 맞은편에 있는 신라군들도 위협을 느꼈는지 어느새 칠숙을 호위하는 형태로 경계 자세를 취하고 있었다.

변품이 입을 열었다.

"네 이놈들! 그 자리에서 움직이지만 않는다면 목숨을 거두지는 않겠다. 너희들 중에 혹시 나를 아는 자가 있을지도 모르겠지만, 나는 변품이다."

"……!"

"서라벌에 있는 왕은 옥새도 없는 가짜 왕이다. 지금 네놈들과 함께 가고 있는 칠숙이란 자가 반란을 일으켜 진짜 왕인 진평왕을 몰아낸 것이다. 네놈들이 모시던 진평왕은 오갈 데가 없어져 하늘에서 내려오신 배달국 태황제 폐하께 귀순을 하였노라."

"……?"

"본장은 저 역적 칠숙을 잡아가기 위해 왔노라. 네놈들 손으로 역적을 잡아 바친다면 네놈들의 죄는 묻지 않고 곱게 돌려보내 주겠다. 어찌하겠느냐?"

변품이 위엄을 갖추고 고함을 지르자 위기라고 생각한 칠숙이 손가락질을 하면서 큰 소리로 외쳤다.

"모두 거짓말이다! 저자는 신라 장수로서 나라를 배반하고 도둑무리에게 가담한 역적이다. 모두 저자를 쳐라!"

"……."

군사들은 두 사람을 번갈아 쳐다보면서 머뭇거리고 있었다.

변품이 다시 소리를 질렀다.

"자, 들어라! 저자는 원래 승부령에 있던 자로서 왕을 몰아내고 상대등이 된 것이다. 원래 상대등이 누구더냐? 바로 수을부 공이 아니더냐? 수을부 공 역시도 저자가 난을 일으켜 서라벌로 돌아갈 수 없게 되자 어쩔 수 없이 왕과 함께 배달국에 투항했노라. 배달국에 귀순한 내가 역적이라면 배달국에 투항하신 진평왕도 역적이더냐? 지금 너희들의 목숨을 쉽게 거둘 수가 있으나, 너희들은 죄가 없다는 것을 알기에 살 기회를 주려는 것이다. 어떻게 하겠느냐?"

칠숙도 지지 않고 손가락으로 변품을 가리키며 맞받아 외쳤다.

"저자는 우리 신라국의 역적이다. 무엇들을 하느냐? 어서 저들을 공격하라!"

이때 칼을 꼬나들고 있던 군사 하나가 변품 쪽으로 달려들 기세를 보이자 변품 옆에 있던 특전군이 기관단총의 방아쇠를 당겼다.

"탕!"

소음기가 부착되어 있어서인지 그리 큰 소리는 아니었지만, 총소리와 동시에 칼을 뺐던 군사는 힘없이 고꾸라졌다.

그것을 본 신라군들은 모두 얼굴이 사색이 되었다.

"네 이놈들! 내가 움직이지 말라고 했지 않느냐? 또 죽고 싶은 놈은 앞으로 나오너라."

"……."

"이제 더 이상 기다리지 않겠다. 너희들 손으로 칠숙을 잡아 바치면 너희들만큼은 목숨을 살려 보내 주겠다."

신라군들은 잠시 서로 눈치를 보는 것 같더니 누가 먼저랄 것도 없이 칠숙에게 달려들어 그의 양팔을 잡아 뒤로 비틀고 있었다.

"네 이놈들, 이 무슨 짓이냐? 어서 놓지 못할까? 네 이놈들!"

뒤로 팔이 꼬인 칠숙이 고래고래 고함을 치고 있었지만 군사들은 아랑곳하지 않고 그의 손목에 말채찍을 감아 묶었다. 그러고는 잡아 끌다시피 특전군 앞으로 데리고 와서는 입을 열었다.

"여기 칠숙을 잡아 왔습니다."

그 말이 끝나는 것과 동시에 눈치 있는 특전군 하나가 순식간에 그를 낚아채서는 끌다시피 비조기로 데리고 갔다. 칠숙이 끌려가는 것을 본 변품은 신라 군사들을 향해 말했다.

"약속한 대로 너희들의 목숨을 살려 주겠다. 이제 너희들은 돌아가도 좋다."

말을 마친 그도 나머지 특전군들을 인솔하여 비조기에 올랐다.

곧이어 비조기는 요란한 프로펠러 소리를 내며 이륙했다.

백제 왕을 체포하는 데는 실패했지만, 그나마 칠숙을 예정대로 체포해서 찜찜하던 조영호의 마음은 한결 가벼워졌다.

# 백제국의 풍운

백제 국왕과 칠숙을 체포하기 위해 출발하는 조영호 일행을 전송하고 난 강철은 그 자리에 나와 있던 장수들을 둘러보다가 조성만에게 명했다.

"조성만 장군! 장군은 백제 국왕 일행이 체포되어 오면 사숙관으로 정중히 안내하시오."

그는 지난 번 신라 국왕이 왔을 때도 의전관의 역할을 잘해 냈기 때문에 이번에도 그에게 맡겨진 것이었다.

"옛! 알겠습니다."

그의 대답을 들은 강철은 이번에는 무은을 쳐다보며 명했다.

"정보사령은 칠숙이 잡혀 오면 지금 미실이 있는 곳에 함께 가두시오. 물론 경계를 철저히 하는 것도 염두에 두어야 할 것이오."

"옛! 각하! 알겠습니다."

"자! 다른 분들도 이제 들어가십시다."

하고는 자신이 먼저 발걸음을 옮겼다.

집무실로 돌아온 강철은 내일 아침 조회에서 협의할 내용을 살펴보기 시작하는데 조금 전에 헤어진 무은과 해론이 찾아왔다.

"각하! 아무래도 보통일이 아닌 것 같아 말씀을 드려야겠기에 왔습니다."

"허허! 조금 전까지 함께 계시던 분들이 갑자기 무슨 큰일이 났기에 그러시오? 서두르지 마시고 천천히 말씀해 보시오."

"그럼, 말씀드리겠습니다. 어제 폐하 시해 사건이 있은 후부터 수상한 자들을 은밀히 조사하고 있었던 것은 이미 각하께서도 아시고 계시리라 믿습니다만……."

강철도 어제부터 정보부에서 모든 특전군들을 풀다시피 하여 그렇게 하고 있다는 것은 이미 알고 있었다.

"조영호 장군의 지시로 그렇게 하고 있다는 것을 알고 있었소만……."

"각하, 그런데 어제 오후에 기근니 촌주가 객주(客主)*를 하고 있는 촌민의 집에 수상한 자들이 묵고 있다는 제보를 해 왔습니다. 그래서 몰래 그들을 지켜보게 했는데, 아무래도 그들 중에 한 명이 백제 왕족으로 보입니다."

"백제 왕족이라니? 그렇게 판단하는 이유가 있소?"

"물론입니다. 그자와 함께 움직이는 자들이 그를 대하는 태도가 왕족에게나 하는 행동을 하고 있다고 합니다. 결정적인 것은 부복대례를 올리는 것을 목격했다고 하는데 그것은 사실 왕에게나 하는 행동입니다."

* 객주(客主): 중간 상인, 여행객을 묵게 하는 여관업도 겸하는 경우가 있었다고 함.

표정이 점점 진지하게 변하고 있는 강철이 다시 물었다.

"그런데 어째서 하필 백제 왕족이라고 단정하는 것이요?"

"신라 왕족들의 습성은 소장들이 익히 잘 알고 있고, 그렇다고 고구려는 더더욱 아닙니다. 그들의 옷 또한 특별히 눈에 띄는 부분이 있는 것은 아니지만 모양이 백제 옷과 유사한 점이 많고, 행동 역시 신라나 고구려인이 아닌 백제인들이 하는 행동으로 보이기 때문에 그렇게 판단한 것입니다."

"그들은 지금 무엇을 하고 있소?"

"곧 떠날 채비를 하는 것 같다는 보고를 받고 급히 달려오는 길입니다."

"알겠소! 그렇다면 두 분이 직접 가서 체포해 오시오. 반항하지 않으면 정중히 대하시오. 만약 두 분 추측대로 백제 왕족이라면 무리 중에 날쌘 호위 무사가 있을지도 모르니 특전군을 데려가시오. 왕족이라는 자를 제외하고 반항하는 자는 사살해도 좋소. 어서 빨리 나가 보시오."

"옛! 명대로 하겠습니다."

씩씩하게 대답을 한 그들은 서둘러 밖으로 나갔다.

그 시간 체포 작전을 마친 2대의 비조기는 당성을 향하고 있었다.

조영호가 칠숙을 힐끗 쳐다보니, 그는 손이 묶인 채 한쪽 구석에 쪼그려 앉아서 하얗게 질린 얼굴로 멍하니 넋을 놓고 있었다. 이번에는 눈길을 돌려 백제국에서 체포한 자들의 동정을 살펴보니, 표정은 시무룩했지만 정신은 온전한지 가끔씩 창밖을 내다보기도 하고 있었다.

조영호가 변품을 불렀다.

"변품 장군!"

"옛!"

"오늘 일어난 일을 어떻게 생각하고 있는지 저들에게 물어봐 주시오."

하고는 턱으로 왕자 일행을 가리켰다.

"예! 알겠습니다."

"조정좌평이라 하셨소? 본장은 방금 전에 소개한 대로 배달국 육군 소장 변품이라 하오. 공에게 몇 가지 묻고자 하오."

변품은 무성의하게 자신을 소개할 때와는 달리 이번에는 정중하게 자신을 소개하면서 질문을 하겠다는 의사를 전하자, 잠시 눈을 껌뻑이던 부여망지는 조심스레 먼저 물었다.

"아까는 경황이 없어 여쭙질 못했는데 귀장은 혹시…… 신라 장수였던 그 변품 장군이 아니시오?"

"그렇소! 하지만, 지금은 배달국에 귀순하여 천명을 받들고 있소."

"음…… 그렇구려. 장군의 명성은 익히 들었소이다. 소관은 백제국 조정좌평 부여망지라고 하오."

비조기가 가볍게 흔들리고 있었지만 그는 자신을 다시 소개하면서 앉은 채로 두 손을 앞에 모으는 공수(拱手)의 자세로 허리를 굽혀 예를 표했다. 그가 정중하게 인사를 하자 잠깐 동안 마주 허리를 굽혔던 변품이 물었다.

"오늘 우리 천제국 병장기의 위용을 본 느낌이 어떠시오?"

"……사실, 소관은 아직도 무엇이 무엇인지 모르겠소이다."

"당연히 그럴 것이요. 하늘을 날고 있는 이 병장기만 해도 태황제 폐하께서 하늘에서 가져오신 병장기로서 듣도 보도 못한 것일 테니 말이요."

"하늘에서요?"

"그렇소! 이외에도 여러 가지가 있지만, 이 병장기 하나만으로도 십만 대군쯤은 파리 잡듯이 할 수가 있다 하오."

"……."

그 말을 들은 부여망지는 아무런 대꾸가 없었지만 표정은 크게 변하고 있었다.

"지금 귀국은 대목악에 삼만 오천의 군사를 집결시켜 놓고 있질 않소? 원래 오만의 군사를 주둔시켰다가 일만 오천을 빼내어 아까 봤던 웅진으로 이동시켜 놓았다는 것도 알고 있소이다."

변품의 말을 들은 그는 자신들의 군사 배치를 훤히 꿰뚫고 있는 것을 알고는 속으로 크게 놀랐지만 시치미를 떼고 반문했다.

"무슨 말씀이시오?"

"허허! 그럼, 아니라는 말씀이요? 그렇다면 공산성은 아까 눈으로 확인했으니, 대목악에 집결해 있는 군사들마저 보여 드려야 인정을 하시겠소?"

"……?"

"알아 두실 게 있소. 우리 배달국 태황제 폐하께서는 이 땅은 물론 대국이라는 수나라까지 손바닥을 들여다보듯이 환히 알고 계신다는 사실이오."

"수나라까지 아신다는 말씀이오?"

"그렇소!"

대화를 하던 변품은 조영호에게 말을 건넸다.

"장군! 우리가 대목악을 들러서 가면 어떻겠습니까?"

변품의 제안에 조영호는 고개를 끄덕이며 즉각 대답을 했다.

"그럽시다."

비조 1호기에 연락을 취한 비조기는 대목악이라고 불리는 천안 방향으로 기수를 돌렸다.

"공은 들으시오. 지금 대목악을 들러 그곳에 있는 백제군을 확인시켜 드리리다. 그곳에서 귀국 군사들이 발견되면 공이 본장을 능멸한 것으로 간주하겠소이다."

변품이 싸늘하게 말하자, 겁보다는 바로 눈앞에서 거짓을 말했다는 것이 들통 나면 체신이 망가진다고 생각했는지 바른 말을 했다.

"대목악에 우리 군사가 있는 것은 맞소이다."

속으로 쾌재를 부르며 변품은 다음 질문을 계속했다.

"흠, 경고하지만 앞으로 본장을 우롱할 생각일랑 하지 마시오. 이미 신라 국주이던 진평도 옥새를 바치면서 태황제 폐하께 귀순을 하였소이다. 귀국은 기껏 몇 만의 군사로 우리 배달국을 어찌해 보겠다는 심산(心算)인 모양인데 참으로 어리석은 생각이요."

"진평왕이 정말로 투항을 했소이까?"

"허어! 곧 당성에 도착하면 알 일인데 본장이 실없는 말을 하겠소이까?"

"음……."

진평왕이 투항을 했다는 말을 들은 그는 상당히 놀란 모양이었다. 신라 조정에 반란이 일어난 이후 진평왕이 사복홀에 있다는 것만 알았지 이후에 배달국에 투항한 사실은 아직까지 모르고 있었다.

"우리는 사실, 공의 주군인 부여장을 포획하러 갔던 길이었소. 출궁을 한 덕분에 이번에는 잡히지 않았지만 불원간 잡을 것이요. 부여장은 반정을 일으킨 지금의 신라 조정과 손을 잡고 감히 우리 배달국에 대적하려 한 것이 스스로 화를 불러들인 것이요. 참으로 딱하게 되었소이다."

"……."

"한 가지만 더 귀띔을 해 드리리다. 저쪽 구석에 있는 조금 전에 포획된 사람이 누구인 줄 아시오?"

"……소관이 어찌 알겠소이까?"

"바로 얼마 전에 반정을 일으키고 신라국 상대등 자리에 오른 칠숙이라는 자외다. 저자가 감히 태황제 폐하를 시해하려고 몰래 첩자(諜者)를 보냈었소. 그렇기 때문에 그를 추포(追捕)*해 데려가는 것이요. 우리가 마음만 먹으면 세상 어디에 숨은들 찾아내지 못하겠소?"

평소에는 말이 적은 변품이었다. 그런데도 이토록 장황하게 말을 늘어놓는 것은 이 기회에 배달국은 도저히 넘볼 수 없는 태산이라는 것을 이들에게 가르쳐 줘야 되겠다 싶어서 맘먹고 하는 노릇이었다.

"……."

"우리 배달국이 마음만 먹으면 백제나 신라를 공취(攻取)*하는 것은 손바닥을 뒤집는 것보다도 더 쉽소."

여태까지 꿀 먹은 벙어리처럼 할 말을 잃었던 부여망지는 자포자기 심정으로 따지듯이 짜증스럽게 물었다.

"그렇다면 여태까지 놔둔 이유는 도대체 무엇이요?"

"하하하! 공이 어찌 태황제 폐하의 깊으신 뜻을 알겠소? 폐하께서

---

* 추포(追捕): 추적해서 체포하거나 찾아내서 체포함.
* 공취(攻取): 공격해서 취함.

는 수많은 목숨이 다칠까 봐 여태까지 놔두었던 것이외다. 그것도 모르고 깝죽대고 있으니 참으로 딱하다 할 수밖에……."

그 말이 끝났을 때 조영호의 말소리가 들렸다.

"변품 장군! 밑에 백제 군진이 설치된 것을 보니 대목악인 것 같소."

말을 들은 변품이 아래를 내려다보자, 검은산(儉銀山) 아래 질서정연하게 군진이 설치되어 있고, 군사들의 움직임이 뚜렷이 보였다. 검은산은 현대에서는 독립기념관이 들어서 있는 흑성산이라 불리는 산이었다.

"저 밑을 보시오. 귀국 군사들이 진을 치고 있는 대목악인데 확인해 보시오."

"……!"

부여망지와 왕자인 부여의자가 말없이 아래를 내려다보니 정말로 백제 군영이 틀림없었다.

"이미 칠숙을 포획하는 것은 보았을 터이고, 하늘을 나는 이 병장기로 공격하면 반시진(時辰)*이면 저들 목숨을 모두 거둘 수가 있소."

변품의 말을 여태껏 말없이 듣고만 있던 부여의자가 참지 못하고 물었다.

"장군! 정말로 저들 목숨을 반시진 안에 거둘 수 있다는 말씀이요?"

"하하하! 그렇소. 믿기지 않는 모양인데 본장이 묻겠소. 저들 목숨을 거두기가 쉽겠소? 아니면 저들 모두를 포획하기가 더 쉽겠소?"

"그야 물론 포획하는 것이 더 어렵겠지요."

"그걸 아신다니 말씀드리겠소. 태황제 폐하께서 처음 하계로 내려

* 시진(時辰): 시간.

오셨을 때 본장이 사천에 가까운 군사를 몰아갔었소. 그러나 천족장군 네 분에게 일각(一刻)* 만에 모두 포획되었다면 믿겠소?"

"일각이라 하셨소?"

"그렇소! 다른 사람도 아닌 바로 본장이 겪은 일이요. 백제 국주 역시 제 명줄이라도 보존하려면 진평왕의 예를 잘 새겨봐야 할 거요."

"……."

말을 마친 변품은 이쯤하면 됐다고 느꼈는지 더 이상 입을 열지 않았다. 오히려 그럴수록 불안해지는 것은 부여의자 일행이었다.

드디어 비조기가 당성 치소 앞 연무장에 내려앉자, 몇 명의 특전군을 대동하고 나와 있던 조성만이 군례를 올리며 인사말을 했다.

"어서 오십시오! 고생이 많으셨습니다."

조영호가 마주 군례를 하며,

"고생이랄 거야 뭐 있겠소? 백제 국왕은 체포해 오지도 못했는데……."

"무전 연락을 받고 이미 알고 있습니다. 왕이 궁에 없었다니 그거야 어쩌겠습니까? 일단 체포해 온 자들을 인계해 주십시오."

"알겠소!"

대답을 한 조영호가 변품을 쳐다보며 인계하라고 막 지시를 내리려는 찰나에 정보사 부령인 해론이 황급히 그들 쪽으로 오면서 소리를 쳤다.

"잠시 멈추시오!"

인계인수를 진행하던 장수들은 무슨 일인가 하여 다가오는 그를 쳐다봤다.

---

* 일각(一刻): 15분.

"……?"

"총리대신 각하의 명입니다. 칠숙은 예정대로 조치하고, 왕자 일행은 두 분 장군께서 직접 총리 집무실로 데려오라고 하십니다."

변품이 해론에게 되물었다.

"두 장군이라면 누구를 말하는 거요?"

변품과 해론은 배달국에 망명하기 전까지는 상관과 부하 사이였다. 전 같으면 '두 장군이라면 누구를 말하는 건가?' 하고 물었을 테지만 배달국 장수가 되고 난 지금은 전보다 그를 예우해 주고 있었다.

"예! 장군님과 조영호 장군님, 두 분을 말씀드리는 겁니다."

"알겠소!"

대답을 들은 변품은 주장(主將)인 조영호를 쳐다봤다. 체포해 온 자들의 인계인수가 끝나기 전까지는 조영호가 주장이었기 때문에 그의 지시를 받기 위해서였다.

조영호는 총리대신이 왜 이들을 데리고 오라는지 영문을 알 수가 없었다. 진평왕을 체포해 왔을 때만 해도 며칠 후에야 만나 보더니 이번에는 왕도 아니고 왕자에 불과한 자를 잡아 오자마자 보려는 이유가 궁금했지만, 순간 지시를 기다리는 변품의 눈길을 느끼고는 먼저 조성만에게 입을 열었다.

"조성만 장군! 그럼, 우선 칠숙만 인계를 해야 할 것 같소."

"알겠습니다."

당초에는 무은이 칠숙을 인수하게 되어 있었다. 하지만 이후에 지시가 변경되어 조성만이 인수하게 된 것이었다.

그제야 조영호는 변품에게 지시를 내렸다.

"변품 장군! 칠숙을 조 장군에게 인계하시오."

"예! 알겠습니다."

조성만은 변품으로부터 칠숙을 인수하자마자 미실이 갇혀 있는 곳에 함께 가두라고 특전군들에게 지시했다. 칠숙은 이미 자신의 운명을 알았는지 하체가 풀린 모습으로 휘청거리며 말없이 끌려갔다.

그 모습을 잠시 바라보던 조영호는 변품과 함께 왕자 일행을 데리고 총리 집무실로 향했다.

안으로 들어선 조영호는 총리대신과 무은 앞에 낯선 자들이 취조를 당하는 모습으로 꿇어앉혀져 있는 것을 보면서, 강철에게 군례를 올리려는 순간 갑자기 뒤에 있던 부여의자의 놀란 비명 소리가 들렸다.

"아바마마!"

그와 거의 동시에 부여망지의 목소리도 들렸다.

"아니? 폐하!"

강철의 얼굴에는 회심의 미소가 스치면서 팔짱을 끼려다 말고 조영호 쪽을 향해 의자에 앉으라는 손짓을 했다.

대충의 상황을 눈치챈 조영호와 변품은 말없이 강철이 있는 곳으로 걸어가서 자리에 앉았지만, 해론은 부여의자 일행의 옆에 그대로 서 있었다.

조영호의 자리는 전체 상황이 한눈에 들어오는 곳이었기 때문에 꿇어앉아 있던 자들의 기색을 하나하나 살펴보았다. 일견하여 기품이 있어 보이는 자의 얼굴에는 낭패한 기색이 역력했고, 나머지 2명의 얼굴에는 불안감이 어리고 있었다.

강철은 그것 보라는 듯이 그들을 내려다보면서 추궁을 했다.

"자! 이래도 사실대로 실토하지 못하겠는가?"

이 말은 곧바로 무은에 의해 통역이 되었지만, 꿇고 있는 자들은 묵비권이라도 행사하듯이 묵묵부답이었다.

한참 동안을 바라보던 강철이 옆에 있는 무은에게 말을 했다.

"정보사령! 아무래도 왕자 쪽에 확인을 해 봐야겠소. 저들에게 물어보도록 하시오."

"예, 각하!"

대답을 한 무은은 왕자인 부여의자와 부여망지를 향해 묻기 시작했다. 그렇지만, 그들도 무엇인가 눈치를 챘는지 대답이 없기는 마찬가지였다.

무은이 이번에는 궁녀를 향해 호통을 치는 목소리로 묻기 시작했다. 그녀는 겁이 났는지 왕자와 좌평의 눈치를 보면서 기어들어 가는 목소리로 마지못해 대답을 하는 것이었다. 말문이 트였다고 생각한 무은은 이것저것 여러 가지를 묻고 나서 강철에게 보고를 했다.

"궁녀의 말이, 우리가 의심했던 대로 앞에 있는 자는 백제 국왕이 맞는다고 합니다. 그 뒤에 있는 자 중 한 명은 왕을 지근거리(至近距離)에서 모시는 전내부 나솔인 흑치사차라는 자이고, 나머지 한 사람은 호위 무사라는 것만 알지 직관과 이름은 모르겠다고 합니다."

옆에서 그 말을 듣는 조영호는 맥이 탁 풀리는 기분이 들었다. 사비궁 안을 그렇게 샅샅이 뒤져도 없던 국왕이 버젓이 당성에 와서 활보하고 있었다니 놀라운 정도가 아니라 어이가 없었기 때문이다.

강철도 어이가 없기는 마찬가지였다. 수상한 자들이 금방이라도 떠날 것 같다는 보고를 받고 체포하라는 명을 내리는 순간까지도 그가 백제 왕일 거라고는 꿈에도 생각지 않았다. 기껏해야 진평왕이 나라를 바치는 행사장에 숨어들어 염탐 정도나 하러 온 벼슬아치쯤으로 생각했던 것이었다. 그런데 체포 과정에서 호위 무사가 죽음까지 불사하면서 저항했다는 것과 호위 무사의 무예가 무은과 해론도 태어나서 처음 봤다고 할 정도로 뛰어나다는 말을 듣고는 상당한 지위에 있는 자로 추측을 했다.

그런데 조영호로부터 백제 국왕이 출궁해서 체포하지 못했다는 무전 연락이 있었다는 보고를 받고는 그때부터 혹시 왕이 아닐까 하는 의심이 들기 시작했던 것이다. 그렇지만 막상 당사자들은 나루에 들어오는 외국 선박에서 값나가는 물목을 구해 보려고 왔던 장사꾼이라고 시종일관 주장하기 때문에 혹시나 싶어서 잡아 온 왕자 일행과 대면을 시켰던 것이다.

기대했던 대로 백제 국왕이라는 것을 확인한 강철은 순간 고민에 빠졌다. 남의 나라 도성으로 몰래 숨어들었으니 여하튼 간첩이 분명했다. 물론 다른 생각하지 않고 간첩으로 처리한다면야 그뿐이지만 지금 그것이 능사가 아니라는 것은 삼척동자도 알 일이었다. 그렇다고 지금까지도 국왕이 아니라고 잡아떼고 있는 자를 국왕으로 대접할 수도 없는 일이었다. 과연 이들을 어떻게 처리해야 현명한가?

“총리대신 각하!”

이때 조영호가 부르는 소리에 흠칫 정신을 차렸다.

“음? 조 장군, 무슨 일이요?”

“예, 저기 저자가 상처가 깊은지 피를 많이 흘리고 있습니다. 나중은 나중이고 우선은 응급조치를 해야 할 것 같습니다.”

조영호가 손으로 가리키는 곳을 자세히 보니 백제 국왕 뒤에 꿇고 있는 자의 자리에는 피가 흥건했다. 강철이 있는 정면에서는 잘 보이지 않았지만, 약간 측면에 앉아 있던 조영호의 눈에는 그자의 옆구리에서 피가 계속 스미어 나오고 있는 것이 보였던 것이다.

그자의 상태는 한눈에 보기에도 생명이 위험할 정도였다.

"그럼, 저자의 처리는 조 장군이 맡아 주시오."

"옛! 알겠습니다."

대답을 한 조영호는 무은과 해론, 변품을 둘러보다가 눈이 마주친 변품에게 말을 건넸다.

"변품 장군! 아무래도 장군이 수고 좀 해 주어야겠소. 밖에 있는 특전군들을 불러 저자를 급히 조민제 장군에게 데려가 주시오. 본장도 곧 가 보겠지만 조 장군에게 꼭 살리라는 부탁을 하더라고 전해 주시오."

"알겠습니다."

대답과 동시에 변품은 신속히 움직였다. 뛰다시피 나가 특전군들을 불러들인 그는 피를 흘리고 있는 자를 둘러업게 하고는 조민제가 있는 간이 병실로 달려가는 것이었다. 그자가 앉았던 자리에는 사람의 피가 이 정도로 많은가 싶을 정도였다.

강철이 입을 열었다.

"정보사령!"

"예!"

"일단 이들의 처리는 태황제 폐하의 명을 받아 하겠소. 모두 사숙관으로 데려가시오. 혹시 도주할지도 모르니 정보사령 책임 하에 철저히 지키시오."

"알겠습니다, 각하!"

아무리 궁리를 거듭해 보아도 어떻게 처리하는 것이 가장 좋을지 판단이 서질 않자 급한 대로 그렇게 조치를 취한 것이었다.

일이 정리되자 조영호도 조민제에게 가 보려는 생각에 자리에서 일어나는 데 갑자기 생각이 났다는 듯이 강철이 불렀다.

"아! 조영호 장군!"

"예!"

"본장이 잠시 잊었었소. 폐하의 허락도 있었으니, 변품 장군에게 명하여 오늘 중으로 칠숙과 미실의 목을 베어 성 밖에 효수하라 명하시오."

그러자 조영호가 도로 자리에 앉으면서 말을 했다.

"각하! 그 일은 김백정 장군에게 시키는 것이 어떻겠습니까? 그동안 우리는 험한 일은 미안할 정도로 변품 장군에게만 맡겨 왔습니다. 그런 이유도 있지만, 칠숙은 쿠데타를 일으켜 김백정 장군을 폐위시킨 자이니, 김백정 장군에게 처벌을 맡기는 것이 더 낫질 않겠습니까?"

그 말을 들은 강철은 무릎을 '탁!' 하고 쳤다.

"본장이 왜 그런 생각을 못했나 싶소. 그게 좋겠소이다. 김백정 장군 입장에서는 칠숙이 역적인 셈이니…… 하하하! 그럼, 본장이 직접 김백정 장군에게 명을 전할 테니 조 장군은 나가 보셔도 좋소. 아, 그리고 체포해 오느라고 수고했다는 인사도 못했소. 미안하오."

"아닙니다."

조영호는 총리대신 집무실을 나왔다. 백제 국왕을 체포하지 못해 찜찜하던 마음 한구석이 개운해져서 그런지 조민제가 있는 간이 병실로 향하는 발걸음이 가벼웠다.

그날 땅거미가 내려앉는 저녁 무렵이었다. 당성에서 수원 쪽으로 가는 길목 어귀에 목이 잘린 머리 2개가 긴 장대에 꿰여져 있었고, '역적 칠숙'과 '요녀 미실'이라고 쓴 천 조각이 길게 늘어져 펄럭이고 있었다. 오가는 사람들이 효수되어 있는 머리를 쳐다보면서 욕과 함께 침을 뱉으며 지나가고 있었다.

바로 어제, 신라 국왕이 손국하는 행사를 지켜본 백성들은 태황제를 시해하려고 사주했던 자가 칠숙이라는 것을 이미 알고 있었다. 행사장에서 3일 안에 그를 잡아 오겠다고 공언하더니, 단 하루 만에 효수가 된 것을 보자 배달국의 무서움과 태황제의 위엄은 하늘을 찔렀다. 게다가 이번에는 백제 국왕과 왕자가 당성에 잡혀 와 있다는 소문이 벌써부터 나돌기 시작하고 있었다.

무은과 해론에 의해 사숙관으로 끌려가다시피 안내된 백제 국왕 일행은, 궁녀만 문밖에서 불안한 표정으로 서성거리고 있을 뿐 모두 한 방에 모여 앉아 있었다. 왕인 부여장은 총리 집무실에서부터 지금까지 굳은 표정으로 입을 다문 채 한마디 말도 없었다. 그러니 어느 누구도 감히 먼저 입을 떼지 못하고 어색한 침묵만 지키고 있는 것이다. 부여장은 자신들을 이곳으로 데려오면서 하던 무은의 말이 귓전에 맴돌고 있었다.

'듣건 안 듣건 본장이 몇 마디 하겠소이다. 귀국이 신라와 연합해서 팔만 오천 아니지…… 일만 오천은 웅진으로 뺐으니, 이제 칠만이 남았구려. 그 알량한 군사로 우리 배달국을 어찌해 볼 수 있다고 생각했다면 큰 오산이요. 본장이 장담컨대, 그들이 한꺼번에 이곳으로 몰려온다고 해도 한나절이면 요절이 나고도 남을 것이요.'

그가 하는 말을 듣고도 내색은 안 했지만, 자신들의 움직임을 너무나 소상히 알고 있다는 사실에 속으로는 얼마나 놀랐던가!

어디 그뿐이던가? 한마디 더해 드리리까? 하더니만 전 신라 국주가 손국하는 것은 어제 목도(目睹)*를 했겠지만, 왕자를 포획해 오는 길에 신라의 상대등인 칠숙을 잡아 왔다며 아마 오늘 중으로 효수가 될 거라고 했다.

그러고는 자신이 백제의 국주이건 아니건 간에 몰래 숨어든 것은 사실이니 간자로 처분해야 당연함에도 전에 사신들이 묶던 사숙관에 묶게 하는 뜻을 잘 헤아리라고까지 말하지 않던가!

그는 '음……!' 하는 신음이 자신도 모르게 입 밖으로 새나오자, 얼른 자리를 고쳐 앉았다. 그러고는 애꿎은 왕자와 부여망지를 쳐다보면서 역정스럽게 물었다.

"너는 출궁도 하지 않았을 터인데, 어찌하여 잡혀 온 것이더냐?"

오랜 시간 동안 말이 없던 부왕이 갑자기 퉁명스럽게 묻자, 부여의자는 얼떨결에 대답을 했다.

"예, 아바마마! 도성 안에서 잡혀 왔사옵니다. 오늘 아침 나절에 왕자전에 있던 소자는 매캐한 운무(雲霧)가 순식간에 시야를 가리는 가운데 괴인들에 의해서 끌려간 곳이 하늘을 나는 괴물체 안이었사옵니다. 그것을 타고 와 보니 바로 이곳이었사옵니다."

부여장 자신도 아침에 사비성 방향으로 날아가는 괴물체를 보기는 봤지만 그것이 자신과 왕자를 잡으러 가는 것이라고는 상상도 하지 못했었다.

"그렇다면 하늘을 날아다닌다는 그 괴물체가 사람이 타고 다니는 물건이라는 말이더냐?"

"그렇사옵니다, 아바마마! 저들은 그 물체를 비조기라고 부르는데, 안에는 족히 오십 명의 군사가 들어갈 정도로 널찍했사옵니다."

---

* 목도(目睹): 목격.

"흠, 오십 명이 탈만큼 넓다고?"

이때, 왕자의 설명이 부족하다고 여겼는지 부여망지가 추가로 설명을 했다.

"그렇사옵니다. 황망하게도 이런 곳에서 폐하를 뵈어 소신도 몸둘 바를 모르겠사옵니다. 하오나, 저들에게 끌려오면서 본 것을 아뢰면 그 비조기라는 것은 움직임이 비호(飛虎)같아 자유자재로 하늘을 날면서 뇌성벽력으로 적의 목숨을 취하는데 마치 파리 목숨을 취하듯 했사옵니다."

그의 말은 과장된 부분도 없지 않았지만, 그 정도로 놀랐다는 것을 단적으로 말해 주고 있었다.

"그것을 눈으로 보셨단 말씀이요?"

"예, 신라 상대등을 포획하는 장면을 목도했사옵니다. 그뿐만이 아니옵니다. 물처럼 맑은 보석이 달려 있어 하늘을 날면서도 땅에서 일어나는 일을 손금 보듯이 볼 수가 있었사옵니다. 저들은 웅진과 대목악으로 날아가 우리 군진을 보여 주었는데, 우리 군사들이 마치 개미처럼 움직이는 것을 보고 소신은 기함(氣陷)을 하다시피 했사옵니다."

이번에는 다시 부여의자가 말을 보탰다.

"아바마마! 대목악에 있는 우리 군진을 내려다보면서 변품이라는 자가 말하기를 비조기로 공격하면 반시진이면 그들의 목숨을 모두 거둘 수가 있다고 호언장담을 했사옵니다."

그 말이 끝나기가 무섭게 조정좌평인 부여망지도 덩달아 뒤를 이었다.

"그 변품이라는 자는 배달국이 마음만 먹으면 백제나 신라를 공취하는 것은 손바닥을 뒤집는 것보다도 더 쉽다는 말을 하기에 소신이 역정을 내면서 그렇다면 여태까지 놔둔 이유가 뭐냐고 물었더니 그 자는 딱하다는 듯이 수많은 목숨이 다칠까 하여 참고 있다는 대답이었사옵니다."

왕자와 조정좌평이 번갈아 가며 하는 말을 듣는 부여장은 정말 사실인지 믿기지 않을 정도로 혼란스러웠다.

"조정좌평! 공이 보기에 저들이 도성으로 쳐들어온다면 우리가 막아 낼 수는 있겠소?"

"……."

"왜 말씀이 없으시오? 괘념치 말고 솔직히 말씀해 보시오."

"아뢰옵기 황공하오나, 신이 오늘 겪은 것으로 미루어 본다면 불가하다고 보여지옵니다. 그렇지 않아도 변품이라는 자가 불경스러운 말을 입에 담기는 했사옵니다."

"불경스러운 말이라니? 그것이 대체 무엇이요?"

"……그게…… 신하로서 폐하께 아뢰기가 난감하옵니다."

부여망지가 주저하자 이번에는 부여의자를 쳐다보며 물었다.

"너도 함께 있었으니 들었을 터, 그럼 네가 말해 보아라."

"예…… 하오나 소자 역시 아뢰기가……."

"괜찮대도 그러는구나, 어서!"

"예…… 실은 그자의 말이 아바마마께서 옥체라도 보존하시려면 진평의 예를 잘 새겨보라는 말을……."

"흐음……."

역시 예상했던 대답이었던지 가타부타 말도 없이 언짢은 콧숨만 내쉬었다.

강철로부터 보고를 받은 후부터 백제 국왕에 대한 처리를 고민하던 진봉민 역시 뾰족한 묘수가 떠오르지 않았다. 그들이 잡혀 온 지도 벌써 사흘째에 접어들었으니 이제는 어떤 결정이건 내려야 할 시점인 것이다. 이미 연이틀 조회에서도 그들을 어떻게 처리해야 좋을지 논의가 있었지만, 속 시원한 해결책을 제시하는 장수도 없었다.

가능하다면야 윽박질러서라도 피를 흘리지 않고 백제 땅을 얻고 싶지만, '에구 무서워라, 어서 가져가시오.' 할 리도 만무했고, 강도처럼 그래서도 안 되는 일이었다. 게다가 아직까지도 자기는 장사꾼입네 하고 있는 판에 억지로 백제 국왕이라는 것을 인정해 주겠노라고 할 수는 더더욱 없었다.

지금 입장에서 가장 편한 방법은 간첩죄로 목을 베고, 대신 왕자와 대화를 시작하면 그뿐이지만, 변품이 절대 그렇게 하면 안 된다고 일부러 찾아와서까지 간곡히 말하지 않았던가! 땅이야 얻겠지만 백성들의 마음은 영영 얻을 수가 없게 된다고…….

총리대신인 강철도 들고 있던 불덩이를 떠넘기듯이 태황제인 자신에게 결정을 일임하고 있는 상태였다. 늦어도 내일 아침 조회에서는 결정을 내려야겠다고 생각하고 있을 때, 강철이 들어왔다.

"어서 오시오, 총리대신!"

"예, 폐하! 잠시 상의 드릴 일이 있어서 들어왔습니다."

"무슨 일인데 그러시오?"

"백제 국왕이 스스로 자신의 신분을 밝히면서 내일 아침에 폐하를 알현케 해 달라고 청한답니다."

진봉민은 자신도 모르게 앉았던 자리에서 벌떡 일어나며 무슨 말이냐는 표정으로 강철을 쳐다봤다.

"……?"

"실은……."

그렇게 서두를 꺼낸 강철은 자초지종을 설명하기 시작했다.

사흘 전, 백제 국왕을 체포하는 과정에서 호위 무사들이 극심한 저항을 하다가 1명은 죽고 다른 1명은 심한 총상을 입었는데, 그것을 모르고 있다가 취조 중에 발견하여 급히 간이 병실로 보냈다는 것이었다. 병실에 도착하자마자 혼수상태에 빠진 그를 조민제가 지난 이틀 동안 혼신을 다해 치료를 해서 간신히 목숨을 구해 놨더니, 정신을 차리자마자 자신의 주군 있는 곳으로 데려다 달라고 간청을 하더라는 것이다. 그자의 청이 워낙 간절했고, 이제 생명에는 지장이 없겠다 싶어진 조민제는 어쩔 수 없이 해론을 시켜 그를 사숙관으로 데려다 주게 했다는 것이다.

그런데 그를 데려간 자리에서 백제 국왕이 해론에게 자신의 신분을 밝히면서 흑치사차라는 자를 성 밖에 다녀오도록 해 달라는 부탁을 하더라는 것이었다. 해론이 강철 자신을 찾아와 가부를 묻기에 국왕과 왕자까지 잡아 놓은 마당에 무슨 일이 있으랴 싶어 허락을 해 주었다는 것이다. 밖으로 나갔던 흑치사차가 작은 보따리를 가지고 들어오자, 해론에게 내일 아침 태황제 폐하를 알현할 수 있게 도와 달라는 청을 하더라는 내용이었다.

말을 다 들은 진봉민은 여태 자리에 서 있었다는 것을 깨닫고는 다시 앉으면서 팔짱을 꼈다. 그러고는 그자의 의도가 무엇일까 생각을 해 봐도 도저히 감이 잡히질 않았다.

"흠, 총리대신의 생각에는 그자의 저의가 무엇인 것 같소?"

그 물음에 고개를 가로저었다.

"소장도 도무지 그 속을 모르겠습니다."

"다행히 신분은 밝혔다지만, 그자를 어떻게 처리하면 좋겠소?"

"글쎄요? 소장도 마찬가지지만, 장수들도 별 뾰족한 대안을 내놓지 못하는 것을 이미 아시지 않습니까?"

"허허! 다들 나한테 떠넘기려는 심산이구려…… 좋소! 그렇다면 아직 확실히 결심한 것은 없지만 어떤 결정을 하던 따라 주시오."

"여부가 있겠습니까? 그러면 백제 국왕의 알현 요청을 받아들이신다는 말씀입니까?"

"당연하지 않겠소? 자신의 신분까지 밝힌 마당에……."

"알겠습니다."

강철이 물러가고 나서도 진봉민은 오랜 시간 머리를 싸매고 생각을 해 봤지만, 역시 일단 그자를 만나 보고 나서 결정하는 방법밖에는 별수가 없었다.

이튿날 아침 수항궁에서는 평소와 다름없이 아침 조회가 열리고 있었다. 상석(上席)에 앉아 있는 태황제를 중심으로 양쪽으로 장수들이 마주 앉아 있었고, 탁자 끝에는 갑옷 차림인 다섯 명의 장수들이 서 있었다. 그들은 얼마 전 당항성을 치러 왔다가 포로가 되었던 신라국 대장군 임말리를 비롯하여 김용춘, 김술종, 염장, 수품이었다.

개회 시작과 더불어 태황제는 임말리와 김용춘, 김술종을 육군 소장에 나머지 장수인 염장과 수품을 육군 대령에 임명하고 자리에 앉게 했다. 그리고 이어서 일상적인 업무 보고와 협의를 시작했다. 거기서 오가는 대화 내용을 알아듣지 못하는 사람은 신라 국왕이었던 김백정뿐이었기 때문에 중요한 사항에 대해서는 곁에 있는 변품이 낮은 목소리로 설명해 주고 있었다.

이윽고 장수들의 보고와 협의가 끝난 것을 확인한 강철이 입을 열었다.

"폐하, 백제 국주가 문밖에서 폐하의 알현을 청하고 있습니다."

"그자 혼자 왔소?"

"아닙니다. 호위 무사와 궁녀를 제외한 국주 본인과 왕자, 조정좌평 그리고 흑치사차라는 자가 대기해 있습니다."

"들라 하시오."

태황제 말이 떨어지자, 사전에 의논이 된 대로 그들과 가장 접촉이 많았던 해론이 밖으로 나가 그들을 데리고 들어왔다.

백제 국왕의 옷차림은 화려하면서도 품격이 느껴졌다. 어제까지만 해도 여염집 사내들이 입는 신라풍의 옷차림이었으나, 흑치사차라는 자가 성 밖을 다녀오고 나서 달라진 옷차림이 틀림없었다.

그 일 때문에 무은과 해론은 몹시도 죄스러워했다. 그도 그럴 것이 백제 국왕을 체포하면서 그들이 묵던 곳도 샅샅이 수색하여 소지품 모두를 압수했었음에도 국왕의 의복을 발견하지 못했으니 당연한 일이었다.

해론은 그들이 알아듣게 소리 높이 외쳤다.

"백제국 국주는 태황제 폐하를 알현하시오!"

태황제는 그 사이 그를 자세히 뜯어봤다. 적지 않은 체구에 50대 중반쯤으로 보이는 붉은 빛을 띤 얼굴이었으며, 굵고 짙은 검은 눈썹과 적당히 뻗어 내린 콧날에 얇지도 않고 두껍지도 않은 입술이 전체적으로 조화를 이루고 있었다. 차림새는 소매가 넓은 자색 두루마기에 청색 비단 바지를 입고 흑색 가죽신(烏革履)을 신고 있었다.

해론의 말을 들은 그는 선 채로 허리만 깊숙이 굽히고 인사말을 했다.

"배달국 태황제 폐하! 백제 국왕 부여장, 문후 인사 올리옵니다."

그 모습을 바라보던 태황제가 안색을 바꾸며 목청을 돋워 호통을 쳤다.

"어허! 예를 모르는 자로다. 감히 일개 작은 나라 왕이 뻣뻣하게 서서 황제를 배알한다는 말인가?"

그 말이 끝나기가 무섭게 해론이 부여장에게 말을 했다.

"백제 국왕은 어서 태황제 폐하 전에 무릎을 꿇지 않고 무엇을 하시요!"

부여장이 안색을 굳히며 마지못한 태도로 무릎을 꿇자, 뒤에 있던 부여의자와 부여망지, 흑치사차도 따라서 무릎을 꿇었다.

진봉민은 아직도 노여움 가득한 얼굴로 그들을 굽어보면서 입을 떼었다.

"부여장이라 했는가? 그대의 태도는 참으로 가증스럽도다. 이 년 전에 수나라 양광이 그대와 같은 뿌리인 고구려를 치려 할 때에는 국지모를 보내 군사까지 내어 돕겠다고 하질 않았는가? 그토록 강아지처럼 갖은 아양을 다 떨던 자가 과인을 대하는 태도는 참으로 불손하기가 이를 데가 없도다. 혹시나 양광이 그대를 구해 주리라고 보는가?"

양광은 수나라 황제인 양제의 이름이었다.

어젯밤에 진봉민은 부여장의 인품이나 성격의 단서를 찾아낼 수 있을까 하여 노트북에서 삼국사기 기록을 훑어봤었다. 그런데 이 대목에서 이토록 요긴하게 쓰일 줄 어찌 알았겠는가?

"……."

"어찌 꿀 먹은 벙어리처럼 말이 없는가? 과인이 몇 마디 덧붙일 양이면, 양광에게 하는 꼴이 하도 가관이라 하늘에서 보고 있던 과인이 참다못해 이듬해인 작년 사월에 사비성 남문에 벼락을 치고, 오월에 홍수를 크게 나게 했는데 기억하는가?"

이 또한 서기 616년 4월 사비궁에 벼락이 떨어졌다는 기록과 5월에 홍수가 났다는 삼국사기 기록을 넌지시 끌어와 자신이 징벌을 내렸노라고 겁을 주고 있는 것이다.

"……?"

부여장은 부여장대로 배달국 태황제의 추상 같은 호통을 듣고 보니, 1년 전 궁궐에 벼락이 떨어지고, 나라에 큰 홍수가 났던 기억이 되살아나면서 가슴이 서늘하게 내려앉았다. 나이는 갓 약관을 지난 것 같은데 하는 말 한마디 한마디가 폐부를 찌르고, 가슴을 후려 때리는 압박감을 느끼게 하고 있는 것이다.

게다가 정말로 천지조화를 마음대로 부리는 것이 분명하지 않은가! 어차피 무사하지 못할 목숨이려니 생각하고 있었지만 자신도 모르게 두려움이 엄습해 오는 것은 어찌할 수 없는 노릇이었다.

"무릇 백제는 고구려 시조인 고주몽의 아들 온조가 어미인 소서노와 함께 위례성으로 와서 세웠던 나라가 아니더냐? 그렇다면 어쨌거나 두 나라는 형제 사이가 분명함에도 오히려 형제 나라를 해치려는 자에게 군사까지 내주겠다고 했으니 도대체 제 뿌리도 모르는 자가 아니더냐? 그 꼴이 오죽이나 가증스러웠으면 천제께서 과인에게 하계로 내려가 토평(討平)*하라는 명까지 내리시겠는가!"

"……."

* 토평(討平): 무력으로 쳐서 평정함.

당시에는 힘도 중요하지만 명분이 지배하는 사회였다. 그것을 아는 진봉민은 일단 명분으로 이들을 설복시킬 결심을 굳히고, 이와 같이 너스레를 떨고 있는 것이었다.

"더 이상 구구하게 말하지 않겠다. 과인이 이미 그대의 불손함을 보았으니 그대의 일족을 멸족시켜 사해(四海)에 널리 경종으로 삼으리라!"

해론으로부터 태황제의 말이 통역되자, 부여장은 간담이 서늘해지고 몸이 부들부들 떨렸다. 배달국 장수들 중에도 태황제의 추상 같은 호령에 좌불안석인 사람은 지난밤 태황제를 찾아가서 그를 죽이면 배달국에 전혀 도움이 안 된다고 간(諫)했던 변품이었다.

사태를 이쯤에서 수습해 나가야겠다고 생각한 강철이 나섰다.

"태황제 폐하! 저자가 어리석어 저지른 실수이니, 황제의 권한으로 왕에서 폐하시고 반성할 기회를 주시는 것이 어떻겠습니까?"

강철의 말이 끝나자마자 덩달아 조성만과 박상훈도 목숨만은 보존케 하는 것이 옳다고 간곡히 청했다.

도둑질도 손발이 맞아야 한다던가? 정말 손발이 척척 맞고 있었다.

"제장들은 그만들 하시오! 장군들이 과인에게 품고하는 뜻을 모르는 바가 아니나 저자가 생명을 부지하게 되면 왜나 수나라로 도망쳐 또다시 불궤를 도모할 것이요."

"폐하! 저자도 이미 칠숙이 잡혀 와 효수된 것을 알 터이니 피한다고 피할 수 있는 일이 아니라는 것을 잘 알고 있을 것입니다."

해론은 배달국 장수들 간에 오가는 대화까지도 부여장 일행이 들을 수 있도록 통역을 해 주고 있었다.

"모두 들으시오! 저자는 과인이 궁궐도 제대로 없는 이런 협소한

곳에 처박혀 있다고 감히 과인을 능멸하고 있음이 분명하오. 사비성 쯤이야 힘으로 취한다면 단 하루도 안 걸릴 일을 여러 생명이 다칠까 염려하여 여태껏 참아 오고 있거늘, 쥐뿔도 모르고 기고만장하고 있으니 천장의 위엄을 보여 주어야겠소. 과인은 저자의 목을 치고 가문(家門)을 폐하여 천하의 본으로 삼겠소!"

가문을 폐한다는 말은 바로 부여씨 일족을 모두 죽이거나 그나마 선처를 베풀어 목숨을 살려 준다 해도 성씨를 바꾸고 노비를 만들겠다는 말이었다.

태황제의 말이 통역되자마자 꿇어 엎드려 있는 부여장은 떨리는 목소리였지만 분명한 어조로 말을 했다.

"배달국 태황제 폐하! 폐하께서 불경스럽게 보셨다면 유구무언이나 한 말씀 올리겠사옵니다. 그동안 고구려도 수차에 걸쳐 백제의 영토를 침탈했사옵니다. 저 또한 일국의 국주로서 강토를 보존하고 백성들을 지켜야 하는 처지이니, 수나라에 손을 벌려서라도 생을 도모치 않을 수가 없었던 것이옵니다. 저는 이미 포로가 된 몸이니 어찌 목숨을 아까워하리까? 다만 부덕한 저의 목을 베시고 일족을 폐하시더라도 저의 신하들과 백성들은 굽어 살펴 주시기를 감히 청하옵니다."

해론을 통해서 전해 듣는 부여장의 말에 진봉민은 가슴 밑바닥으로부터 울컥 치밀어 오르는 감동을 받았다. 호랑이 굴에 들어온 처지임에도 그 용기와 의연함이 왕으로서 충분한 자격이 있다고 생각되었다.

이때 뒤에 꿇어 엎드려 있던 부여의자의 간절한 목소리가 들렸다.

"태황제 폐하! 아비가 태황제 폐하께 불경을 범했다고는 하지만 그래도 일국의 주인을 쉽사리 목을 베신다는 것은 가혹하다 아니할 수 없사옵니다. 단연코 그리하실 양이시면, 소인의 보잘것없는 목숨으로 대신하시고 부왕을 용서하여 주시옵소서."

진봉민은 문득 삼국사기 백제 본기에 '부여의자는 어린 시절 총명하고 대단한 효자로서 해동의 증자라고 불릴 정도였다.'는 기록이 생각났다.

"흐음……."

수항궁 안에는 긴 침묵이 흘렀다.

그들의 말을 들으면서 천족장군들은 누구랄 것도 없이 모두 깊은 감동을 받고 있었지만, 반면에 망명 장수들의 생각은 달랐다. 앞으로 사비성을 도성으로 삼으려면 백제국이 없어져야 하고, 그러기 위해서는 당연히 왕을 죽여야 한다고 생각하고 있었다. 사실, 살려 놓는다는 것은 긁어서 불씨를 만드는 격이었으니 당연한 생각이기도 했다. 그러니 일말의 동정심도 일어날 리가 없었고 더욱이 그들은 얼마 전까지 백제와 싸우던 신라 장수들이 아니던가! 그들 중에 변품을 제외하고는 오히려 선처를 호소하는 천족장군들의 태도가 납득이 가지 않을 정도였다.

침묵이 흐르는 가운데 모두들 태황제의 마지막 결정을 기다리고 있었다.

드디어 태황제가 천천히 자리에서 일어났다. 그러고는 아직도 꿇어 엎드려 있는 부여장의 앞으로 다가가 어깨를 부여잡고 일으켜 세우며 차분한 어조로 입을 열었다.

"일어나시오."

부여장은 휘청거리며 자리에서 일어났다.

"……?"

의외였다. 심지어는 총리대신인 강철조차도 전혀 예상치 못했던 일이었지만 일단은 태황제가 하는 대로 지켜볼 수밖에 없었다.

"당초에 과인은 공의 목을 벤 다음 사비성을 취하여 천제께서 명하신 대업을 이루려 하였소. 그러나 그대의 용기와 백성들을 사랑하는 마음이 참으로 가상하여 마음을 바꾸었소."

지금까지 태황제가 하는 말은 해론에 의해서 통역되고 있었기 때문에 더러는 한참을 생각해야 무슨 의미인지 깨닫는 경우도 많았다.

이번에도 마찬가지였다. 태황제가 한 말을 그의 입을 통해 전해 들었지만, 부여장은 아직도 무슨 의미인지 이해하지 못하고 고개를 들고는 태황제를 쳐다보았다.

"……?"

"백제 국주는 들으시오. 그대가 비록 우리를 정탐하다가 잡혀 들어오기는 했지만, 기회도 주지 않고 가볍게 목숨을 취할 인물이 아니라고 판단하여 일단 돌려보내 주겠소. 과인이 천명을 행하자면 백제 땅이 필요한 것은 사실이요. 그러기 때문에 과인이 정식으로 군사를 몰아가서 백제를 취할 것인즉, 이에 대적할 준비를 하고 기다리시오."

이 말이 통역되자 아직까지도 엎드려 있는 부여의자와 부여망지의 얼굴에는 화색이 감돌았다. 반면에 배달국 장수들의 얼굴에는 도대체 무슨 말씀이냐는 표정으로 입을 다물지 못하고 있었다.

순간 무은이 급히 입을 열었다.

"폐하! 이자를 그렇게 돌려보내시면 않……."

그 말에 끝도 맺기 전에 태황제가 손을 들어 제지하며 역정스럽게 소리를 질렀다.

"정보사령은 나서지 마시오!"

"……?"

배달국 장수들은 하나같이 잘못된 결정이라는 표정들이었다. 그를 돌려보내고 나서, 말대로 군사를 동원하여 백제를 쳐들어간다고 해도 승리는 하겠지만 아군의 피해도 적지 않으리라는 것은 자명한 일이었다. 배달국이 이제까지의 치렀던 전쟁과는 달리 저들은 도성을 방패 삼아 백성들과 함께 끝까지 항전할 것이 분명했기 때문이었다.

강철도 부당한 결정이라고 한마디 하고 싶은 것을 꾹 눌러 참으며 내키지 않는 표정으로 사태를 주시하고 있었다. 그런데 막상 좋아해야 할 부여장은 별다른 표정 없이 물끄러미 태황제를 쳐다보다가 확인하듯이 다시 물었다.

"하오면, 저희들을 놔주시겠다는 말씀이옵니까?"

"그렇소! 어서 이들을 데리고 돌아가시오."

말을 한 진봉민은 자기 자리로 돌아가서는 등에 지고 있던 무거운 짐을 내려놓는 것처럼 털썩 주저앉았다.

"……!"

부여장은 재차 돌아가라는 말을 분명히 들었음에도 전혀 움직일 기색이 없이 태황제인 진봉민만 뚫어질 듯이 쳐다보고 있었다.

어색한 침묵이 흘렀다.

짜증스러워진 강철이 눈살을 찌푸리면서 '어서 돌아가라!'고 막 소리를 지르려는 찰나였다. 태황제를 물끄러미 쳐다보던 부여장이 천천히 무릎을 꺾으며 입을 열었다.

"태황제 폐하! 백제 국주 장(璋)은 이 순간부터 배달국 태황제 폐하의 신하로서 신명을 바쳐 충성을 다할 것을 맹세하면서 귀부를 청하옵니다. 윤허하여 주시옵소서!"

진봉민은 자신의 귀를 의심했다. 강철 역시 놀란 표정을 감추지 못하고 자신이 잘못 들었나 싶어 통역을 하고 있는 해론에게 되물었다.

"지금 귀부하겠다고 말한 것이 분명하오?"

"예! 분명히 백제 왕은 귀부를 청하고 있습니다."

틀림없다는 대답을 들은 강철은 자리에서 벌떡 일어나 진봉민을 쳐다보았다. 진봉민이 빙그레 미소를 지으며 고개를 끄덕끄덕하자 강철은 꿇고 있는 부여장에게 급히 다가가 얼른 일으켜 세웠다.

"부여장 공! 어서 일어나시오."

강철의 부축으로 다시 자리에서 일어난 부여장이 태황제를 향해 허리를 굽히고 섰다.

진봉민은 미소를 머금고 부여장에게 물었다.

"부여장 공! 어째서 돌아가라고 하는데도 돌아가지는 않고 귀부를 하겠다는 것이요?"

태황제의 물음에 부여장은 망설이지 않고 결연한 어조로 대답을 했다.

"첫째로 잡혀 온 소신을 죽일 수는 있으나 거둘 수는 없다는 것을 아시고 망설임 없이 놔주시는 폐하의 크신 도량을 알았기 때문이오며, 둘째로 정공법으로 군사를 내어 칠 것이니 돌아가서 준비하라는 말씀을 듣고서 새삼 배달국의 힘을 깨달았사옵니다. 마지막으로 소신이 돌아가 폐하께 맞선다고 하더라도 백성들만 다치게 할 뿐, 이길 수 없음을 잘 알기 때문이옵니다. 태황제 폐하께서는 소신을 담아내고도 남을 큰 분이시라는 것을 알았는데 어찌 의탁하기를 주저하겠사옵니까?"

즉흥적으로 내뱉는 말이 아니라 명분을 따져 구구절절이 마음에서 우러나온 말이었다.

"하하하! 공의 말씀을 들으니 과인이 오히려 부끄럽구려. 과인의 마음을 제대로 헤아려 주니 참으로 고맙소."

"황공하옵니다."

태황제는 앉은 채로 좌중을 향해 입을 열었다.

"모두 들으시오!"

"예! 폐하!"

"방금 여러분도 들은 바와 같이 갸륵하게도 백제국 국주이던 부여장 공이 충성을 맹세하면서 우리 배달국에 귀부를 청하였소. 과인은 기꺼운 마음으로 이를 가납하고, 그를 배달국 육군 대장에 임명함과 동시에 농업 대신 직관을 내리는 바이오."

태황제의 말이 있자, 밝은 표정으로 총리대신이 얼른 말을 받았다.

"합당하신 말씀입니다."

"또한 과인이 하늘에 있을 때부터 부여장 공의 아들인 부여의자가 해동증자(海東曾子)라고 불릴 만큼 지혜와 효심이 지극함을 알고 있소. 이를 기특하게 여겨 배달국 육군 중령에 임명하고, 부여망지 또한 학식과 용맹함을 두루 갖춘 인물임을 과인이 알고 있으니 그를 배달국 육군 중장에, 마지막으로 흑치사차를 배달국 육군 소령에 임명하겠소. 아울러 네 장수에게 배달국의 계급 체계를 비롯한 각종 제도와 한글을 습득할 수 있도록 조치하시오."

"알겠습니다, 폐하!"

참석한 장수들의 대답을 들은 진봉민은 이번에는 강철을 쳐다보며 말했다.

"총리대신은 들으시오."

"예, 폐하!"

"내가 일찍이 말한 바가 있듯이 이곳은 협소하여 천명을 수행하기에 부족하오. 다행히 부여장 공이 우리 배달국의 장수가 되었으니, 근거를 사비성으로 옮겨도 무방하다고 생각하오. 제장들과 함께 구체적으로 사비성 천도 계획을 수립해 보시오. 백제국의 손국 행사는 우리가 사비성으로 간 다음 할 것이니 그리 아시오."

"폐하! 알겠습니다."

비록 국왕이던 부여장이 귀순을 했다고는 하지만 사비성에 남아 있는 백제 신료들까지 귀부한 것은 아니었기 때문에 시일을 두고 추진해 가라는 뜻이었다.

"그리고 천족장군 회의를 매월 개최하겠소. 과인과 함께 하늘에서 내려온 천족장군들은 매월마다 천제께서 명하신 사항이 잘 추진되고 있는지 협의할 것이요. 총리대신은 그렇게 준비해 주시오."

"알겠습니다."

"앞으로 어전회의는 닷새에 한 번으로 줄이고, 매일 하고 있는 회의는 총리대신이 주관토록 하시오."

"말씀대로 시행하겠습니다."

"더 이상 논의할 것이 없으면 마칠까 하오."

"예!"

회의를 마친 배달국 장수들은 수항궁을 물러나가면서도 흥분을 가라앉히지 못하고 있었다.

대목악 검은산 아래에 있는 백제군 진영의 지휘 막사는 소가죽을 수십 장 잇대어 만든 것으로 무척이나 크고 넓었다. 지금 그 안에 있는 상석에는 갑옷 차림의 상좌평 사택적덕이 앉아 있고, 좌우로는 각각 병관좌평인 해수와 이번에 백제군의 총사가 된 위사좌평 백기가 앉아 있었다. 그리고 백기 옆에는 백제군 부총사인 부여사걸이 배석해 있었다.

상좌평인 사택적덕이 백기를 쳐다보며 퉁명스럽게 물었다.

"우리를 이곳까지 부른 이유가 무엇이요?"

듣기에 따라서는 '네가 아무리 백제군 총사령관을 맡고 있다지만 감히 좌평 중에 최고 윗자리에 있는 나를 오라 가라 하느냐?' 하는 힐책의 의미도 포함하고 있었다. 그런 속뜻을 알아채지 못할 백기가 아니었다.

빙그레 미소를 머금은 백기가 입을 열었다.

"원로에 고생하셨소이다. 소장은 왕자께 변고가 생겼다는 소식을 병관좌평께서 보내신 서찰로 알았소이다. 그래서 소장은 하루속히 적들을 토벌하기 위한 논의를 하자고 신라군 측에 요청하였소. 그러나 그쪽에도 조정 실권을 쥐고 있던 상대등인 칠숙이 포획되어 갔기 때문에 아직 조정 방침이 정해지지 않았다고 하오이다."

그 말을 들은 사택적덕이 펄쩍 뛰듯이 놀라며 되물었다.

"신라국 상대등도 포획되어 갔다는 말씀이요?"

"그렇소이다."

"허어! 우리 왕자와 좌평만 그렇게 된 줄 알았더니…… 이렇게 위급한 때에 폐하께서는 도대체 어디에 계시기에 연락도 없으신 건지……."

사택적덕이 근심 어린 투로 중얼거렸다.

"실은 그 일 때문에 두 분을 급히 이곳까지 오시게 했소이다."

"……?"

"소장은 백제군 총사로서 이미 당성 공격에 대한 모든 권한을 부여받았었기 때문에 별도의 명이 없다 하더라도 우리 군사만으로 그곳을 쳐서 왕자와 좌평을 구해 낼 방도를 부총사와 논의하던 중이었소. 그런데…… 폐하께서 보내신 서찰이 당도하였소이다."

말을 하면서 백기는 가슴을 가리는 갑옷인 엄심갑(掩心甲) 안에서 한 장의 서찰을 꺼내 탁자에 내려놓았다. 백기의 맞은편에 앉아 있는 병관좌평 해수가 손을 뻗쳐 서찰을 집어 들더니 소리 내어 읽기 시작했다.

'백기 장군은 보시오. 과인은 지금 배달국에 있소. 연유는 배달국을 몰래 살펴보기 위해 미행을 왔다가 포로의 몸이 되었던 것이요. 허나 이곳에 와서 보니 땅을 나눠 주겠다는 신라의 감언에 속아 당성을 도모하려 했던 과인이 참으로 어리석었다는 것을 깨달았소. 과인은 배달국에 대한 소문에 반신반의하면서 경거망동했던 지난 일이 참으로 후회스럽소. 그래서 지난 죄과를 사죄하는 마음으로 태황제 폐하께 스스로 나라를 들어 바치고 신하가 되기를 청했소. 과인도 잡혀 온 왕자와 조정좌평을 이곳에서 만나 보았소. 평소 장군의 충성심으로 보아 왕자와 좌평이 잡혀 온 것에 비분강개하여 군사를 몰아오지 않을까 염려가 되어 이 글을 쓰는 것이오. 혹여 그런 일이 있게 되면 배달국에 또 하나의 과오를 더하게 되기 때문이요. 아직도 과인에 대한 충성이 남아 있다면 이 글을 보는 즉시 만노군에 있는 신라군을 모두 포획토록 하시오. 만약 그것이 여의치 않으면 비어 있을 신라의 국원성과 삼년산성을 공취토록 하시오. 일이 이루어

지면 알려 주기 바라오. 강(康)'

해수가 서찰을 다 읽자 모두 반신반의하는 표정이 되었다.

상좌평인 사택적덕이 고개를 갸웃거리며 물었다.

"이 서찰의 서체를 보면 분명 왕께서 쓰신 것은 맞는 것 같은데, 강압에 의해서 쓰신 것이 아니겠소?"

상좌평의 말을 들은 백기는 고개를 좌우로 흔들며 대답했다.

"그렇지는 않은 것 같습니다. 소장이 총사로 명을 받아 출전 인사를 올리러 갔을 때, 왕께서는 위급 시 사용하는 비표(秘標)를 편안할 강(康)으로 쓰시겠다고 은밀히 말씀하셨소. 바로 서찰 맨 끝에 있는 비표로 보아 강압에 의해 쓰신 것은 절대 아니외다."

비표라는 것은 글 중에 필요 없는 글자를 써넣어 자신의 글임을 확인시키는 방법으로 그 글자가 없으면 가짜이거나 강압에 의해 쓰인 것을 단번에 알 수 있는 것이었다.

병관좌평 해수가 침중하게 입을 열었다.

"강압에 의해 쓰신 것이 아니면 폐하의 뜻이라는 말씀인데, 폐하께서 배달국에 나라를 바쳤다고 하니 당황스럽기만 하오. 그렇다면 우리는 어찌해야 한다는 말씀이요?"

"그래서 결례인 것을 알면서도 두 분을 급히 오시라고 한 것이외다. 폐하께서 계시지 않을 때는 상좌평께서 조정을 관장하셔야 하고, 서찰 대로 군사를 국원성이나 삼년산성으로 움직이자면 병관좌평의 재가가 있어야 하기 때문이오."

"흠…… 폐하의 서찰이 가짜가 아니라면 그 뜻에 따라야 하지 않겠소?"

상좌평이 고민스러운지 침울한 목소리로 말을 하자, 병관좌평인 해수도 고개를 끄덕이며 입을 열었다.

"그렇소이다. 폐하께서는 성정이 신중하셔서 경솔한 판단을 하실 분이 아니질 않소이까? 그러니 우리는 신하로서 왕명을 받들어야 한다고 봅니다."

상좌평 사택적덕과 병관좌평인 해수의 말이 있자, 백기도 고개를 끄덕이며 대꾸를 했다.

"실은 소장도 부총사인 부여사걸 장군과 숙고를 해 보았지만 역시 왕명을 따르는 것이 옳다는 결론에 이르렀소이다. 그렇지만 소장들 생각만으로 결론을 낼 사안이 아니라 두 분을 모신 것이요. 이제 두 분도 같은 뜻이니 만노군에 있는 신라군을 포획하는 것이 나을지, 아니면 국원성과 삼년산성을 공략해야 옳을지 말씀을 해 주십시오."

이번에는 병관좌평이 먼저 입을 떼었다.

"본관 생각에는 만노군에 있는 신라군을 포획하는 것이 뒤탈이 없을 것 같소. 우리가 국원성이나 삼년산성을 빼앗으면 만노군에 있던 신라군들이 가만히 있지 않을 것이요. 그렇다면 어차피 그들과 전쟁을 치러야 하는데 경계심이 없는 지금 일거에 그들을 포획하는 것이 낫질 않겠소?"

병관좌평의 말에 상좌평은 고개를 좌우로 흔들며 의문을 제기했다.

"물론 병관좌평 말씀도 일리는 있소이다. 허나 아무리 동맹을 맺었다 하더라도 이유 없이 우리 대군이 접근하면 경계를 할 것이고, 포획하기도 쉽질 않을 것이요. 그럴 바엔 차라리 장래를 생각해서 지리(地理)의 이점을 택하니만 못하다고 생각하오."

"흠……."

계산이 빠른 상좌평의 말은 장래를 생각한다면 방어에 유리한 국원성이나 삼년산성을 뺏는 것이 훨씬 낫다는 말이었다.

말없이 듣기만 하던 부총사인 부여사걸 장군이 입을 열었다.

"소장 생각에도 상좌평 말씀이 아무래도 더 좋은 책략으로 보입니다만……."

위사좌평 겸 백제군의 총사인 백기도 동조를 하면서 말을 했다.

"그럼, 소장은 군사를 은밀히 몰아가 국원성과 삼년산성을 취하겠소이다. 병관좌평께서는 웅진에 있는 일만 오천의 우리 군사를 남쪽으로 이동시켜 서라벌 쪽의 신라군에 대비하시는 것이 좋을 것 같습니다만……."

"당연한 말씀이요! 알겠소. 그렇게 하리다."

병관좌평의 명쾌한 대답이 있자, 백기는 걱정스럽다는 표정으로 말했다.

"그런데 폐하께서 나라를 배달국에 바쳤다는 말을 들으면 조정 신하들 중에는 반발하는 자도 있질 않겠소이까?"

"아무렴요…… 특히 정사암 회의*에 참석하는 대성팔족(大姓八族)이 그냥 넘어가진 않을 것이요."

백제에는 전통 있는 여덟 개의 큰 씨족 가문이 있는데 이들을 대성팔족이라 부르고 전부터 정사암 회의라는 협의체를 만들어 국정을 논의해 왔다.

"그렇게 되면 폐하께서 당부하신 뜻을 그르치게 될까 두렵소이다."

백기의 말에 병관좌평인 해수가 대꾸를 했다.

"그것은 크게 걱정하지 않으셔도 될 것이요. 정사암 회의에 참석

---

* 정사암 회의: 백제의 귀족 회의로써 정치를 논의하고 재상을 뽑았다고 함. 정사암은 사비(泗沘: 지금의 부여) 부근의 호암사(虎巖寺)에 있었다고 전해진다.

하는 인물이 우리 6좌평들과 2로(老)인데 우리 좌평들만 뜻을 합하면 무슨 걱정이겠소이까? 그래도 걱정스럽다면 웅진에 있는 군사 중에 오천 군사를 떼어 도성을 지키도록 하면 어떻겠소?"

그 말에 상좌평이 즉각 대꾸를 했다.

"그건 안 될 말이요. 신라 공격에 대비하기 위해서는 적어도 그 일만 오천은 필히 남쪽으로 보내야 할 것이요."

상좌평이 병관좌평의 말에 고개를 가로저으며 반대를 하자 이번에는 백기가 입을 열었다.

"그렇다면 소장이 지휘하는 삼만 오천 중에 오천을 병관좌평께 떼어 드리겠소. 그들로 하여금 도성을 지키게 하면 될 것이요."

"그럼, 삼만으로 국원성과 삼년산성을 도모해야 한다는 말씀인데 가능하시겠소?"

"지금 그 두 곳은 비어 있다시피 할 것이니 취하는 것이야 어렵지 않을 것이요. 다만 취하고 난 후에 방어가 문제겠지요. 허지만, 신라도 당장 동원할 수 있는 군사가 만노군에 있는 삼만 오천뿐이니 저들이 쳐온다고 하더라도 소장이 성안에서 방어한다면 숫자 오천 차이는 충분히 극복할 수 있으리라 봅니다."

"그렇다면야……! 그럼, 그렇게 하십시다."

병관좌평이 동의하자 이번에는 상좌평이 더 할 말이 있다는 듯이 입을 열었다.

"앞으로 특별한 일이 없는 한, 폐하와 연락은 백기 장군이 계속 맡아주시오. 중요한 변동사항이 있을 시에는 도성으로 연통을 주시구려."

"알겠습니다!"

논의를 마친 상좌평과 병관좌평은 서둘러 사비성으로 돌아갔다.

# 상사병(相思病)

당성 근방에는 배가 드나드는 마산 포구가 있었다. 얼마 전까지 이곳에는 3대에 걸쳐 무역업을 해 오는 구봉상단이라는 교역상이 있었다. 비록 작은 상단이었지만 인근 지역뿐만 아니라 1년에 한두 번은 중국을 왕래하면서 물건을 사다가 서라벌에서 열리는 시사(市肆)에 가져다 팔면서 사업을 꾸려 나갔다.

시사는 나라에서 설치한 시장으로 신라 땅에서 나는 물건뿐만 아니라 수(隨)나 진납(眞臘: 캄보디아)*, 천축(天竺: 인도) 등지에서 들여온 물건도 파는 큰 시장이었다.

몇 달 전부터 구봉상단은 잠시 문을 닫는 듯했었다. 그런데 어느 날부턴가 새롭게 제국상단이라는 깃발이 내걸리면서 전보다 더욱 활기차게 상단 활동이 재개되기 시작하였다. 거래하는 물목(物目)*

---

* 진납(眞臘): 캄보디아의 고대 왕국, 7세기부터 13세기에 걸쳐 메콩강 중류 지역에 있던 왕국.
* 물목(物目): 상품 종류.

의 수효도 많아지고, 종사하는 사람 수도 늘어나더니 급기야 본채 건물에 붙여서 별채까지 새로 지어지고 있었다.

그런데 제국상단 본채 건물에 붙어 있는 건넌방에는 수심이 가득 찬 얼굴로 강수인 목관효가 누워 있는 딸을 보면서 달래듯이 말을 하고 있었다.

"몸이 많이 상했구나. 얘야, 그래도 미음이라도 먹어야지 그러다가 큰일 난다."

"아버님, 살고 싶은 마음이 하나도 없습니다."

"허어! 그것이 애비 앞에서 할 말이더냐? 곡기를 끊으면 죽는다는 것을 모르느냐?"

"소녀, 모든 게 다 귀찮다는 생각뿐이옵니다."

옆에 앉아 있던 중년 여인이 입을 열었다.

"아씨가 곡기를 끊은 지 벌써 닷새나 됐는데 어제부터는 물조차 넘기지를 못하고 있습니다."

"이런! 이런!"

"아버님, 소녀 괜찮아질 것이옵니다. 너무 상심하지 마세요."

"물조차도 넘기지 못한다는데 내가 어찌 상심을 하지 않겠느냐? 도대체 넘볼 것을 넘봐야지…… 허어! 이거야 원!"

"……."

"어미가 죽고 나서 내가 너를 어떻게 키웠는데, 이 꼴이 뭐냔 말이더냐?"

"송구합니다, 아버님! 소녀가 다 못난 탓이옵니다."

"태황제 폐하께서는 인간의 몸을 빌려 세상에 내려오신 신(神)이신데 언감생심 어찌 마음에 품고 연모(戀慕)를 하더란 말이냐? 참으로 답답하구나."

"……."

"게다가 단 한 번 뵈었을 뿐인데 그새 마음에 품게 되었다니……."

"소녀도 영문을 모르겠습니다. 폐하께서 다녀가신 날부터 자꾸 폐하의 용안이 가물거리고, 소녀에게 하시던 말씀이 귓전에 울려 아무것도 할 수가 없습니다. 흑……! 흑……!"

딸이 눈물을 흘리며 말을 하는 모습을 바라보는 목관효는 가슴이 찢어지는 것 같았다.

"상단을 따라 서라벌에 갔을 때도 헌칠한 낭도들에게조차 관심을 보이지 않던 아이인데…… 쯧, 쯧……."

"흑! 흑!"

"허어 참! 병도 큰 병이로다."

"용안을 한 번 만이라도 더 우러러뵐 수가 있다면 소녀 죽어도 여한이 없을 것 같습니다. 흑! 흑!"

"흐음! 알았다. 이 애비가 어떻게 하든 폐하를 한 번 뵙게 해 줄 터이니, 어서 몸을 추슬러라. 그 몰골로 폐하를 뵐 수야 없질 않겠느냐!"

"예? 정말이십니까? 아버님!"

"그래! 약속하마."

"아버님, 고맙습니다."

태황제를 보게 해 준다는 말에 희망을 얻은 듯, 야윈 얼굴에 미소를 머금고 누워 있던 자리에서 일어나 쑤어 온 미음 한 숟가락을 입안에 떠 넣었다. 목관효는 그 모습을 보고 나서야 그녀의 방에서 나왔다.

참으로 어이가 없었다. 다른 일도 아니고, 딸아이가 상사병을 앓는다고 태황제 폐하께 어떻게 전한다는 말인가? 자신이 생각해도 눈앞이 캄캄했다. 부모 마음이 모두 다 그렇듯이 눈에 넣어도 아프지 않을 자식이 죽어 가는 모습을 차마 손 놓고 지켜 볼 수만은 없었던 목관효는 작정하고 말에 올라 당성으로 향했다.

마산 포구에서 당성까지는 시오 리(十五里)* 길밖에 되지 않기 때문에 그리 오래 걸리지는 않았다. 배달국 관아(官衙) 건물들 중에 상업 총감부라고 쓴 현판이 걸린 건물 앞에 도착한 목관효는 말을 매어 두고 건물 안으로 들어갔다.

경비 군사가 목관효를 알아보고 군례를 올리자 목관효가 물었다.

"총감 각하께서는 안에 계시는가?"

"예! 안에 계십니다."

"들어가도 되겠는가?"

"네! 드십시오."

목관효가 상업 총감의 집무실 안으로 들어가자 노트북을 보며 무엇인가 골똘히 생각하고 있던 민진식이 그를 보고는 반갑게 맞았다.

"어서 오시오! 목 강수가 어쩐 일이십니까?"

"총감님! 안녕하셨습니까?"

"나야 늘 그렇지요. 근래에 틈이 안 나서 나가 보지 못했는데 혹시 상단에 무슨 일이라도 있는 것이오?"

"별일은 없습니다만……."

목관효가 말끝을 흐리자, 상업 총감인 민진식이 의아한 표정으로 목관효를 쳐다보면서 다시 물었다.

"안색도 그렇고, 말끝을 흐리는 것을 보니 무슨 일이 있기는 있는

* 시오 리(十五里): 약 6km.

모양입니다."

"허참! 이거 민망해서 말씀을 올리기가……."

"괘념치 말고 편히 말씀해 보십시오."

"실은…… 소장의 딸년이 화풍병(花風病)이……."

"화풍병이라니……? 그게 무슨 병이요?"

꺼내기도 부끄러운 말을 간신히 입 밖에 뱉어 내었지만, 민진식이 말뜻을 모르니 목관효로서는 더욱 민망해하면서 대답했다.

"화풍병은 회심병이라고도 하는데……."

"회심병이라……? 도대체 무슨 병인지 알아들을 수가 없으니 자세히 설명해 보시오."

"그게…… 남녀 간에 한쪽을 그리워해서 생기는 병이라……."

그때서야 비로소 알아들은 민진식이 물었다.

"아하! 상사병! 그런데 목 낭자가 상사병에 걸렸으면 의원을 찾던가 해야지 어찌 본장을 찾아오셨소?"

"저…… 그것이…… 태황제 폐하께서 상단을 다녀가신 후에 딸년이……."

민진식은 목관효가 더듬거리며 하는 말을 연결해 보니 절로 웃음이 났다.

"하하하! 그렇다면 목 강수의 따님이 태황제 폐하를 뵙고 나서 화풍병인지 회심병인지 그 병에 걸렸다는 말씀이 아니요?"

"예……."

"흠! 그 말씀이 그렇게 하기 어려우셨소?"

"하늘에서 오신 태황제 폐하를 연모하다니…… 소장도 어이가 없지만, 애비로서 하나밖에 없는 자식이 식음을 전폐하고 죽어 가는 꼴을 차마 지켜볼 수만은 없어서 이렇게 왔습니다. 딱 한 번만 뵙게 해 달라는 간청에……."

"무슨 말씀인지 알아들었습니다. 하하! 그것은 본장이 알아서 할 터이니 목 강수는 돌아가 계시오."

"예……."

알았다고 돌아가라는 데야 더 이상 있을 수도 없는 노릇이라 목관효는 무거운 발걸음으로 물러나와 말에 올랐다.

그가 돌아가자 민진식은 곧바로 총리대신인 강철을 찾아갔다. 다행히 혼자 있던 강철은 민진식이 들어가자 반갑게 맞아 주었다.

"어서 오시오, 상업 총감!"

"예! 잠시 의논 드릴 일이 있어서 각하를 찾아뵈었습니다."

"오! 그래요? 일단 앉으십시다."

"예."

"그래, 의논이라는 것이 무엇이요?"

"각하께서도 잘 아시는 제국상단 강수에게 일이 좀 있어서 왔습니다."

"제국상단 강수라면 목관효 중령이 아니요?"

구봉상단 강수이던 목관효는 몇 달 전에 태황제로부터 제국상단이라는 상단 이름을 하사받고, 수군 중령의 계급에 임명되었었다.

"예, 그렇습니다."

"그래? 목 중령에게 무슨 일이 있소?"

"그가 조금 전에 소장을 방문했었습니다."

"무슨 일로 왔었던 것이요?"

"목 중령에게는 외동딸이 하나 있는데, 그녀가 얼마 전에 제국상단을 방문하신 폐하를 보고 나서 상사병에 걸려 식음을 전폐하고 있다고 합니다."

"뭐요? 상사병?"

"예!"

"허! 허! 상사병이라…… 그런데 그녀의 행실은 어떻소?"

"소장도 행실까지는 잘 모르겠습니다만, 폐하를 모시고 상단을 방문했을 때 처음 봤는데 상당한 미색이었습니다."

"호오! 그래요? 나이는 몇 살이요?"

"열다섯이라고 했던 것으로 기억합니다."

"음…… 열다섯이라? 너무 어리지 않소?"

"우리 생각이야 그렇지만, 이 시대에는 어떤지 모르지요. 한 말씀 드리면 상업 총감인 저의 입장에서는 앞으로도 목 중령은 우리 배달국을 위해 큰일을 할 사람입니다. 그것도 딱 한 번만 뵙게 해 달라는 청이니……."

"무슨 말씀인지는 알겠소. 어찌 됐던 애꿎은 소녀 하나가 죽어 가고 있다는데 모른 척할 수야 없질 않겠소? 본관이 폐하를 찾아뵙고 말씀드려 보겠소. 아니 그럴 필요 없이 나와 함께 가서 폐하를 뵙시다."

"알겠습니다."

강철과 민진식은 나란히 태황제가 있는 수항궁으로 향했다.

오늘도 진봉민은 배달국의 중앙 조직과 지방 조직을 어떻게 만들까를 궁리하고 있다가 두 사람이 들어오자 자리에서 일어나며 환한 얼굴로 맞이했다. 요사이 그는 신라 국왕이던 김백정과 백제 국왕인 부여장이 망명을 한 이후, 한껏 기분이 고조되어 있었다.

"어서들 오시오. 어쩐 일로 두 분이 이렇게 함께 오셨소?"

"폐하! 별일 없으셨습니까?"

"과인이야 뭐 별일이 있겠소? 오늘은 어전회의가 없는 날이니 아침에 두 분을 보지 못했구려. 자! 자! 앉으시오."

"예!"

"그래 무슨 일이요?"

"폐하, 오늘은 긴히 상의 드릴 일이 있어서 이렇게 왔습니다."

"긴한 일이라니요?"

궁금한 듯 미소를 띤 얼굴로 진봉민이 묻자, 오히려 강철이 되물었다.

"폐하, 혹시 제국상단을 방문하셨을 때 보았던 목관효 중령의 여식을 기억하시는지요?"

"목관효 중령의 여식? 아! 그 예쁘장하고 또랑또랑한 소녀 말이요?"

"예!"

"보기는 봤소만…… 그런데 그건 왜 묻소?"

"그녀가 폐하를 뵙고 나서 상사병에 걸렸다고 합니다."

그 말에 싱거운 소리라는 듯 피식! 웃으며 어이없다는 표정을 지었다.

"총리대신이 과인을 놀리시려고 오셨구려."

"폐하, 아니옵니다. 소장이 폐하를 놀리다니요……?"

옆에 있던 상업 총감인 민진식이 말을 했다.

"폐하, 조금 전 소장의 집무실에 제국상단 강수인 목관효 중령이 다녀갔습니다. 그도 처음에는 말하기가 거북한지 주저하다가 말을 꺼냈는데 폐하께서 격려차 그곳을 방문하신 후부터 그녀가 식음을 전폐하고 있다고 합니다. 아비로서 외동딸이 죽어 가는 것을 보고만 있을 수가 없어서 찾아왔다고 하는데 꽤나 안쓰러워 보였습니다."

"허어……!"

그때서야 단순한 농담이 아니라는 것을 직감한 진봉민이 당황한 표정을 짓자, 총리대신인 강철이 간곡히 말을 했다.

"소장이 아직 만나 보지는 못했지만, 열다섯 어린 나이의 소녀를 죽게 내버려 둘 수야 없질 않사옵니까?"

"그럼, 어떻게 하라는 말씀이요?"

"폐하! 한번 찾아가셔서 정답게 말씀이라도 건네주시면 어떨까 싶습니다만……."

"물론 이 시대야 열다섯이면 혼례를 치를 나이이긴 하오. 아무리 그렇다 해도 내키지 않는 일이요. 게다가 지금은 할 일이 태산 같은데 그런 일에 신경을 쓸 여유가 없어요!"

내뱉듯이 딱 부러지게 거절하는 진봉민이었다.

"폐하! 혼례를 치를 수 있는 나이라면 무슨 상관이 있겠습니까? 게다가 소장이 알기론 이 시대에 황제나 왕은 수많은 궁녀를 거느려도 된다고 알고 있습니다. 이것도 다 배달국을 위한 일이려니 하시고 폐하께서 그녀를 잘 다독거려 주시면 그녀의 아비인 목 강수는 더욱 배달국에 충성을 다할 것입니다."

"음……."

"소장 생각에는 잠시 바람도 쏘이실 겸, 다녀오시는 것이 좋을 것 같습니다. 오죽했으면 목 중령이 상업 총감을 찾아와 하소연을 했겠습니까?"

"허어 참! 황제 자리에 앉혀 놓고 힘들게 만들더니, 이제는 생각지도 않은 여자까지 억지로 만나 보라는 것이요?"

진봉민이 불만스럽다는 듯이 투덜거리자, 강철이 미소를 띠며 말을 받았다.

"그래도 폐하만 하시니까 다 버텨 내시는 것이 아닙니까? 이왕 말이 나온 김에 민진식 장군과 함께 소장이 폐하를 모시겠습니다. 가 보시지요."

아주 쇠뿔도 단김에 빼겠다는 듯이 강철은 자신이 직접 모시고 가겠노라고까지 하는 것이었다.

"아니요, 아무리 생각해도 그건 아닌 것 같소!"

"폐하, 잠시만 시간을……."

"허어! 싫다는데도 왜 자꾸 이러시오! 내가 싫다는데……!"

강철이 말을 다 끝내기도 전에, 얼굴을 붉히면서 짜증스럽다는 말투로 쏘아붙이는 진봉민이었다.

"알겠습니다. 정 싫으시다면 하는 수 없지요. 그럼, 돌아가 보겠습니다."

태황제가 저토록 완강하게 거부하는 데야 강철도 더 이상 어쩔 수가 없는지 민진식과 함께 총리부로 돌아왔다.

민진식이 불만스러운지 강철에게 투덜거렸다.

"각하! 목 강수에게는 염려 말라고 큰소리까지 쳐 놨는데, 폐하께서는 저토록 펄펄 뛰시니 이 일을 어찌합니까?"

"흠, 배달국 장수가 실언을 한대서야 말이 되오? 나라도 가 봐야지."

그렇게라도 하는 것이 낫겠다고 생각한 민진식은 얼른 자리를 차고 일어나면서 입을 열었다.

"그럼, 소장이 먼저 나가 비조기를 준비시키도록 하겠습니다."

말을 마치자마자 대답도 듣지 않고 그는 빠른 걸음으로 밖으로 나갔다.

민진식으로서는 목관효가 대외무역 분야에서 큰 역할을 해낼 것이라는 것을 믿어 의심치 않고 있었다. 목관효가 배달국에 등용되고 나서부터 나라에 얼마나 많은 이바지를 해 왔던가! 재정이 거의 바닥인 상태라는 것을 알게 된 그는 나라에서 필요로 하는 숯이나 농업용으로 쓰일 대나무 같은 물건들을 자신의 재산을 털다시피 하여 구해 오곤 했다. 이토록 목관효의 인간됨이 충직하다는 것을 알게 된 민진식은 사신들을 실어 나르던 사송선 2척과 조세미를 실어 나르던 조운선 2척을 그에게 주어 무역을 하는데 활용하도록 배려해 주었다.

그 외에도 앞으로 교역량이 늘어날 것에 대비해서 포로 군사들 중에서 선발했던 목수들을 동원해 상단의 별채까지 지어 주고 있었다. 그래서 이번 일 역시도 그는 목 강수의 걱정을 덜어 주려는 마음에서 제 자신의 일처럼 서두는 것이었다. 강철도 그런 민진식의 마음을 알기 때문에 자신이라도 가 봐야겠다는 생각을 하고 비조기에 올랐다.

비조기가 마산 포구에 도착하자 상단 깃발이 펄럭이고 있는 곳에는 새로 지어지고 있는 별채가 큼직하게 모습을 드러내고 있었다.

목관효가 부리나케 뛰어나와 강철과 민진식이 비조기에서 내리는 것을 보고는 약간 실망하는 빛이 얼굴에 스쳐 갔지만, 곧 웃음을 띠면서 그들을 맞이했다.

"총리대신 각하! 총감님! 어서 오십시오."

"목 중령! 그동안 잘 지내셨소?"

"예! 어서 안으로 드시지요."

"그럽시다."

상단을 처음 방문하는 강철은 방으로 안내되어 들어가자, 방 안을 둘러보았다. 낮은 책상인 서안 하나와 낮은 장롱 위에 이부자리만 가지런히 놓여 있을 뿐인 단출한 살림살이를 보고 목관효가 참으로 검소한 사람이라는 것을 느꼈다.

"요사이 물건들을 보관할 별채를 짓는다던데 진척은 잘되고 있소?"

"예, 각하! 폐하께서 과분한 황은을 베풀어 주셔서 감읍하고 있습니다. 별채는 새달이면 완성될 것입니다."

"하하! 잘됐소. 앞으로 더욱 큰일을 많이 하라는 폐하의 뜻이니 크게 부담 갖지 마시오."

"예!"

"그런데 본관이 듣기로 목 중령의 여식이 많이 아프다던데……."

"참으로 말씀드리기 참담하고 부끄럽습니다. 지난 번 폐하께서 납시셨을 때 딸아이가 폐하를 뵙고 나서……."

"그래, 폐하를 뵙고 나서 어찌 됐다는 말씀이요?"

"폐하께서 다녀가신 후부터 병이 났는데, 의원의 말로는 화풍병이라 백약이 무효라 합니다."

"허허! 그거 참!"

"평소에 총명하고 지혜가 있어 제 분수쯤은 헤아릴 줄 안다고 생각했는데 언감생심 폐하를 연모하여 식음을 전폐하고 있으니, 아비된 자로서 이렇게 황당할 데가 없습니다."

"허허! 그렇게 되었구려. 사실, 오늘 폐하께서 오셨으면 더 좋았겠지만 바쁘신 일이 있어 본관이 대신 왔소."

이때 옆에 있던 민진식이 빙그레 웃으며 말을 했다.

"목 중령 뭐하고 계시는 거요? 어서 여식에게 전갈하여 총리대신께 인사를 드리도록 하지 않고……."

그 말을 들은 목관효는 민 총감에게 무슨 생각이 있나 보다 하는 생각이 들자, 얼른 자리에서 일어나며 입을 열었다.

"총리대신 각하! 잠시 다과상을 준비시키겠습니다."

"그러시오."

밖으로 나갔던 목관효가 들어와 자리에 앉자 강철이 먼저 입을 열었다.

"목 중령! 우리 배달국은 곧 사비성으로 도읍을 옮기게 될 것이요. 그렇게 되면 제국상단은 어떻게 하실 계획이시요?"

"예, 사실 이곳에서는 산동과 요서를 왕래하기가 용이하고, 사비성 가까이 있는 구드래나 기벌포는 건업이나 항주를 비롯해서 탐라나 왜국으로 왕래하기가 편합니다. 이런 점을 생각해 볼 때, 이곳은 이곳대로 사용하고 구드래에는 새로운 점포를 개설하는 것이 좋을 것 같기는 합니다."

"일리가 있는 말씀이요. 그런데 구드래는 수심이 얕아 큰 배가 들어오기에는 어렵지 않소?"

"그렇지 않습니다. 소장이 들은 바로는 지금도 여러 나라 배들이 그곳을 드나들고 있다고 하니 수심은 크게 문제될 것이 없다고 봅니다."

"그렇소? 여러 나라 배들이 드나든다는 말씀이요?"

이 시대로 오기 전에 보았던 사비수는 수심이 얕고 구드래 나루는 그저 작은 유람선이나 정박시킬 수 있는 정도로만 알고 있던 강철이었다.

'예!' 하고 대답한 목 강수는 이어 자신이 알고 있는 대로 사비수와 구드래 나루에 대해 설명했다.

그의 말을 들으니 강철이 알고 있던 것과는 달리 지금의 사비수는 큰 배도 자유롭게 왕래할 수 있을 만큼 수심이 깊다는 것이었다. 그래서 사비수 물줄기를 타고 올라오는 구드래 나루는 다른 나라 배들도 드나드는 국제적인 항구로써 백제의 관문 역할을 톡톡히 해내고 있다는 말이었다.

"흠, 그렇구려! 본관이 알기로 무역을 할 수 있는 배로는 오히려 신라 배보다 백제 배가 더 크고 좋은 것으로 알고 있는데 그렇지 않소?"

"지당하신 말씀입니다. 바닷길은 백제가 더 잘 이용하였기 때문에 선박 역시 더 우수하다고 생각합니다. 백제 배를 방(舫)이라고도 하는데 돛과 노를 같이 쓸 뿐 아니라 튼튼하기 때문에 전대 동성왕 때에는 산동, 요서를 비롯해 멀리 진납까지 교역을 했다고 합니다."

그의 말을 들으면서 일행들은 의외로 목관효의 식견이 대단한 것을 깨닫고는 속으로 깜짝 놀랐다.

"역시 그렇구려! 목 중령은 가까운 시일에 우리 도성이 사비성으로 옮겨 간다는 것을 염두에 두고 대비를 해 놓도록 하시오. 분명히 할 일이 많아질 것이라고 생각하오."

"각하! 알겠습니다."

이때 문 밖에서 가냘픈 목소리가 들렸다.

"아버님, 다과상을 준비했습니다."

"들여라!"

"예에!"

대답과 함께 방문이 열리고, 짧은 치마저고리 차림의 소녀가 간단한 다과상을 들고 들어왔다.

강철은 그녀가 분명 목관효의 딸일 것이라고 짐작하면서 자세히 살펴보니 이목구비가 또렷하고, 귀여운 인상으로 볼우물까지 있는 미인이었다. 아쉬운 점은 병 때문인지 안색이 창백해 보인다는 것이었다.

그녀는 강철 앞에 조심히 상을 놓고는 사뿐히 절을 올리면서 말을 했다.

"소녀 목단령, 총리대신 각하께 인사 여쭈옵니다."

"처음 뵙겠소. 낭자, 앉으시오."

"예에!"

대답을 한 그녀는 자리에 앉아 조신하게 고개를 숙이고 있었다.

"본관이 물어도 될지 모르겠지만, 낭자 부친 말씀을 들으니 요사이 몸이 불편하다던데 어찌 된 일이요?"

"……."

그렇게 단도직입적으로 물을 줄은 몰랐는지 그녀는 더욱 깊숙이 머리를 숙이면서 대답을 하지 못했다. 오히려 옆에 앉아 지켜보고 있는 목관효가 답답하다는 듯이 입을 열었다.

"어째서 각하께서 하문하시는데도 대답이 없는 것이냐?"

그때서야 그녀가 입을 열었다.

"소녀…… 일전에 폐하를 뵙고 나서 어찌된 영문인지 서책을 보아도 폐하의 용안만 보이고, 바느질을 해도 폐하의 용안만 떠올라 어느 것도 제대로 할 수가 없었사옵니다. 천한 소녀가 감히 사모할 수 없는 지엄하신 분이라는 것을 뻔히 알면서도 소녀의 마음을 가눌 수가 없사옵니다."
"흠……."
막상 입을 열자, 당돌하다 싶을 정도로 분명하게 자신의 심정을 밝히는 그녀를 대하고는 오히려 말문이 막힌 것은 강철이었다. 현대에서 볼 때, 열다섯이라면 한창 부모에게 어리광을 부릴 나이로 결혼이라는 말을 꺼낸다는 자체가 웃음거리밖에 되지 않을 일이었다.
그러나 이 시대에는 그 나이면 당연히 성인으로 대우를 받을 뿐 아니라 결혼도 자연스러운 일이었다. 강철은 다시 한 번 그녀를 꼼꼼히 살펴보아도 외모나 몸가짐이 크게 나무랄 데가 없어 보였다.
"목 낭자! 그래? 낭자는 폐하를 곁에서 모시고 싶으신 것이요?"
"……미천한 소녀가 어찌 그런 광영까지 바랄 수가 있겠사옵니까? 다만, 한 번만이라도 더 용안을 우러러뵐 수 있다면 소녀는 죽어도 여한이 없을 것 같사옵니다."
그녀의 대답을 들은 총리대신은 목관효를 쳐다보며 물었다.
"목 중령! 여식을 궁으로 데려가도 괜찮겠소?"
"예? 궁으로 말씀입니까? 그렇게 하신다면 소장이야 더 바랄 나위가 없습니다만, 각하께 누를 끼치지 않을까 걱정스럽기도 하고, 폐하께서 용납이나 하실지 두렵기도 합니다."
"그렇다면 다행이요. 폐하께는 본장이 알아서 할 것이니 그렇게 아시면 될 것이요. 그러면 딱히 언제라고는 말하기가 어렵지만 가까운 시일 내에 사람을 보낼 터이니 그 편에 목 낭자를 궁으로 보내 주시오."
"알겠습니다만, 어떻게 감사를 드려야 할지……."
사실, 강철로서는 큰 부담을 감수하고 저지르는 일이었다. 이렇게라도 하지 않으면 고지식한 태황제가 결코 용납하지 않을 것이라는 것을 잘 알고 있었기 때문이다. 다만, 그토록 완강하게 거절하는 태황제로부터 승낙을 얻어 내자면 하루 이틀에는 어렵다는 생각에 여유를 둘 뿐이었다.

"하하하! 감사라니요? 목 강수가 나라에 충성을 다하는 것이 바로 보답하는 길이요."

"여부가 있겠습니까? 이런 일이 아니더라도 폐하와 나라에 충성하는 것이야 백성의 도리인데 어찌 잠시라도 소홀하겠습니까?"

목관효의 말에 미소로 대답한 강철은, 이번에는 감격에 겨워 눈물이 글썽해져 있는 목단령을 바라보며 자상하게 일렀다.

"목 낭자! 낭자는 오늘부터 몸가짐을 단정히 하고 매사를 신중하게 처신하도록 하시오. 나중에라도 그렇게 병색이 있는 얼굴로 폐하를 어떻게 뵙겠소? 그것은 불효일 뿐 아니라 불충이요. 아시겠소?"

"예……."

"아셨다니 이제 나가 보시오."

기어들어 가는 목소리로 대답한 그녀가 조심스럽게 일어나 밖으로 나가는 것을 바라보던 강철이 목관효에게 말을 건넸다.

"목 중령! 본장이 듣기로 목 중령은 상단을 이끌고 수나라를 자주 왕래했었다고 들었는데 맞소?"

"자주는 아니고, 한해에 한두 번씩 길을 났었습니다."

"지난번에 폐하께서 이곳을 다녀오셔서 말씀하시기를 과거에는 백제와 산동 지방 사이에 교류가 왕성했었고, 그때 우호적이었던 그 지방 유력자들이 아직도 많이 남아 있다고 하시던데 어느 정도요?"

"예, 분명히 대륙 백제 당시에 유력했던 가문들이 적지 않게 남아 있습니다. 지금도 저희들이 가면 두루 편의를 봐주는 분이 있을 정도입니다."

"만약에 배와 재물이 있다면 지금이라도 그곳에 우리 배달국의 근거를 마련해 볼 수 있겠소?"

"소장 생각에는 가능하리라 여겨집니다. 물론 군사를 데려가는 것은 불가능하겠지만 상단 배들에 대하여는 약간의 은자를 집어 주면 상륙을 하게 하니 과히 어렵지는 않을 것입니다."

"흠…… 목 중령! 보통 물건을 사고파는 교역상을 상단이라 말하는 것이 아니요? 그 상단 우두머리를 강수라는 것일 테고……."

"예! 원래 상단이라는 말도 생겨난 지가 얼마 되지 않았습니다. 전에는 매물사(賣物使)라 해서 나라에서 임명한 사람만이 교역을 할 수가 있었기 때문입니다."

"아하! 그렇구려. 그러면 지금 목 중령 휘하에 교역을 맡길 만한 자는 몇이나 되오?"

"두 명이 있습니다."

답변을 들은 강철은 고개를 끄덕였다.

"아마 폐하께서 별도의 말씀이 있으시겠지만, 모르긴 몰라도 목 중령은 앞으로 산동을 이웃집 드나들 듯이 해야 할 것이요. 그러자면 거래를 할 줄 아는 사람도 많이 필요할 것이요. 당연히 나라에서는 그에 걸맞게 큰 배도 마련해 드릴 것이고, 거래를 할 수 있는 진귀한 물건도 만들어 드릴 것이요. 물론 장사를 하는 것도 하는 것이지만, 그보다도 더 큰 목적은 훗날 그곳을 다스리게 될 때를 대비해야 한다는 점이요."

"알겠습니다. 소장이야 나라에서 필요한 일이라면 죽음도 마다하지 않을 것입니다."

"그런 각오라면 무슨 일인들 못 해내시겠소? 혹시 어려운 문제가 있으면 언제든지 민 총감에게 말씀하시오. 이제 본장은 돌아가 보겠소."

"알겠습니다, 각하!"

대화가 웬만큼 끝났다고 생각한 강철이 자리에서 일어나 제국상단 식솔들의 마중을 받으며 비조기에 올라 수항궁으로 향했다.

아까부터 불안했던 민진식이 강철에게 물었다.

"각하! 폐하께서 역정이 이만저만이 아니신데 어쩌자고 목 낭자를 궁으로 부르겠다고 덜컥 약속을 하셨습니까?"

이때 앞에서 조종을 하고 있던 이일구가 그 말을 들었는지 뒤를 돌아다보면서 물었다.

"아니? 폐하께서 역정을 내셨다면서 목 낭자를 궁으로 오라고 했습니까?"

"그랬소. 하하하! 사실, 그렇게 약속한 나도 약간 불안하기는 하오. 하지만 목 강수는 앞으로도 우리 제국을 위해서 많은 일을 할 사람이요. 그러니 딸이 폐하를 모시게 된다면 더욱 충성을 다할 것이 아니겠소? 그러니 폐하를 어떻게 하든 설득을 해야지 낸들 뭐 별수가 있겠소?"

시원스럽게 하는 대답에 두 사람은 역시 철심장이라는 별명이 거저 붙은 게 아니구나 하는 생각을 지울 수가 없었다.

"소장 생각에는 폐하를 설득하자면 꽤나 힘이 들 것입니다. 그건 그렇다 치고 아무리 시대가 다르다고는 하지만, 열다섯 살짜리가 상사병이 났다고 하니 어이가 없는 것도 사실입니다."

강철은 그렇지 않다는 표정으로 고개를 흔들었다.

"하하! 나도 사실, 민 장군에게 그 말을 처음 들었을 때는 그런 생각도 없질 않았소. 그렇지만, 가만히 생각해 보니 그것은 우리의 선입관일 뿐이라는 생각이 들었소. 현대에도 그 나이면 사춘기를 넘어서는 시기인데 그때라고 이성에 대해 관심이 왜 없었겠소?"

"말씀을 듣고 보니 정말 그렇기도 하군요. 소장도 그 나이 때, 또래 여학생들에게 관심이 많았으니…… 하하하!"

"그렇소! 그 나이면 현대나 지금이나 이성에 관심을 갖는 것은 당연한 일인데, 결혼 적령기가 늦었던 현대와 비교해서 연관시키다 보니 이상하게 느끼는 것일 뿐이요."

강철의 말에 고개를 끄덕이던 민진식이 입을 열었다.

"사실, 맞는 말씀입니다. 이 시대에 살고 있는 사람들에 대해서 깊은 생각도 하지 않고 함부로 우리 잣대로만 평가하고 판단할 일이 아닌 것 같습니다. 제가 그것을 뼈저리게 느낀 것은 부여장 장군이 우리에게 투항을 할 때입니다. 제 상식으로는 폐하의 말씀 한마디에 그렇게 쉽게 나라를 내놓으리라고는 상상도 할 수 없는 일이었습니다."

강철도 맞장구를 쳤다.

"아주 좋은 말씀이요."

이때 조종을 하던 이일구가 당황스럽게 말을 했다.

"어이쿠! 좋은 말씀들을 듣다 보니 도성을 지나칠 뻔했습니다. 자! 착륙합니다."

이윽고 비조기는 서서히 당성에 착륙했다.

# 한마디의 푸념

백제군 총사인 백기는 왕이 보낸 서찰 지시에 따라 대목악에 있던 군사 3만으로 순식간에 국원성과 삼년산성을 함락시켜 버렸다. 만노군에 있던 신라군은 기겁을 했다. 그들은 백제가 배신했다는 사실에 크게 격분했지만, 눈물을 머금고 군사를 감문주인 김천으로 철수시킬 수밖에 없었다. 신라가 황급히 그곳으로 군사를 철수시킨 것은 행여 백제가 서라벌까지 치고 내려오지 않을까 염려되었기 때문이었다.

이렇게 되자, 임진강인 칠중하(七重河)에서 충주인 국원성에 이르는 삼한 땅의 중간 부분은 정치적으로 주인이 없는 공백 상태에 놓이게 된 셈이었다. 각 고을의 토호(土豪)들은 삼한 땅에 있는 어느 나라의 통제도 받지 않고, 스스로 자기 지역의 백성들을 다스리게 된 것이다.

백제 도성인 사비성에도 왕이 배달국에 나라를 바쳤다는 소문이

나돌기 시작했다. 물론 속으로는 그것을 용납하지 않는 자들이 많았으나 병부령 휘하에 흑치덕현 장군이 5천 군사를 거느리고 도성 안에 떡하니 버티고 있었기 때문에 아직까지는 누구도 감히 경거망동을 하지 못하고 있을 뿐이었다.

상좌평인 사택적덕은 자신의 집무실에 앉아 혹시 군사적으로 미흡한 것은 없는지 곰곰이 되새겨 보았다.

백기 장군이 신라의 국원성과 삼년산성을 함락시키는 것과 때를 같이해서, 웅진에 있던 예다 장군이 지휘하는 군사 1만 5천을 남단 요충지인 구지하성(久知下城)으로 이동시켜 놓았으니, 혹시 신라가 보복 도발을 해 온다고 하더라도 크게 걱정할 일은 아니었다.

구지하성은 신라와 백제가 첨예하게 대립하던 남쪽 접경지로 현대 지명으로는 전남 장성 지방이었다. 혹시라도 신라군이 사비성으로 쳐들어오려면 그곳을 거쳐서 올 수밖에 없었다. 물론 국원소경을 거쳐서 오는 방법도 있으나 그곳은 백기 장군이 장악해 버렸기 때문에 지금으로서는 막혀 있는 셈이었다.

여러 번 생각을 거듭해 봐도 그런대로 신라에 대한 대비는 되었다고 판단되자 이번에는 자신의 처지를 돌아보게 되었다.

그의 가문은 전부터 지모밀지(枳慕蜜地: 익산)에서 철을 다루던 토호 세력이었다. 그런데 고구려에 쫓긴 백제가 한성에서 웅진으로 도성을 옮겨 온 이후부터 집안 족속들이 조정에 출사를 시작하여 이제는 누구도 부정할 수 없는 백제 제일의 가문으로 부상한 것이다. 왕후의 아버지요, 왕의 장인에다가 조정 최고 배분의 상좌평이니, 그야말로 하늘을 나는 새도 떨어뜨릴 수 있는 무소불위(無所不爲)의 권력을 쥐고 있는 것이다. 그런데 그런 자신의 위상은 앞으로 어떻게 될 것인가?

사위인 부여장이 나라를 배달국에 바치고 일개 장군이 되었다 하니, 자신도 잘해 봤자 하급 벼슬을 얻어 목구멍에 풀칠이나 하면 다행일 터였고, 조정의 최고 수장인 상좌평으로서 누리던 지금과 같은 영화는 이제 물 건너간 것이나 진배가 없었다. 요사이 600년 사직을 배달국에 넘겨준 무왕의 결정에 반발하는 수많은 조정 신료들과 호족들이 자신을 찾아오고 있었다. 그러나 사태를 좀 더 지켜보자는 말로 타일러 돌려보내고는 있지만, 자신의 처지도 답답하기는 그들과 매한가지였다.

그런 생각들로 울적해진 그는 문득 자신의 딸인 왕비가 자신보다도 더 노심초사할 거라는 생각이 들자, 왕비의 처소인 세선전으로 향했다.

무왕에게는 왕비가 두 사람 있었다. 첫째 왕후가 선화 왕후였고, 둘째 왕후가 자신의 딸인 사택 왕후였다. 불행인지 다행인지 미모가 빼어난 선화 왕후는 후손이 없었기 때문에 궁 안 내명부 권력도 자연히 왕자를 생산한 자신의 딸 쪽에 있었다. 그녀는 요즘 지아비인 국왕과 왕자가 배달국에 있다는 말을 듣고는 식음을 전폐하다시피 하고 있었다.

상좌평께서 들었다고 궁녀가 고하자, '어서 듭시게 하라!' 는 반가움이 배어 나오는 목소리가 밖에까지 똑똑히 들렸다.

세선전 안으로 들어선 사택적덕이 부복하고 문후 인사를 했다.

"왕후마마! 소신 상좌평, 문후 올리옵니다."

"어서 오세요, 아버님!"

"예, 마마! 폐하께서 안 계신 요사이 부쩍 수척해지신 것 같사옵니다."

"그럴 수밖에요…… 폐하와 왕자가 다른 나라에 잡혀 있다는데, 어찌 그렇지 않겠습니까? 그나저나 앞일이 걱정이에요."

"소신도 그래서 들어왔사옵니다. 폐하께서 나라를 배달국에 바쳤다는 소식에 조정 신료들의 불만이 적지 않사옵니다. 이제는 소신이 다독거리기에도 벅찬 실정이옵니다."

"왜 아니 그렇겠어요? 폐하께서는 어찌하실 요량으로 그렇게 하셨는지, 이곳에서는 도통 영문을 알 수가 없으니……."

"그러게 말씀이옵니다. 육백 년 사직을 하루아침에 저들에게 바쳤다니, 소신은 지금도 도통 납득이 가질 않사옵니다. 저들의 압박 때문에 어쩔 수 없는 입장이셨다면 차라리 교기 왕자에게 선위하신다는 밀서라도 보내셨으면 좋으련만……."

상좌평인 사택적덕의 입에서 무심코 푸념 섞인 한마디가 튀어나왔다. 무왕의 차남인 교기는 장자인 의자의 동생으로 나이가 아직 일곱 살이었다.

선위라는 말에 사택 왕후는 펄쩍 뛰다시피 놀라며 되물었다.

"선위라니요? 왕위를 물려주시는 것을 말씀하시는 것입니까?"

"그렇사옵니다, 마마! 폐하께서 저들의 수중에 있고, 장자인 의자 왕자 역시 그러하니 이곳에 계신 교기 왕자께 선위를 하신다거나 아니면 임시로 대행왕이라도 삼는다면 얼마나 좋겠사옵니까? 그렇게라도 하신다면 소신이 신료들과 함께 사직을 보존하기 위한 논의라도 해 볼 일이 아니겠사옵니까?"

"교기의 나이가 이제 일곱 살인데……."

되지도 않을 말이라는 표정으로 시큰둥하게 말을 받자 상좌평은 고개를 가로저으며 다시 입을 떼었다.

“마마! 나이가 무슨 상관이옵니다. 나라에 국본(國本)이 있다는 자체가 중요한 것이지요. 사직이 없어지는 판국이온데…….”

“음…… 폐하께서 위사좌평에게 자주 연락은 하시는지요?”

“글쎄요? 우리 군사가 국원성과 삼년산성을 취했다는 연락을 보낸 이후에는 별다른 밀명이 없는 줄로 아옵니다.”

“아버님께서 정사암 회의를 소집해서 논의해 보시면 어떻겠습니까?”

“소신이 그 생각도 해 보았사오나, 정사암 회의는 6좌평과 2로가 모여야 하는데 조정좌평인 부여망지 공은 당성에 잡혀가 저들 수중에 있고, 나머지 좌평들이 모인다 하더라도 별 뾰족한 수가 없을 것 같사옵니다.”

“어째서 그렇습니까?”

“마마! 교기 왕자님을 왕좌에 앉히자면, 당성에 계신 폐하를 폐위시켜야 하는데, 군사권을 쥐고 있는 병관좌평뿐만 아니라 위사좌평이나 내두좌평은 절대 동의하지 않을 것이옵니다.”

“그렇다면 전혀 방법이 없다는 말씀이 아닙니까?”

“마마께서 확고한 마음만 있으시다면 방법이 아주 없는 것은 아니옵니다.”

“그래요? 말씀해 보세요.”

“마마께서 은밀히 내법좌평을 부르시어 밀명을 내리신다면 가능할 법도 하옵니다만…….”

“내법좌평이라면 왕효린 공이 아닙니까?”

“그렇사옵니다! 그는 원래 계산이 빠르고 술수가 있는 자이옵니다. 일단 소신이 내일 조회에서, 배달국에 잡혀간 부여망지 공의 관직을 임시로 왕효린 공에게 겸직케 하더라도 다른 신료들의 의심을 사지는 않을 것이옵니다."

"조정좌평 직을 말씀하는 것이지요? 그래서요?"

"예, 내법좌평이 겸무할 조정좌평은 형옥(刑獄)을 관장하는 직관이니 숫자는 적지만 별도로 부리는 군사가 있사옵니다. 그 군사들을 동원하여 은밀히 병관좌평과 흑치현덕 장군만 체포해 버린다면 궁을 장악하는 데는 큰 문제가 없을 것이옵니다."

"그러면 국원성에 있는 백기 장군이 가만히 있겠습니까?"

"그것은 염려치 않으셔도 될 것이옵니다. 백기 장군이 가진 삼만 군사는 국원성과 삼년산성에 나뉘어 주둔해 있는데, 삼년산성에서 산 하나를 넘으면 바로 신라군 삼만 오천이 있는 감문주이기 때문에 함부로 군사를 뺄 수는 없을 것이옵니다."

"가망이 있겠습니까?"

"마마! 그렇다고 속수무책으로 앉아 있을 수도 없는 일이 아니겠사옵니까?"

"……?"

"……왜? 두려우시옵니까?"

"두렵기도 하지만, 내법좌평이 제대로 말을 들을지?"

"그것은 염려 놓으셔도 될 것이옵니다. 그자의 성정으로 보아 틀림없이 따를 것이니까요."

"아버님 뜻이 정히 그렇다면 알겠어요. 오늘 중으로 내법좌평을 은밀히 불러 당부해 보도록 하지요."

"예, 마마! 그럼, 소신도 그렇게 알고 물러가겠사옵니다."

"그러세요."

상좌평인 사택적덕은 자신의 딸을 위로해 주기 위해 잠시 들렀던 길이었지만, 그 자리에서 얼떨결에 뱉어 낸 푸념 한마디가 왕을 바꾸자는 쪽으로까지 발전해 버린 것이다.

이런 세세한 움직임까지는 파악하기가 어려웠지만, 신라와 백제의 큼직큼직한 움직임은 배달국의 정보사에 의해 속속 파악되어 총리대신인 강철에게 보고가 되고 있었다.

그동안 배달국은 당성에서 수원을 지나 아리수에 이르는 상행선과 매홀현에서 부산현(釜山縣: 평택)을 지나 백제군이 머무르던 대목악에 이르는 도로 공사를 완료하고 지금은 국원성을 향해 공사를 진행 중이었다.

은밀히 배달국의 실정을 염탐해 보기 위해 당성에 왔다가 부지불식간에 잡혀 버린 백제 국왕은 조건 없이 돌려보내 준다는 것도 마다하고 배달국의 국력과 태황제의 인품에 반해 스스로 투항을 했다. 그렇게 해서 장군으로 임명된 그는 자신의 아들인 부여의자와 조정좌평이던 부여망지 장군과 함께 궁녀의 수발을 받으며 배달국의 사숙관에 머물고 있었다.

그의 일상은 주로 한글공부였고, 어전회의와 내각회의에 참석하거나 새로운 농사법을 배우는 것이 전부였다. 당연히 회의에 참석한다고 하더라도 말귀를 알아듣지 못하니 회의에서 오가는 내용을 다 알 수는 없는 노릇이었고 대강의 흐름만 아는 정도였다.

다행히 자신이 백제 출신임에도 먼저 투항한 신라 왕과 장수들이 자주 방문해 주었다. 그들과 나누는 격의 없는 대화 속에서 많은 것을 깨닫게 되면서 스스로 배달국에 귀순한 것이 백번 잘한 일이라는 생각을 하고 있었다. 사실, 그동안 자신은 오직 백제국만 생각했지 신라나 고구려가 같은 뿌리라는 생각은 손톱만치도 해 보지 않았다.

그런데 배달국은 백성들을 잘살게 하면서 한편으로는 삼한 땅뿐만 아니라 대륙까지도 평정하여 나라와 민족을 크게 융성시키려고 한다는 것을 차츰 알게 되었다. 돌이켜 생각해 보니 자신은 한낱 보잘 것없는 우물 안 개구리였다는 것을 뼈저리게 느끼고 있었다. 그럴수록 부여장은 농업 대신으로서 맡은 소임을 어떻게 하면 잘 해낼 수 있을까 고민하면서 요사이는 농업 총감인 김민수로부터 새로운 농사법까지 배우고 있는 중이었다.

그렇게 바쁜 나날을 보내고 있던 어느 날이었다. 부여장은 백기 장군이 보내온 서찰 하나를 받고는 망연자실했다. 곁에 있던 부여의자가 궁금한 표정으로 물었다.

"아버님, 무슨 일인데 그러시옵니까?"

"허! 이런 죽일 놈들을 봤나? 기어코 일을 저지르고야 말았구나. 상좌평과 내법좌평이 네 어미와 작당을 해서 교기를 왕좌에 앉혔다는구나!"

"교기를 왕으로 말씀이옵니까?"

"그렇다는구나. 병관좌평과 내두좌평 그리고 흑치덕현 장군은 백기 장군이 있는 국원성으로 피신해 오고, 조정에서는 교기 이름으로 왜국에 군사까지 청했다니 이런! 이런! 육시를 할 놈들을 봤나?"

그는 화가 나는지 서찰을 패대기치듯이 방바닥에 던져 버렸다.

"그렇다면 한시바삐 총리대신께 고해야 하지 않겠습니까?"

"그래야겠지. 이거야 원! 신라가 왕이 없는 틈을 타서 난을 일으켰다기에 속으로 크게 웃었더니, 나 역시 똑같은 꼴을 당하는구나."

백제 국왕이던 부여장은 아들인 의자를 대동하고 서둘러 총리대신을 찾아갔다. 그들의 표정이 심상치 않은 것을 본 강철은 급히 해론을 오게 해서 통역을 맡겼다. 부여장은 자초지종을 말하기 시작했는데 물론 그때까지 배달국에서는 백제 조정 내부에서 일어난 일까지는 알지 못하고 있었다.

부여장이 하는 말을 묵묵히 듣고 있던 강철은 새로 왕이 된 교기가 왜국에 군사를 청했다는 대목에 이르자, 이맛살을 찌푸리며 역정스럽게 말을 했다.

"아니? 왜나라 군사를 이 땅에 불러들였단 말씀이요?"

"아마 도성을 방어할 군사가 부족하다고 느낀 것 같습니다."

"이런! 어리석은 사람들! 본장도 그렇지만, 태황제 폐하의 노여움이 대단하실 것이요. 폐하께서는 다른 나라의 힘을 빌려 같은 종족을 해하는 것에 대하여는 용서가 없는 분이시오."

"……."

"부여장 장군! 장군은 일단 돌아가 계시오. 폐하께 아뢰어야겠소."

"알겠습니다."

부여장이 돌아가자, 강철은 수항궁에 있는 태황제에게 사비성에 정변이 일어난 사실을 고했다.

한참 동안 강철이 하는 말을 듣고 난 진봉민은 빙그레 웃으며 입을 열었다.

"총리대신! 오히려 잘됐소이다. 사실 부여장이 나라를 바쳤다고는 하지만, 우리가 사비성으로 가더라도 대부분의 조정 신하들과 백성들은 거부감을 가졌을 것이요. 그렇지만 이제는 자연스럽게 갈 수 있는 명분도 얻은 셈이요."

화를 낼 줄 알았던 그가 예상을 뒤엎고 오히려 잘됐다고 하니 강철이 오히려 바보가 된 느낌이었다.

"그렇기는 합니다만, 왜국 군사를 불러들였다는 것이 괘씸합니다."

"꼭, 그렇게 생각할 일만도 아니요! 그것도 잘된 일이요."

"잘된 일이라 하시면?"

"사실 진평왕이 망명을 했을 때, 그동안 군노가 되어 힘든 노역을 하고 있던 신라 포로들을 방면해 주어 생업에 종사시킬까도 생각했었소. 그러나 그렇게 하면 당장 각종 공사에 투입시킬 인부가 없어지니 그러질 못했는데, 이번에 왜국 군사가 온다니 그들을 사로잡아 광산이나 도로 공사에 활용하면 일석이조가 아니겠소?"

"아! 그렇군요. 거기까지는 미처 생각하지 못했습니다."

"그리고…… 내 생각에는 김술종을 국원성 성주로 임명해서 백성을 다스리게 하고, 웅진에는 변품이나 임말리를 성주로 삼아 주둔케 하면서 한편으로는 그곳에 과학부를 두면 좋을 것이요."

백제국 얘기를 하고 있는 중에 갑자기 뜬금없는 국원성을 거론하자, 강철은 무슨 소린가 하고 의아해서 진봉민을 쳐다보았다. 물론 국원성 성주에 김술종을 임명하려는 것은 그가 배달국에 귀순하기 전에는 국원소경의 책임자인 사대등 벼슬에 있었기 때문이라는 것은 알았지만, 웅진까지 거론하는 것은 이해가 되질 않았다.

"지금 당장은 그렇게 하기가 어렵질 않겠습니까? 국원성에는 우리 장수가 아닌 백기 장군이 주둔해 있는데……."

"물론 그자가 우리 장수는 아니지만, 부여장 장군을 충성으로 따른

다니 별로 어려운 일도 아니라고 생각되오."

강철은 아직도 진봉민의 생각을 모르겠는지 다시 물었다.

"그렇다면 부여장 장군을 시켜 그를 삼년산성으로 이동시키신다는 말씀입니까?"

"아니요! 백기 장군에게 지금 일만 군사가 있다질 않았소?"

"예, 그렇습니다. 소장이 알기로 국원성에 일만과 삼년산성에 이만 명의 군사가 있는 것으로 알고 있습니다."

"그 일만 군사로 사비성을 치게 하는 것이요. 물론 우리가 옆에서 조금은 도와줘야겠지만……."

그 말을 들은 강철은 그때서야 무릎을 '탁!' 하고 쳤다.

"아하! 그것 참 좋은 전략 같습니다."

"물론 백기 장군이 지휘하는 일만 군사로 사비성을 치되, 총사령관은 부여장 장군으로 임명하는 것이 좋을 것이요."

"무슨 말씀인지 알겠습니다. 백기 장군이 아직 배달국 장수가 아니기 때문에 왕이었던 부여장 장군에게 지휘를 맡긴다는 말씀이 아니겠습니까?"

"맞소! 백제 국왕이던 부여장이 군사를 지휘한다면 사비성에 있는 역적을 토벌하러 가는 셈이니 명분도 충분하질 않겠소?"

"당연한 말씀입니다. 그럼, 일단 소장이 부여장 대장을 데리고 국원성으로 가겠습니다."

"하하하! 그렇게 하시오."

"그런데 아직 부여장 장군의 한글 공부가 끝나지 않았다는 문제점이 있습니다."

"허허허! 한글 공부가 안 끝났으면 한글 강사를 붙여 주면 될 것이 아니요?"

"아! 그렇게 하면 되겠군요. 하하하!"

"지금 국원성에 있는 백기 장군이 부여장 장군과 함께 사비성으로 향하게 되면 그곳에는 김술종 장군을 성주로, 염장 대령을 부성주로 임명하여 다스리게 하면 될 것이요."

"예! 알겠습니다."

"사비성으로 곧바로 진격하라기보다는 일단 웅진을 접수하고 나서 사비성으로 가게 하면 더 좋을 것 같소."

"무슨 말씀인지 알겠습니다. 그렇게 한다고 하더라도 웅진에는 군사가 거의 남아 있질 않으니 진격이 지연되거나 하는 일은 없을 것입니다."

"흠, 그건 그렇고…… 공사에 투입된 군노들은 잘하고 있소? 더러는 말썽을 일으키거나 도주하는 자도 없지 않을 터인데……."

"허허허! 그게 그렇지를 않습니다. 처음에는 한둘이 도주를 하다가 붙잡힌 경우는 있습니다만, 요사이는 오히려 우습지도 않은 일이……."

하고 강철은 말문을 열었다.

큰 공사를 하다 보면 사고도 나고 다치는 자가 있게 마련인데, 간단한 치료로 고칠 수 있는 자는 조민제가 있는 간이 병실로 후송되지만 장기 요양이 필요한 자에 대해서는 곡식을 넉넉히 주어 고향으로 돌려보내 왔다는 것이다. 물론 혼자 보내는 것이 아니라 같은 고향에 사는 자에게 부축해 보냈는데 부축했던 자가 돌아오는 것은 당연한 일이고, 많이 다친 자라도 고향으로 안 가겠다고 하는 통에 고민이라는 얘기였다. 이유를 알아보니 고향으로 돌아가 봤자 또다시 신라군으로 끌려갈 게 뻔하지만, 이곳에 있으면 때도 거르지 않고 주는 데다가 우리를 하늘에서 왔다고 철석같이 믿고 있기 때문이라고 했다.

공사장에서 그들을 감독하는 우리 군사가 있기는 하지만, 지금은 도대체 누가 우리 군사인지 군노인지 구분할 수 없을 정도로 열심이라고 했다. 게다가 군노 중에는 정규 군사훈련과 한글교육을 받은 우리 군사들보다 뛰어나면서도 성실한 자가 많다는 얘기였다.

"허어! 그러면 귀향시켜 준다고 해도 마다하고, 그냥 노예로 이곳에 남아 있기를 원한다는 말씀이요?"

"글쎄, 그렇다고 합니다. 더욱 웃지 못할 일은 그동안은 주로 우리 천족장군들이 감독을 해 오다가 최근에는 임말리 장군을 비롯해서 신라 출신 장수들도 자주 감독을 나가나 봅니다. 그런데 천족장군들이 감독을 나가는 날은 일도 잘하고 다들 얼굴이 환하지만, 자신들을 지휘하던 신라 출신 장수들이 나간 날은 사고도 잦고 잘 웃지도 않는다는 얘기였습니다."

"그건 또 왜 그렇소?"

"소장도 이유를 몰라서 변품 장군에게 넌지시 물어봤더니, 천족장군들에게 애로사항을 말하면 적극적으로 그들의 고충을 해결해 주는데 반해서 신라 출신 장수들은 무시하기가 일쑤라서 그렇다는 대답이었습니다."

진봉민은 고개를 갸우뚱하면서 다시 물었다.

"혹시 신라 출신 장수들에게 문제가 있는 것이 아니요? 예를 들어 자신들이 해결해 줄 수 없는 권한 밖이라고 생각한다던가……."

"그건 아닌 것 같습니다. 소장도 그렇지 않을까 하여 우리 장수들은 누구나 똑같은 권한이 있다고 일부러 변품 장군을 통해 전하게 했는데도 마찬가지였습니다. 소장 생각으로는 군노들을 바라보는 눈높이가 다른 것 같습니다."

진봉민이 고개를 끄덕였다.

"흠, 그럴 수도 있을 것이요. 골품제도 속에서 살아왔으니 하급 군사들을 무시하는 경향도 있을 수 있겠지. 아마 그것은 세월이 흘러야 고쳐질 게요."

"예, 폐하! 소장도 같은 생각입니다. 그런데 북한산주가 있던 한수 이북에 우리 군사가 없다는 점이 마음에 걸립니다."

"그건 나도 마찬가지요. 북쪽이 텅 비어 있으니 혹시 그 틈을 타서 고구려가 남하하지 않을까 하는 염려도 없지는 않소. 그렇지만, 지금으로서는 별 뾰족한 수가 없으니 그것이 문제요."

"폐하! 일단 사비성으로 근거를 옮기기 전까지는 방치하는 수밖에 도리가 없을 것 같습니다. 이곳에 잠입시킨 고구려 간첩들을 우리 정보사에서는 대략 파악하고 있는데 일부러 그들의 활동을 묵인하고 있습니다. 그들이 수집하는 정보 중에는 일부러 우리가 노출시킨 정보도 포함하고 있기 때문에 대략이라도 우리의 힘을 알게 될 것이니 함부로 경거망동하지는 않을 것입니다."

"그렇다면 다행이오만, 그런 것을 보면 정보사가 제 역할을 톡톡히 잘해 내고 있는 것 같소."

"폐하! 소장도 기대 이상이라고 생각합니다."

"하하하! 그러게 말이요."

"어이쿠! 소장이 여기서 너무 지체했나 봅니다. 그럼, 소장은 나가 보겠습니다."

하고 인사를 한 강철은 총총히 수항궁에서 물러 나갔다.

이튿날 아침 소집된 내각회의에서 김술종 장군을 국원성 성주로, 염장 대령을 부성주로 임명하는 태황제의 조칙이 발표되었다. 이어 장수들과 일상적인 업무 협의를 마무리한 강철은 도로 공사 현황과 백제국의 동정 그리고 앞으로의 전략에 대한 설명을 해 준 다음 몇 가지 지시를 내렸다.

첫째로 사비성으로 도성을 옮길 준비와, 둘째로 상행선 도로 공사의 완료와 동시에 그곳에서 작업하던 군노들을 모두 하행선 공사에 투입할 것이며, 셋째로 각국에서 밀파한 간첩들이 우리의 정보를 빼내기 위해 혈안이 되고 있으니 조심하라는 당부였다.

강철은 회의를 마치자마자 태황제에게 국원성을 다녀오겠다고 고한 다음 출발을 서둘렀다. 그는 부여장을 비롯해 국원성 성주가 된 김술종 장군과 부성주가 된 염장 대령을 대동하고 비조 1호기에 올랐다. 수송용 비조기도 함께 움직였는데 거기에는 만약의 사태를 대비해 조영호와 그가 지휘하는 10명의 특전군과 함께 4명의 한글 강사도 탑승시켰다.

2대의 비조기는 반 시간이 조금 지나 국원성에 도착했다.

비조기가 착륙하고 나자, 그곳에 주둔하고 있던 백제 군사들이 멀리 에워싸고는 잔뜩 경계하는 눈초리로 주시하고 있었다. 특전군들이 먼저 뛰어내려 경계 태세를 취했다. 이어 국왕의 옷차림인 부여장이 내리고 뒤따라 강철 일행이 내렸다. 청색 비단 바지와 소매가 넓은 자색 두루마기에 흑색 가죽신을 신은 부여장의 옷차림이 눈에 띄었는지, 백기가 금방 알아보고는 달려와서 예를 올렸다.

“폐하! 소장 백기, 문후 드리옵니다.”

아직도 자신을 폐하라고 불러 주는 것이 겸연쩍었지만 사전에 총리대신의 언질이 있었으므로 내색하지 않고 대답했다.

“오! 백기 장군. 그동안 고생이 많았소. 일어나시오.”

“황공하옵니다.”

“그리고 이분은 배달국 총리대신이시오. 인사드리시오.”

부여장이 강철을 가리키며 소개하자, 다시 정중한 군례와 동시에 인사말을 했다.

“처음 뵙겠습니다. 소장 백기라고 합니다.”

“말씀은 많이 들었소. 만나서 반갑소.”

옆에 있던 김술종이 급한 대로 통역을 맡았다.

“소장도 뵙게 되어 영광입니다.”

백기가 미소를 띤 얼굴로 강철에게 인사를 끝내자 부여장이 입을 열었다.

“백기 장군! 안내하시오.”

“예, 폐하! 어서 치소로 드시옵소서.”

“알겠소. 총리대신 각하, 안으로 드시지요.”

“그러십시다. 자아! 모두 들어가십시다.”

밖에는 비조기 주위를 경계하는 특전군과 비조기 조종을 맡고 있는 장지원, 이일구만 남고 모두 안으로 들어갔다.

강철이 자연스럽게 상석에 앉고, 옆으로 조영호와 부여장이 자리를 잡았다. 아직도 부여장을 왕으로 생각하는 백기 장군과 병관좌평인 해수, 내두좌평인 은상 그리고 흑치덕현 장군은 예의를 갖추느라 자리에 앉지 않고 부여장을 향해 서 있었다.

그 모습을 본 부여장이 입을 열었다.

"제장들이 아직도 나를 군왕으로 생각해 주니 고맙소. 이미 제장들도 알겠지만 나는 배달국에 망명하여 장수가 되었소."

"……."

잠시 하던 말을 멈추고 백제 장수들을 둘러본 그는 다시 말을 이었다.

"이런 나의 결정은 구차스럽게 목숨이나 부지하려고 그런 것은 아니요. 배달국으로 잡혀간 나는 태황제 폐하를 알현하는 자리에서 그분이 하늘에서 오셨음을 확인했기 때문이요. 다시 말하면 내 스스로 태황제 폐하의 신하가 되기로 결심했다는 말씀이요."

"……."

"여기 계신 총리대신 각하도 역시 하늘에서 내려오신 분이요. 이미 내가 타고 온 병장기를 보았을 것이니, 긴말은 않겠소. 장군들이 앞으로도 계속해서 나를 믿고 따르느냐 마느냐는 여러분의 몫이요."

강철은 부여장이 백제 장수들과 나누는 말을 알아들을 수 없었기 때문에 뒤에 서 있는 한글 강사가 작은 소리로 통역을 해 주고 있었다.

역시 소문대로 가장 충성심이 높다던 백기 장군이 결연하게 입을 열었다.

"폐하께서는 지금도 소장에게 만큼은 주군이시니 당연히 명을 따를 뿐이옵니다."

그러자 옆에 서 있던 병관좌평인 해수, 내두좌평인 은상 그리고 장군 흑치덕현도 기꺼이 따르겠다고 하는 것이었다.

"고맙소! 그렇다면 제장들은 나와 함께 웅진을 거쳐 사비성으로 갔으면 하오. 사비성을 장악한 사택 일당을 토벌코자 하는 것이오!"
"하오면 폐하께서 손수 지휘를 하시겠다는 말씀이옵니까?"
"그렇소! 나를 배신한 저들을 치는데 내가 앞장서야지 누가 앞장서겠소?"
부여장이 단호하게 말을 하자 백기가 머리를 조아렸다.
"분부대로 따르겠사옵니다. 다만 이곳 군사가 일만밖에 되지 않아 사비를 치기에는 부족하다는 생각이 드옵니다."
"그것은 걱정하지 마시오. 밖에 있는 병장기로 군사 십만 정도는 가볍게 물리칠 수가 있다 하오."
"십만의 군사를 말씀이옵니까?"
"그렇소! 그리고 이분들은 신라 장수였던 김술종 장군과 염장이라는 분이요. 우리가 떠나면 이곳을 맡아 다스리게 될 것이오. 백기 장군은 마병(馬兵) 오백 기만 이곳에 남겨서 이분들의 지휘를 받도록 해 주시요. 혹시 더 하실 말씀이 있으시오?"
"폐하! 하오면 언제 출전을 하면 되겠사옵니까?"
"즉시 출전하면 좋겠지만, 그게 가능하겠소?"
"한 시진쯤 후에는 가능하옵니다."
"어차피 웅진까지 진군하자면 넉넉잡아 사흘은 걸릴 것이니 중간에 숙영을 하기로 하십시다. 그럼, 지금부터 출전 채비를 서둘러 주시오."
"알겠사옵니다."
부여장과 백제 장수들 간에 오가는 말을 모두 들은 강철은 더 이상 이곳에 머물 필요가 없다고 판단하고는 부여장에게 말을 건넸다.

"부여장 대장!"

"예! 말씀하십시오."

"그럼, 본장은 일단 당성으로 갔다가 사흘 후에 오겠소. 웅진 근처에서 만나는 것으로 하십시다."

"각하! 웅진에는 이렇다 할 군사도 남아 있지 않다고 하니, 별일이야 있겠습니까? 소장에게 맡기시고 닷새 후에 사비성 밖에서 만나뵙는 것이 좋을 듯합니다."

"그래도 괜찮겠소?"

"괘념치 마십시오. 닷새면 사비성 앞 대왕벌에 도착할 수 있으니, 그때 뵈었으면 합니다."

"알겠소! 그럼, 닷새 후에 사비성 밖에서 뵙겠소이다. 이곳에는 한글 강사 한 명만 남기고 나머지 세 명은 부여장 장군이 데려가시오. 기우에서 말씀드리는데 공성 무기는 이곳에 두고 가벼운 무장으로 가시도록 하시오."

"각하! 군사가 없는 웅진은 별 문제가 없겠지만, 그래도 사비성에는 공성 무기를 가져가야 성문이나 성벽을 부술 수가 있질 않겠습니까?"

제국군의 전투 모습을 한 번도 보지 못한 부여장은 불안한 표정으로 물었다.

"하하! 그건 크게 걱정하지 않아도 될 것이요. 본장이 알아서 하겠소."

"예!"

"그럼, 먼저 일어나겠소. 이곳은 부여장 대장에게 맡기니 수고해 주시오."

"예! 알겠습니다."

강철은 국원성 마당으로 나오면서 잊었다는 듯이 옆에 있던 김술종을 불렀다.

"김술종 장군!"

"옛!"

"장군은 이곳을 다스릴 때, 절대 백성들에게 피해를 주지 않도록 하시오. 혹시 무슨 일이 있으면 조속히 당성으로 연락을 취하시고……."

"알겠습니다, 각하!"

강철은 흐뭇한 마음으로 비조기에 올랐다.

돌아오는 길에 창밖을 내려다보니, 갈 때는 보지 못하고 지나쳤던 하행선 도로 공사 현장이 눈에 들어왔다.

"장지원 장군!"

"네!"

"여기가 어디쯤이요?"

"음성쯤 됩니다."

"그럼, 이달 안에 공사가 마무리되겠구려."

"원래 인력이 많지를 않습니까?"

"음…… 인원도 인원이지만 이제 공사에 요령이 생겼는지 진행이 빠른 것 같소."

"그런 점도 있을 것입니다. 대목악에서 국원성까지의 도로 공사를 시작한다고 한 지가 얼마 안 됐는데 벌써 이곳까지 온 것을 보면 대단한 진척입니다."

"그러게 말이요."

강철은 도로 공사를 총지휘하고 있는 우수기에게 미안한 생각이 들었다. 그는 이 시대로 오기 전인 기계화부대의 부대장일 때부터 함께했던 부하였지만, 벌써 몇 달 동안 도로 공사 감독에 매달리고 있어서 특별한 경우에나 얼굴을 볼 수가 있을 정도였다.

강철이 안타까운 감상에 젖어 있는 동안 비조기는 당성에 도착했다.

총리대신 일행이 떠난 국원성에서는 백기가 군사들에게 출전 준비를 서두르라고 명하고는 치소로 돌아왔다. 안에는 백제 국왕이었던 부여장을 비롯해 아직까지 백제국의 좌평인 해수, 은상과 흑치덕현 그리고 신라 출신 망명 장수인 김술종 장군과 염장 대령이 자리에 앉아 대화를 나누고 있었다.

그때 백기가 들어가자 부여장이 물었다.

"출전 채비는 되어 가는 것이요?"

"예, 폐하! 반시진 내로 준비를 끝마치라는 군명을 내리고 오는 길이옵니다."

"그럼, 반시진의 여유는 있구려. 앉으시오."

"예!"

대답과 함께 백기가 빈자리에 앉자, 나누던 대화를 계속하려는 듯 병관좌평인 해수가 물었다.

"폐하! 하오면 태황제라는 분이 분명히 하늘에서 내려오셨다는 말씀이옵니까?"

"이르다 뿐이겠소. 그렇지 않다면 나도 일국을 다스리던 국주인데, 그렇게 쉽게 사직을 내놓고 귀부를 했겠소?"

"허면, 그분들이 하늘에서 내려오신 까닭은 무엇이옵니까?"

"그것에 대하여는 김술종 장군이 대신 대답해 보시오."

부여장이 김술종을 쳐다보며 말을 했다.

"예, 하늘에 계신 천제께서 신라나 백제 그리고 고구려가 서로 한 핏줄인데도 불구하고 싸움질을 일삼는 것을 보시고는 천장들 중에 열다섯 분을 불러 삼국을 병탄하고 백성을 다스리라는 천명을 내렸다 하오."

궁금한 것이 많은지 해수는 연신 감탄을 연발하며 거듭해서 물었다.

"허! 그럼, 하늘에서 오신 장수분이 열다섯 분이나 되는 것이오?"

"그렇소이다. 그분들은 각기 재주가 다른데 어느 분은 번갯불을 만들고 어느 분은 벼락을 때리는 병장기를 잘 다루더이다."

"번갯불도 만들고 벼락도 만든다는 말씀이요?"

"그렇소! 여기 계신 부여장 각하께서도 보셨지만, 번갯불은 매일 밤 당성 성내를 대낮처럼 환하게 밝히고 있소이다."

말하는 중에 김술종이 부여장의 이름자를 아무렇지도 않게 입에 담자 장수들은 눈살을 찌푸렸지만 오히려 당사자인 부여장은 아무렇지도 않게 받아들이고 있었다.

당시에는 왕의 이름자를 휘(諱)라고 해서 함부로 부르거나 쓰는 것이 금기시되었기 때문에 자리에 있는 백제국 신하들이 눈살을 찌푸린 것이다. 물론 김술종도 그들이 눈살을 찌푸리는 이유를 알고는 있었지만 그렇다고 달리 부를 이름도 없으니 못 본 척할 뿐이었다.

상황을 눈치챈 부여장이 김술종을 비호하듯이 입을 열었다.

"제장들은 들으시오. 김술종 장군이 내 휘를 부르는 것이 내키지 않는 모양이나 지금은 나나 김술종 장군이나 배달국의 장수일 뿐이요. 앞으로 그 점에 대해서는 신경을 쓰지 않았으면 좋겠소."

"예…… 알겠사옵니다."

마지못해 대답은 하였지만 불편한 마음이 아주 가신 것은 아니었다. 이번에는 은상이 굳었던 표정을 펴면서 물었다.

"그럼, 번갯불을 밤새 밝힌다는 말씀이요?"

"그렇소! 그뿐만이 아니외다. 본장 역시 배달국에 망명하기 전까지는 백제국과 대치하던 이곳, 국원소경을 다스리던 사대등이었다는 것은 다들 아실 것이요. 당시에 신라 왕으로부터 당성을 토벌하라는 명을 받고 삼만에 달하는 병력으로 당성을 쳐들어갔었소. 허나 배달국 장수들이 만들어 놓은 신묘한 안개에 갇혀 불과 이각 만에 모두 포로가 되고 말았소."

"아니? 그렇다면 삼만 군사가 단 이각 만에 포로가 되었다는 말씀이요?"

"그렇소! 바로 그때 직접 군사를 지휘했던 본장은 지금도 그때 일을 생각하면 몰골이 다 송연해지곤 하오."

그 대답을 들은 은상은 고개를 갸웃하면서,

"허어! 그렇다면 사비 도성도 배달국에서 직접 도모하면 될 일을 어찌 우리에게 맡기는 것이요?"

"글쎄요? 잘은 모르겠지만 새로 왕위에 올랐다는 교기가 여기 계신 부여장 각하의 자식이기 때문에 그럴 것이라고 생각하오. 말인즉슨 각하의 체면을 생각해서 직접 토벌하지 않고 맡기는 것이 아닐까 하는 본장 나름의 생각이외다."

"음…… 일리가 있으신 말씀이요. 그럼, 장군 생각에는 태황제 폐하라는 분이 우리 백제 땅을 어떻게 할 것 같소?"

"그것은 아까 이미 말씀드린 바와 같이 신라나 백제, 고구려와 수나라까지도 합치실 것으로 알고 있소."

"수나라까지 말씀이요? 아무리 하늘에서 내려오신 천장들이라 해도 그것은 어렵지 않겠소?"

"그렇지 않소이다. 본장도 배달국 장수가 된 지는 얼마 되지 않았지만 충분하고도 남음이 있다고 확신하오."

이때 옆에 앉아 있던 백기가 물었다.

"소장이 한 말씀 여쭙겠소. 본장이 알기로 신라 국주께서도 반역이 일어난 후에 배달국에 망명을 했다 들었소. 그런데 어째서 서라벌을 먼저 수중에 넣지 않고 사비성을 먼저 치는 것이요?"

"허허허! 본장이 알기로 태황제 폐하께서는 사비성을 도성으로 정하실 것이라 들었소. 그 이유는 수나라가 있는 대륙을 정벌하기가 더 편하기 때문이라고 하더이다."

"그런 이유라면 고구려 장안성이 수나라를 치기에 더 편한 것이 아니요?"

백기의 물음에 당연한 질문이라는 표정으로,

"본장도 그렇게 생각해서 여러분도 아까 뵈었던 총리대신께 여쭈어 본 적이 있소. 그분의 말씀으로는 나라를 취하는 것이 중요한 것이 아니라 백성들을 잘살게 하는 것이 더 급한 일이라 하셨소. 우선 신라와 백제 땅을 풍족하게 만든 연후에 고구려를 도모해도 충분하다는 말씀이십디다."

"장군! 그 말씀은 이해가 가지 않는구려. 세 나라 땅을 한꺼번에 풍족하게 만들면 되는 것이 아니요?"

"아! 그렇지 않아도 그 말씀을 드리려던 참이요. 고구려는 수나라와 전쟁을 치르느라고 백성들 살림이 말이 아니라고 하오. 그런 고구려를 지금 쳐들어간다면 혼란만 가중되고 백성들은 더욱 힘들어질 것이라는 말씀이셨소."

김술종이 막힘없이 대답해 주는 말에 장수들은 자신들도 모르게 고개를 끄덕이고 있었다.

"음……."

은상이 부여장을 흘낏 쳐다보고는 잠시 망설이더니 입을 떼었다.

"김술종 장군! 장군의 말씀대로 배달국이 그토록 대단한 나라라고 치더라도 어찌 일국의 주인이시던 우리 폐하를 일개 장수로 대우한다는 말씀이요?"

"하하하! 그건 장군이 몰라서 하시는 말씀이요. 배달국에는 총리대신으로부터 일반 백성에 이르기까지 모두 계급이라는 것을 갖소이다. 태황제 폐하 바로 아래에 총장, 대장, 중장, 소장에서부터 제일 낮은 하사까지 열세 단계로 되어 있소. 하늘에서 내려오신 천장들을 천족장군이라 하는데 그분들도 대장과 중장 계급을 갖고 있소. 부여장 각하께서는 대장에 임명되셨는데 그 계급은 오히려 몇몇 천족장군들보다 높은 계급이라는 말씀이외다."

김술종의 말을 듣자 비로소 자신들이 알고 있는 장군이라는 의미와는 상당히 다르다는 것을 깨닫고는 탁자 모서리를 '탁!' 치면서,

"아하! 그렇구려. 그런데 각하라는 호칭은 또 무엇이요?"

"아! 각하라는 호칭은 자신보다 상급 계급에 있는 장군을 호칭할 때 쓰는 것이요. 그렇다고 상위 계급에 있는 장군이라고 모두 각하라고 호칭하는 것은 아니요. 말하자면 지금 옆에 앉아 있는 염장 대

령이 나를 각하라고 호칭할 수는 없다는 말씀이외다. 지금 이 자리에서 각하의 호칭을 받으실 분은 이번 사비성 공격 총사를 맡으신 부여장 대장뿐이시오."

사실 부여장도 각하라는 호칭은 총리대신에게만 쓰는 줄 알았는데, 아까부터 김술종이 자신을 각하라고 호칭해서 의아하게 생각하던 중이었다. 각하라는 호칭의 의미를 비로소 깨닫게 된 부여장이 입을 열었다.

"제장들은 들으시오! 나는 이미 배달국에 나라를 바쳤으니 왕이라 할 수가 없소. 폐하라는 호칭은 앞으로 태황제 폐하께만 써야 할 것이요. 그러니 나를 예우해 주려거든 사비에 도착할 때까지 각하라는 호칭을 사용해 주시오."

"알겠사옵니다."

"백기 장군은 출전 준비가 다 되었는지 확인해 보고 여러분도 준비를 서둘러 주셨으면 하오."

"명대로 하겠사옵니다."

그렇게 되어 국원성에 남길 5백의 기마병을 제외한 9천 5백의 군사와 장수들은 웅진에 있는 공산성을 향해 진군을 시작했다.

강철은 당성으로 돌아오자마자 태황제가 있는 수항궁으로 갔다.

그가 안으로 들어가자 진봉민은 반갑게 맞았다.

"어서 오시오, 총리대신! 그래 국원성을 다녀오신다더니 벌써 다녀오셨소?"

"네, 폐하. 지금 막 돌아오는 길입니다."

"가 보시니 부여장 대장이 그들을 지휘하는 데는 문제가 없을 것 같소?"

"소장도 그것이 염려되었으나 막상 가 보니 그곳에 있는 백기 장군을 비롯한 제장들이 아직도 부여장을 왕으로 깍듯이 예우하고 있었습니다."

"호오! 그거 다행이구려."

"네, 그래서 소장도 안심을 했습니다. 그들은 군사를 몰아 웅진을 경유하여 그곳을 장악한 다음 사비성으로 갈 것입니다."

"그럼, 사비성에서 만나기로 한 것이요?"

"그렇습니다. 부여장 장군이 사비성 앞에 진을 치기로 하였고, 소장이 그때 합류키로 했습니다."

"아하! 그랬구려. 그런데…… 총리대신!"

"네?"

"이제 곧 사비성으로 갈 텐데 몇 가지 걱정스러운 점이 있소."

"무슨 말씀이신지……?"

"이제 우리 배달국 장군들이나 병사에 이르기까지 웬만큼 한글을 습득했다고 생각하오만……."

"그렇습니다. 이제 어디를 간다고 하더라도 대화가 어려워서 일을 못하는 경우는 없을 것입니다. 심지어 포로들도 자유롭게 한글을 사용하고 있는 정도입니다."

"그러기에 하는 말이요. 전에도 말했다시피 지금 나에게 사용하는 어법이 익숙하지 않아 듣기가 무척이나 거북하오. 천족장군들이 내게 하듯이 앞으로 망명한 장수들도 편하게 현대 어법을 사용토록 하는 것이 좋겠소."

"이미 말씀하신 적이 있어서 천족장군들과 의견을 나눠 봤지만, 오히려 저희들도 그 어법으로 고쳐 나가기로 논의가 되었습니다. 나중에는 몰라도 지금으로서는 적어도 폐하께 만큼은 높임말을 사용하는 것이 옳다는 의견들이었습니다."

"아니오, 그렇게 하지 마시오. 앞으로 한글을 세계화하려면 극존칭어를 없애야 한다고 생각하오. 다시 검토해 보시오……."

태황제는 내키지 않는지 말끝을 흐렸다.

"예, 검토는 해 보겠습니다만, 소장은 견해가 다릅니다. 한글을 세계화하는 것도 배달국과 폐하의 권위가 서야 가능한 일이라고 생각합니다."

듣고 보니 강철의 말도 일리가 있었다.

"천족장군들과 다시 한 번 깊이 있게 의논해 보시오. 그래도 민주주의 시대를 살다온 분들이라 권위주의적인 것은 싫어할 텐데, 그런 의견이라니 이해가 되지를 않소."

"폐하! 오히려 그 시대를 살아봤기 때문에 더욱 그러는 것입니다. 그 시대에 어른이 어디 있었습니까? 대통령한테도 대놓고 욕을 해대는 판국이었질 않습니까? 그렇게 마음에 들지 않는 사람이었다면 대통령으로 뽑아 놓지나 말던가…… 하기야 그러니 나라꼴도 그 꼴이 됐겠지만……."

"……."

강철의 말 속에는 다시는 그런 꼴을 보고 싶지 않다는 의중이 짙게 녹아나오고 있었다. 딱히 반박할 말이 없어진 진봉민은 슬그머니 화제를 돌렸다.

"총리대신! 또 한 가지, 내가 오랫동안 고민해 온 것이 있소. 우리가 민족의 자긍심을 높이고 역사를 제대로 만들어 보자고 이 시대로 왔지만, 우리 민족만 고집하다가는 이곳 한반도 울타리를 벗어나지 못한다는 생각이요."

"……?"

"지금 고구려가 있는 평안도나 함경도 땅에도 우리 배달족뿐만 아니라 여진족이나 돌궐족들도 끼어 살고 있소. 이들까지 모두 아우르려면 큰 틀에서 생각해야 하지 않겠소?"

"그렇다면 발해국이 여진족이나 말갈족을 포용했듯이 그렇게 하자는 말씀입니까?"

"바로 그렇소. 어디 발해뿐이겠소? 역사적으로 보면 고려도 타 종족을 모두 품에 안았어요. 우리 역시도 장기적으로 민족 발전을 이루고자 한다면 가슴을 열고 그들 모두를 우리 백성으로 받아들여야 한다고 생각하오."

강철은 고개를 흔들었다.

"폐하, 그렇다면 우리가 처음 생각했던 민족국가는 아니질 않습니까? 소장 생각에는 오직 우리 민족만으로 나라를 꾸려 가야 한다고 생각합니다."

"물론 총리대신 말대로 그렇게 할 수도 있소. 그렇지만 그런 생각이라면 우리는 삼한 땅을 통일하는 것으로 만족해야 할 것이요. 중원 대륙으로 진출한다 하더라도 우리가 가슴을 열고 그들을 받아들이지 않는 한, 그들은 절대 우리를 따르지 않을 것이기 때문이요."

"……?"

"몽고족이 세웠던 원나라나 여진족이 세웠던 금나라가 중원을 얻고서도 결국 한족(漢族)[화하족(華夏族)]들로부터 배척을 당해 중원 땅에서 쫓겨났던 이유가 무엇인지 아시요? 바로 자기 종족만으로 나라를 꾸리려고 했기 때문이요. 그런 전철을 밟지 않으려면 우리는 가슴속에 커다란 용광로를 품어야 된다고 생각하오. 어느 나라든지, 어느 종족이든지 모두 배달민족의 테두리 속에 녹여낼 수 있는 그런 용광로 말이요."

"……흠."

"몇 마디 더하면, 사실 스스로 한족이라고 부르는 중원 사람들도 순수 단일 민족은 아니요. 몽고 쪽의 북방민족과 객가족과 같은 남방에서 온 족속들을 비롯해 수십 개 민족이 뒤섞여 중원 땅에 거주하다가 중원을 통일했던 유방(劉邦)이 세운 한(漢)나라를 거치게 되면서부터 통틀어 한(漢)족이라고 부르게 된 것이요. 결국 한족이라는 이름도 실상 혈통이 아니라 시대적, 지역적으로 그때부터 새롭게 붙여진 것일 뿐이라는 말씀이요."

그때서야 강철이 고개를 끄덕였다.

"일리가 있으신 말씀입니다."

"여하튼 다스리는 땅을 넓혀 간다는 것은 바로 한글을 포함한 우리 문화권을 넓혀 간다는 의미이기도 하오. 다시 말해 한글 문화권을 넓히는 것이 민족 발전을 이루는 첩경이라는 말이요. 그건 그렇고…… 마음 같아서는 일찌감치 공화정을 도입하고 싶은 마음도 없질 않소만……."

그 말을 들으면서 강철은 태황제가 무엇을 고민하고 있는지 알았지만, 공화정이라는 말이 나오자 고개를 흔들면서 말했다.

"폐하, 물론 공화정을 하면 좋기는 하겠지만, 지금 시대에는 전혀 맞지 않는 체제입니다. 지금처럼 일사불란한 군주제가 더 효율적이라고 봅니다."

"물론 그렇기는 할 것이요. 세계 역사를 뜯어보아도 국가에 대한 충성심과 백성들의 의식 수준이 높지 않고서는 결국 개인주의와 이기주의만 횡행해서 방종으로 흐를 뿐이니……."

"그렇습니다. 그때까지는 황제가 나라를 다스리는 강력한 제정(帝政) 체제를 밀고 나가야 한다고 생각합니다. 앞으로 중국 대륙뿐만 아니라 신대륙까지 진출하려면 그렇게 하는 수밖에 없다고 봅니다."

"맞는 말씀이요. 나도 그 점에 있어서는 동감이요. 참으로 황제 노릇 하기가 쉽질 않구려. 선거 직이라면 자기가 맡은 기간 동안만 최선을 다하면 되는데 말이요…… 허허! 하기는 그 짧은 기간조차도 이권에 개입하면서 자신의 사익이나 쫓던 인간들을 부지기수로 보아 왔지만…… 그런데 막상 내가 황제 노릇을 해 보니, 나라와 백성을 위한다는 것이 얼마나 두렵고 어려운 일인지 비로소 알겠구려."

"폐하! 지금처럼만 하시면 됩니다. 우리 스스로 부끄럽지 않게 최선을 다하면 충분하리라고 생각합니다."

"흠…… 총리대신이 그렇게 옆에서 용기를 북돋워 주니 그나마 위로가 되오. 그건 그렇고 이제 한 해도 저물어 가는데 농업 총감인 김민수 장군은 좋은 결과가 있는지 모르겠구려. 올 고추 농사가 잘되어 많은 종자를 얻을 수 있게 되었다는 보고를 받긴 받았는데, 다른 작물들의 작황은 어떤지 모르겠소."

"폐하! 그렇지 않아도 다음 어전회의에서 김민수 장군이 보고를 올릴 것입니다. 김 장군 말이 올해에 거두어들인 종자가 적지 않다고 합니다."

"어허! 그래요? 그렇다면 다행이요."

"그뿐만이 아닙니다. 실은 폐하께서 흐뭇해하시는 모습을 보겠다고 자신이 직접 어전회의에서 보고를 드린다고 하였습니다만……."

"하하하! 내가 흐뭇해할 거라니 무엇이요?"

"폐하께서 가장 걱정하시는 백성들의 식량 부족 문제를 해결할 수 있는 감자와 고구마 그리고 옥수수를 다량 수확했기 때문에, 이것들을 종자 삼아 파종하면 후년부터는 식량 걱정을 크게 덜 수 있을 거라는 말이었습니다."

"그렇소? 그렇게 된다면야 그 이상 기쁜 일이 어디 있겠소?"

"그동안 김민수 장군이 충성촌 촌주의 도움을 받아 가며 애쓴 덕분입니다. 게다가 개량종 볍씨까지 가져와서 앞으로는 쌀 소출도 훨씬 늘어날 것이라고 합니다."

"어느 정도 차이가 나는 것이요?"

"지금 이곳에 있는 벼는 이삭 하나에 달리는 낟알 수가 30개 정도인데 우리가 가져온 개량 볍씨는 이삭 당 80개 정도가 달리니 소출이 두세 배는 더 나온다고 합니다."

"오! 종자에서부터 크게 차이가 나는구려. 그 말을 들으니 우리가 사비성으로 도읍을 옮긴다면 가장 먼저 해야 할 일이 있을 것 같소."

"……?"

"우선 토지제도와 신분제도의 근본을 어떻게 세우면 좋을지를 말하는 것이요. 신라나 백제가 해 온 대로 식읍(食邑)제도로 한다면 백성들 대부분이 또다시 소작농으로 전락할 것이니 그것이 문제라는 말씀이요."

"폐하! 그것에 대하여는 농업 총감인 김민수 장군과 의논했던 적이 있습니다. 일단 토지를 국유로 한 다음 노소를 구분하지 않고 백성 일인당 일정 면적을 나누어 주는 방식이 가장 좋겠다는 의견이었습니다."

"그럼, 토지 사유화를 도입하자는 말씀이요?"

"아닙니다. 토지는 이 시대에 맞게 국유화하고 경작권만 부여하는 방식입니다."

"토지 소유권은 국유로 하고, 경작권만 준다?"

"그렇습니다. 또한 불모지를 개간했을 때 개간한 자에게 경작권을 준다면 농지도 늘어나고 백성에게 희망도 줄 수 있다는 의견이었습니다."

"아하! 말씀을 들어 보니 참으로 그럴 듯한 방법이요. 개간하면 개간하는 만큼 자기 땅이 되니, 백성들도 먹고 살기가 그만큼 나아질 테고 그렇게 되면 자연히 생산 인구도 늘 것이라는 말씀이 아니요?"

"그렇습니다."

"그런데…… 기존에 이미 많은 땅을 갖고 있던 자들이 크게 반발하겠구려."

"폐하! 그 점에 있어서는 단호하게 대처하면 그뿐입니다. 우리가 뭐가 아쉽다고 그들 눈치까지 봐 가며 나라를 만들어 가겠습니까?"

"흠, 옳은 말씀이요. 그 제도를 도입해 보십시다."

"네, 알겠습니다. 다만 분배 방법은 좀 더 검토해 봐야 할 것 같습니다."

"당연히 충분한 검토가 필요할 거요. 경작지를 받았던 백성이 사망했을 때, 그 경작지를 어떻게 할 것인가 하는 그런 세세한 문제들까지 말씀이요."

"알겠습니다. 그런 구체적인 것은 내각에서 의논토록 하겠습니다."

"음, 그리고…… 세습되는 특권 계급을 없애려 하오. 백성들 중에 재주가 있는 자는 언제든지 시험을 보고 공인(公人)이 될 수 있도록 할 것이요."

"폐하! 그렇게 하면 책이라도 볼 수 있었던 기존 귀족들이 유리할 수 있질 않겠습니까?"

"물론 그럴 수도 있을 것이요. 그래서 그런 폐단을 없애기 위해 시험 과목을 한글과 전공과목으로 부과하고, 각 마을에 학교를 세워 한글을 교육시킨다면 기존 과목과는 다르니 크게 문제될 것이 없질 않겠소?"

"아! 그렇게 한다면 공평할 것입니다."

"우리 제국이 포로들을 군노로 삼아 각종 공사에 투입하고 있으니 노비 계급을 인정한 셈인데 총리대신은 이 문제를 어찌 생각하시오?"

"폐하! 이 시대에 노비 계급은 존재할 수밖에 없습니다. 전쟁 포로라든가 범죄자 중에 사형에 처할 자를 제외하고는 노예로 관리하는 수밖에는 달리 방법이 없질 않겠습니까?"

"하기는 나도 별 뾰족한 방법을 찾을 수가 없었소. 지금은 식량이 가장 중요한 자원인데 그렇다고 그 많은 인력을 감옥에 가두어 놓고 먹여 살린다면 그 부담은 고스란히 백성들에게 전가되기 때문이요."

"그렇습니다."

"그래서 그들에게도 죄질에 따라 일정 기간 국가에 봉사하면 사면을 시키는 방법을 제도화하는 것이 어떨까 하오?"

“그 방법이 현실적이기는 합니다.”

“물론 사면을 하더라도 섬이나 오지를 개척하도록 보낸다던가 하는 방법도 있을 것이니 세부 방안을 마련해 보시오.”

“알겠습니다.”

강철의 대답이 있자마자 진봉민이 갑자기 생각난 것이 있는지 무릎을 쳤다.

“아차! 잊을 뻔했구려. 사비 도성을 함락하게 되면 잘은 모르겠지만, 아마도 부여장 장군은 자기를 배반했던 자들에게 무지막지한 보복을 하려 들 게요. 그런 일이 일어나지 않도록 단속을 해 주셨으면 하오.”

“폐하! 그것은 안 될 말씀입니다. 역적들에게는 응분의 대가를 치르게 해야 합니다. 그러니 부여장 대장에게 맡기는 것이 낫질 않겠습니까?”

“아니요! 죄를 진 자들이 대가를 치러야 한다는 말씀은 맞지만, 하는 대로 놔두면 틀림없이 감정에 치우쳐 죄가 가벼운 자들까지 목숨을 뺏는 피바람을 불러일으킬 것이요. 처벌은 나중에 해도 늦지를 않소.”

“폐하! 그러면 우리 손에 피를 묻혀야 된다는 말씀이신데, 그보다는 백제 조정에서 일어난 일이니 국왕이었던 그에게 맡기는 것이 오히려 명분이 있질 않겠습니까?”

강철의 말이 끝나기가 무섭게 진봉민은 단호한 태도로 말을 했다.

“총리대신! 내 말대로 하시오! 그것이 애꿎은 생명들을 다치지 않게 하는 방법이요.”

강철은 진봉민의 강경한 태도에 내키지 않는다는 표정으로 대답을 했다.

"알겠습니다. 정히 그러시다면 어쩌겠습니까? 그렇게 알고 소장은 물러가 보겠습니다."

"그러시오."

강철은 수항궁을 물러 나오면서 생각해 봐도 태황제가 어째서 우리 손에 묻히지 않아도 될 피를 구태여 묻히려고 하는지 불만도 없질 않았다.

강철이 국원성을 다녀온 지도 닷새가 지났다.

오늘이 바로 부여장 대장과 합류키로 한 날이었다. 이른 아침 당성을 이륙한 2대의 비조기가 직선거리로 불과 1백 킬로미터 남짓한 거리에 있는 사비성을 향해 날고 있었다.

공격이 용이하고, 움직임이 빠른 비조 1호기에는 강철이 무은과 함께 탑승해 있었고, 움직임은 둔중하지만 수송 능력이 탁월한 비조 4호기에는 조영호와 변품이 특전군들과 함께 타고 있었다. 요사이 비조기에는 조종사 외로 특전군이 비조기에 장착된 기관총을 맡고 있었다.

비조기는 옥수처럼 맑은 가을 하늘을 날고 있었다. 강철은 때 묻지 않은 강산을 내려다보면서 공해에 찌들었던 현대와는 너무도 극명한 차이를 보여 주는 모습에 가슴까지 탁 트이는 기분이었다.

어느덧 비행한 지 30여 분이 지나자, 멀리 부소산이 보이고 산자락에 둘러쳐진 사비성 성곽이 눈에 들어왔다. 토목공학을 전공했던 그는 사비성이 어떤 구조로 이루어졌는지 조망해 보고 싶어졌다. 그의 지시에 따라 비조기는 도성 주변을 두 차례나 돌았다.

그의 눈에 비친 사비성은 부소산 위에 산성이 있고 부소산 아래에는 왕궁을 비롯한 관아와 민가, 사찰, 상가, 도성 방어 시설 등이 질서 있게 배치되어 도시화가 이루어져 있었다.

이곳 사비성에도 내성과는 별도로 도시 외곽을 두른 나성(羅城)이 있었는데, 그것은 부소산성의 동문 부근을 기점으로 하여 동쪽에 있는 청산성을 감돌아 남쪽으로 필서봉 정상을 통과하여 백마강 강변까지 어림잡아 6킬로미터 정도는 되어 보였다. 전체적인 구조상 남쪽과 서쪽은 백마강이 흐르고 성 밖에는 물이 흐르는 해자도 있어서 나성과 함께 이중 방어 구조로 되어 있었다.

부소산 서쪽 기슭 금강 변에 있는 커다란 나루터에는 적지 않은 배들이 정박해 있었고 몇 척의 배는 하류 쪽으로 급히 내려가고 있었다. 아마도 전쟁이 난다는 소문을 들었으리라.

좀 더 지면 가까이 내려가자 사비성 내부는 도로와 울타리가 사방 1백 미터 크기의 바둑판처럼 정연하게 만들어져 있었으며, 건물 이외에도 낮은 지대에는 논밭도 더러 보였다. 대충 도성 안의 구조를 살피고 나서는 성 밖에 군진이 설치되어 있는 곳으로 향했다.

부여장 대장이 진을 치고 있는 곳은 동북쪽 문에서 2킬로미터 정도 떨어진 벌판이었다. 그래서인지 성안에 있는 백제군들도 그 성문 쪽에 몰려 있었다. 옆에 앉은 무은이 그 광경을 내려다보면서 입을 열었다.

"각하, 저 문안에 있는 백제군은 약 오천 명 정도로 보입니다."

"음!"

비조기는 그 사이 성문을 지나쳐 부여장 대장이 진을 치고 있는 곳으로 가고 있었다. 그가 펼치고 있는 진세를 보니 방어가 용이한 사각형의 방진이었고 가운데에 군막이 설치되어 있었다.

군사들이 집결해 있는 진영 옆에 비조기가 착륙한 후, 프로펠러 바람에 휘날리던 먼지들이 잦아들기를 기다린 강철 일행이 비조기에서 내렸다.

진중(陣中)에 있던 부여장과 백기가 빠른 걸음으로 다가와 그들을 맞이했다. 국원소경에서는 자색 비단 두루마기와 청색 비단 바지 차림이던 부여장이 어디서 구했는지는 모르겠지만, 지금은 검은색과 금색이 어우러진 찬란한 갑옷을 입고 있었다. 강철은 그 갑옷을 알아보지 못했지만, 금칠도철갑(金漆塗鐵甲)*이라고 하는 백제에서 생산되는 유명한 갑옷이었다.

"총리대신 각하! 원로에 오시느라 고초가 크셨습니다."

부여장의 인사말과 군례를 올리자, 백기, 해수, 은상 그리고 장군 흑치덕현 등 아직도 백제군 신분인 장수들도 따라서 군례를 했다. 당성에서 처음 만났을 때는 모두 긴장한 빛을 감추지 않던 그들이 지금은 친근하게 대하면서 오히려 은연중에 공경하는 태도까지 보이고 있었다.

"아니요, 부여장 대장! 고생이야 군사를 인솔한 장군이 더 크셨지요. 그래 도착하신 지는 오래되셨소?"

"소장도 금일 새벽에 도착하였습니다."

"아, 그러셨소?"

"예, 일단 군막 안으로 드시지요."

---

* 금칠도철갑(金漆塗鐵甲): 금색 칠을 한 철갑옷. 백제에서 당나라 태종에게 갑옷인 금휴개(金髹鎧)를 바쳤다는 삼국사기에 있는 기록으로 보아 백제는 중국보다 앞선 갑옷 제조 기술을 보유하고 있었다.

"그럽시다."

군진 안쪽에 설치된 군막은 일행이 들어가기에 크게 부족함이 없었다. 부여장의 안내로 강철이 상석에 앉고 조영호와 부여장 순으로 자리를 잡았다.

강철이 부여장에게 물었다.

"그동안 성안에서는 별다른 움직임이 없었소?"

"저들의 숫자가 적어서인지 우리를 크게 두려워하는 것 같습니다."

"허허허! 그 이유가 어찌 숫자 때문이겠소? 국왕이던 부여장 대장이 직접 군사를 지휘해 나타났으니 그 위엄에 놀란 것일 게요."

"……."

백기를 비롯한 백제 장수들은 한글 강사들이 통역해 주는 말을 듣고 자못 놀랐다. 스치듯이 하는 강철의 말 속에서 부여장의 권위를 인정해 주고 있다는 것을 분명히 느낄 수가 있었기 때문이다.

사실이 또한 그랬다. 부여장이 당성으로 잡혀 와서 태황제 앞에 섰을 때, 자신의 목을 베고, 백성들과 신하들은 용서해 달라고 당당히 말하는 모습을 보고 천족장군들은 커다란 감동을 받았었다. 오죽해서 큰 인물임을 알아본 태황제가 주저하지 않고 그를 돌려보내려 했겠는가! 놓아주겠으니 돌아가라는 말을 듣고도 오히려 배달국에 몸을 의탁하겠노라고 선언하던 그 사내다운 모습은 천족장군들의 가슴속에 뚜렷이 각인이 되어 있었다. 아마도 그런 이유 때문에 강철의 입에서는 자연스럽게 부여장의 권위를 인정하는 말이 튀어 나왔던 것이리라.

강철은 미소 띤 얼굴로 부여장에게 물었다.

"그래, 성을 공격할 준비는 다 되셨소?"

강철의 물음에 부여장은 어두운 표정을 지으며 대답했다.

"와 보니 역시 공성 병기가 없는 것이 문제입니다."

"공성 병기가 없어도 성문만 열면 되는 것이 아니요?"

"그야 물론입니다만, 충차(衝車)* 없이도 문을 여는 것이 가능하다는 말씀입니까?"

"하하하! 성문만큼은 본장이 책임진다고 하질 않았소? 성문은 열어드리겠지만, 반역 도당들이 있는 도성을 점령할 기회는 장군께 드리리다. 장군이 원하는 바일 테니 말씀이요. 부탁드리고 싶은 것은 성을 점령하더라도 가능하면 인명을 해치지는 말아 달라는 것이요."

"알겠습니다! 명심하겠습니다."

대답을 하면서도 그의 얼굴에선 아쉬워하는 빛이 스쳐 지나갔다.

이어 강철은 조영호를 쳐다보며 물었다.

"조 장군!"

"네, 각하!"

"가져온 박격포로 성문을 깨는 것이 낫겠소? 아니면 비조기를 이용해서 성문을 여는 것이 낫겠소?"

"각하! 어차피 성문도 우리 것인데 부수는 것보다야 특전군이 여는 것이 낫질 않겠습니까? 게다가 박격포는 정밀사격을 한다 해도 주변 성벽에까지 피해를 입힐 수가 있습니다."

* 충차(衝車): 성의 문이나 성벽에 충격을 가해 파괴시키는 무기로써 삼국사기에 충차를 사용한 기록이 있다. 초기 형태는 굵은 나무의 끝을 뾰족하게 만들어 여러 사람이 성문이나 성벽 등에 힘차게 밀어붙여 구멍을 뚫거나 파괴를 했다. 그 이후에는 좀 더 발전한 형태로는 인명을 보호하기 위하여 방패로 윗면과 측면을 보호하고 바퀴를 달아 쉽게 성 가까이 접근할 수 있게 만들었다.

"옳은 말씀이요. 그렇다면 성문을 장악합시다."

"네! 공격용 비조기로도 충분할 것입니다."

공격용 비조기에는 승무원 포함 최대 13명의 인원이 탈 수 있다는 것을 염두에 둔 말이었다.

조영호의 말에 강철이 머리를 끄덕이며 좌중을 향해 말을 했다.

"그럼, 다들 나가서 공격 준비를 해 주시오!"

군막 안에 있던 장수들이 모두 밖으로 나왔다.

부여장과 백기 장군 등은 군사들의 출진을 준비하고, 조영호는 조영호대로 특전군들에게 자세한 작전 지시를 내렸다.

준비가 끝나고, 특전군 10명과 함께 강철과 조영호가 비조기에 오르자, 요란한 프로펠러 음을 내면서 이륙한 비조기는 성문 근처로 다가갔다.

성루(城樓)*에는 지휘관으로 보이는 자가 10여 명의 군사들과 함께 성 밖을 내다보고 있었고, 성문 바로 안쪽에도 수많은 군사가 밀집해 있었다. 작전대로 비조기 조종을 하는 이일구는 성문 안쪽에서 성문을 향해 호퍼링*을 시작했다.

조영호가 기관총 사수에게 명령을 내렸다.

"기관총 사수는 성문 주변 군사들에게 위협 사격을 가하여 해산시켜라!"

"옛!"

대답과 함께 성문 안쪽 지면을 향해 중기관총을 발사하기 시작했다.

'두두두두두!

* 성루(城樓): 성문이나 성벽 위에 높이 세운 건물.

* 호퍼링: 헬리콥터가 공중에 뜬 채로 이동하지 않는 상태.

'두두두두두두!'

위협 사격이라지만 더러는 총탄에 맞은 군사들이 픽! 픽! 쓰러지고 있었다.

그것을 보고는 겁이 났는지 성문 근처에 몰려 있던 군사들이 궁성 안쪽으로 도주하기 시작했다. 채 30여 발도 쏘지 않았는데 성루에 올라 있던 장졸들도 어느새 뺑소니를 쳤는지 코빼기조차 보이지 않았다.

성문 안쪽에 적군이 사라졌음을 확인한 이일구가 비조기를 하강시켜 지면 가까이 접근시키자 특전군들이 뛰어내렸다. 강철은 그들의 일사불란한 행동을 지켜보면서 특수부대 교관 출신인 조영호가 그들을 얼마나 철저하게 훈련시켰는지를 새삼 확인할 수 있었다.

기관총으로 무장한 특전군들은 뛰어내리자마자, 2명은 주변을 경계하고 나머지 인원은 도르래를 돌려 잠겨 있는 빗장을 풀고 성문을 열어젖혔다. 성문 가까이까지 전진해 있던 군사들이 부여장과 백기의 지휘를 받으며 물밀듯이 성안으로 밀려들어 오는 것을 확인한 강철은 비조기를 착륙시키도록 지시했다. 이제 기다리면 될 일이었다.

그동안 가까운 거리에 있는 웅진성(熊津城)*을 둘러볼 양으로 강철은 정보사령인 무은을 대동하고 비조기에 올랐다.

웅진도 왕년의 도성답게 여러 채의 전각(殿閣)들이 들어 서 있는 성곽이었다. 주변을 둘러보니 고구려의 침입을 피해 위례성을 버리고 남하하여 급히 자리를 잡았던 이유 때문인지는 모르겠으나 사비도성보다는 옹색하다는 느낌을 지울 수가 없었다.

---

* 웅진성(熊津城): 충남 공주로 백제가 사비성으로 천도하기 전인 475년부터 538년까지 백제의 도읍지이다.

주변을 몇 바퀴 선회한 다음 전각들이 들어서 있는 빈 공터에 착륙을 하자, 건물들 속에서 군복과 관복을 걸친 자들 20여 명이 튀어나왔다.

그들과 대화가 가능한 정보사령 무은이 물어보니, 백기 장군의 명을 받아 이 궁성을 지키고 있다는 대답이었다.

웅진을 둘러보고 난 강철은 다시 사비성으로 향했다.

이륙했던 곳에 거의 도착할 무렵 사비성 밖에 착륙해 있던 수송용 비조기로부터 사비성 점령이 끝났다는 보고를 받았다.

강철이 사비성에 도착했을 때는 이미 도성 안이 정리가 되고 있었다. 왕후인 사택종선과 아직 일곱 살밖에 되지 않은 교기 왕자, 상좌평 사택적덕, 내법좌평 왕효린을 비롯한 50여 명의 역도들이 결박이 지어진 채 정전 앞마당에 무릎이 꿇려져 있었다. 성안에 있던 5천 군사 역시 내궁 밖에 꿇려진 채 땅에 머리를 박고 있었다.

부여장은 지금 심정대로 한다면 이들을 당장 쳐죽이고 싶은 마음이 굴뚝같았지만 생명을 다치지 말라고 했던 강철의 지시에 따라 어쩔 수 없이 꾹 눌러 참아 내고 있었다.

강철이 조영호와 특전군들의 호위를 받으며 정전 마당으로 들어가자 갑옷 차림의 부여장이 다가왔다.

"총리대신 각하! 난신적자(亂臣賊子)*들의 무리를 소탕하고, 도성을 장악했습니다."

"부여장 대장! 수고하셨소. 이들이 역적의 무리요?"

"그렇습니다!"

"흠, 일단 역적들은 하옥시키고 처분은 나중에 하십시다."

---

* 난신적자(亂臣賊子): 난을 일으켜 나라를 어지럽힌 신하와 자식을 일컫는 말.

"알겠습니다. 일단 편전으로 드시지요."

"아니요! 편전은 태황제 폐하께서 쓰실 곳이니, 정전으로 드십시다."

"알겠습니다."

궁전은 여러 채의 전각으로 이루어지는데 일반적으로 나라의 큰 행사나 백관 회의를 하는 전각인 정전이 제일 크고 넓었다. 이 외에도 왕이 평소 업무를 보는 편전과 왕이 개인 생활과 침식을 하는 대전, 왕후가 생활하는 왕후전(王后殿)을 비롯해 세자전, 빈궁전 등으로 이루어지는데 나라마다 크기나 숫자가 달랐다.

그들이 벽해전이라고 쓴 편액(扁額)이 걸린 건물 안으로 들어가자, 바닥이 오석(烏石)으로 깔려 있는 넓은 공간이었다. 안에는 허리 높이의 단이 설치되어 있고, 그 위에 왕이 앉는 용상(龍床)이 놓여 있을 뿐 그 외로는 아무것도 없었다. 그것으로 미루어 보아 평소에 왕을 제외한 신하들은 서서 회의를 한다는 것을 알 수가 있었다.

제장들이 정전 안에 모두 들어온 것을 확인한 강철이 입을 열었다.

"태황제 폐하께서 오실 때까지 이곳에는 부여장 대장, 변품 소장, 무은 대령이 특전군과 함께 남도록 하시오. 물론 총사령관은 부여장 대장으로 하고, 부사령관은 변품 소장이 맡아 특전군을 지휘하시오. 무은 대령은 정보를 총괄하시면 될 것이오."

"옛!"

명을 받은 장수들이 일제히 대답했다.

이번에는 부여장 대장의 뒤쪽에 서 있는 위사좌평인 백기, 병관좌평인 해수, 내두좌평인 은상 그리고 장군 흑치덕현을 쳐다보며 잠시 머뭇거리다가 말을 했다. 그들은 아직 배달국 장수들이 아니었다.

"흠…… 본관은 백기 장군을 비롯한 네 분의 공이 컸다는 것을 잘 알고 있소. 귀장들에 대해서는 나중에 별도로 태황제 폐하께서 말씀이 있으실 것이요. 그러니 당분간 부여장 대장을 평소처럼 보좌하시면 될 것이오. 덧붙여 특전군을 제외한 군사들은 백기 장군이 계속 지휘를 맡아 주시면 고맙겠소."

강철의 말은 즉시 한글 강사를 통해 통역이 되었다.

"예! 알겠습니다."

네 사람이 입을 맞춘 듯이 대답을 하자 흐뭇한 표정으로 고개를 끄덕인 강철이 부여장을 보며 입을 열었다.

"부여장 대장!"

"예!"

"벽해전이라는 이 정전 이름을 천정전(天政殿)으로 고쳐 놓아 주시면 좋겠소. 아시겠지만, 하늘에서 오신 태황제 폐하께서 다스리는 곳이라는 의미요. 그리고 태황제 폐하께서 가능한 빨리 오실 수 있도록 만반의 준비를 부탁하겠소."

"알겠습니다! 심려치 마십시오."

"그러면 본장은 여러분을 믿고 일단 당성으로 돌아가겠소."

"알겠습니다!"

그들의 전송을 받으며 당성으로 돌아온 강철과 조영호는 비조기에서 내리자마자 태황제에게 사비성을 얻은 경위를 보고했고, 진봉민은 얼굴 가득 미소를 띠고는 기쁨을 감추지 못했다.

"얘기를 들어 보니, 부여장 대장의 체면을 많이 살려 주었구려. 잘하셨소."

"그렇기는 합니다. 아마 부여장 장군도 느꼈을 것입니다."

"그렇겠지요…… 자! 그렇다면 이제 도성을 사비성으로 옮기는 일만 남았나?"

"그렇습니다, 폐하!"

"하하! 생각할수록 기쁜 일이요. 정말 잘되었어요."

진봉민의 기쁨은 말로 형언할 수가 없었다. 불과 1년도 채 되지 않아 백제국을 얻게 되었다는 것과 이제야 비로소 한 국가를 제대로 경영할 수가 있을 것이라 생각하니 절로 기운이 났다.

"폐하! 천도를 하기 위한 대책 회의를 가져야 하지 않겠습니까?"

"그래야지요. 한시가 급하니 내친김에 내일 개최하십시다. 그리고 망명 유무를 떠나서 신라 출신 장수들과 백제 출신 장수들에 대한 자세한 인적 사항을 작성하여 나에게 주시오."

"알겠습니다! 그럼, 그렇게 알고 소장 물러가겠습니다."

내일 아침에 긴급회의를 개최하기로 결정하자 외부에 나가 있던 배달국 장수들을 데려오기 위해 오후에는 비조기가 두 차례나 이착륙을 거듭했다.

전곡 군항 공사 감독을 하던 홍석훈과 박영주 장군, 개량 씨앗을 파종 재배하고 있던 김민수 장군과 도로 공사를 감독하고 있던 우수기 장군 등이 속속 도착하고 있었다.

# 중천성의 새 아침

당성의 아침은 눈부신 햇살로 화사하게 빛나고 있었고, 그날따라 더욱 높아 보이는 가을 하늘이 자신의 나신을 송두리째 내보이고 있었다. 지금 수항궁에서 긴급 어전회의를 주재하고 있는 태황제의 표정도 가을 하늘 만큼이나 더없이 밝아 보였다.

"모두 들으시오. 이제 우리 배달국이 백제의 도성이던 사비성으로 천도를 하게 되었소. 지금부터 그 방법에 대해 의논코자 하오."

"예, 폐하!"

이렇게 시작된 회의에서 여러 의견들이 오가고 검토되어 드디어 사비성 천도 방법이 정해졌다. 선발대 출발을 시작으로 보름 동안 각종 중요 물품들을 이동시킨 다음 보름 후인 11월 3일 태황제가 사비성으로 가기로 한 것이다. 그날을 배달국이 공식적으로 개국을 하는 개천절이라는 경축일로 정하고, 초하루부터 5일 동안 모든 노역도 중지하기로 했다.

이곳 당성은 군항 공사를 지휘하고 있는 홍석훈이 성주를 겸하고 수품 대령에게 부성주를 맡기기로 했으며, 대륙으로 가는 관문 중에 하나인 이곳의 중요성을 감안하여 육군 5백 명을 주둔시키기로 했다. 특히 과학과 공업에 관련된 모든 장비와 시설을 비롯하여, 태황제로부터 제국공방이라는 이름을 하사받은 단야공방도 웅진으로 이전시키라는 명이 내려졌다. 사비성으로 가는 선발대는 과학부 총감인 박상훈과 조민제로 결정되었다.

지금 사비성에 머물고 있는 정보사령인 무은을 대신해 부령인 해론에게는 각국으로부터 밀파(密派)되어 암약하던 간첩들을 모조리 잡아들여 도성으로 압송하라는 명이 떨어졌다. 그동안 정보사에서는 이런 날을 대비해 미리 그들의 움직임을 낱낱이 파악해 놓고 있었기 때문에 새삼스러운 일은 아니었다. 신라 조정에도 앞으로 배달국에 대한 군사 도발을 한다면 즉각 서라벌을 공격하겠다는 강력한 경고 서찰을 보내기로 했다.

회의가 끝나자 당성의 움직임은 눈에 띄게 부산해지기 시작했다. 배달국이 통치하던 지역인 당성 인근에는 도성을 사비성으로 옮긴다는 방문(榜文)*이 나붙었고, 소문은 삽시간에 주변으로 퍼져 나갔다. 게다가 수시로 비조기가 물건들을 매달고 날아가는 모습을 본 백성들도 도성이 옮겨 간다는 것을 실감하기 시작했다.

배달국을 신이 세운 나라라고 굳게 믿고 있는 당성 인근 백성들은 막상 도성이 옮겨진다는 말에 어떻게 해야 할지 갈피를 잡지 못하고 있었다. 그중에도 특히 충성촌 백성들이 당혹해하는 것은 어느 누구보다 더했다.

---

* 방문(榜文): 나라의 일을 알리는 벽보.

배달국에 대한 그들의 충성심은 특별해서 그동안 나랏일이라면 누구보다도 앞장서기를 주저하지 않았다. 그런 그들이었기에 이번에도 태황제를 따라가고 싶은 마음이 굴뚝같았지만, 충성촌은 폐하께서 손수 하사하신 삶의 터전인데 그곳을 버리고 다시 사비 도성으로 따라온다면 폐하의 뜻을 저버리는 것이 아니겠느냐는 강철의 말을 듣고는 아쉽지만 단념할 수밖에 없었다.

할 일이 있는 시간은 빨리 흐르고, 목적 없이 지내는 시간은 더디다는 말대로 보름이라는 시간은 눈 깜짝할 새 지나갔다. 그동안 사비 도성으로의 물자 이동은 순조롭게 이루어졌지만, 10톤의 수송능력을 가진 수송용 비조기로도 나를 수 없는 탱크나 장갑차, 굴삭기, 불도저 같은 대형 장비들은 지상으로 이동하거나 운반되었다.

드디어 태황제가 사비성으로 떠나기로 한 날이 왔다.

그동안 정이 든 수항궁을 나서는 진봉민은 한참 동안이나 구봉산 주변을 둘러보았다. 어느새 세월이 동짓달 초입에 접어들어서인지 찬바람이 얼굴을 때렸다. 처음 이곳으로 왔을 때 느낀 당성의 모습은 대륙과 교통하던 국제항이라기보다는 낙후된 작은 어촌에 지나지 않았다. 그렇지만 지난 몇 달간 다듬고 매만져 이제는 제법 정돈된 도시의 면모를 갖추었는데, 막상 이곳을 떠난다고 생각하니 섭섭함이 적지 않았다. 그런 감상에 젖어 있던 진봉민은 강철의 재촉을 받고서야 천족장군들과 함께 비조기에 올랐다.

당성을 뒤로한 지 반 시간쯤 지나자 사비성이 내려다보였다. 사실 현대에서는 궁궐도 없어지고 성터도 드문드문 남아 추측만 할 뿐 제 모습을 알 수가 없던 사비성이었다.

역사학을 전공한 진봉민은 부여장이 성을 탈환했다는 소식을 듣자마자 사비성을 둘러보고 싶었지만, 황제의 거동은 함부로 할 일이 아니라고 강철이 극구 말리는 바람에 오늘에야 비로소 오게 된 것이었다.

나성을 넘어 안쪽으로 날아 들어간 비조기는 전각들을 감싸고 있는 궁성 담장 밖에 사뿐히 착륙했다. 밖에는 이미 먼저 와 있던 김백정과 얼마 전까지 이곳에서 백제국을 호령하던 부여장이 여러 장수들과 함께 태황제를 영접하기 위해 기다리고 있었다.

백성들의 접근을 막지 않았는지 먼발치에서는 도성 백성들도 이 광경을 지켜보고 있었다. 휘날리던 먼지가 가라앉자, 이윽고 비조기 문이 열리면서 진봉민과 근접 경호를 하는 조영호의 모습이 먼저 나타났다. 이어 천족장군들을 비롯한 장수들이 뒤따라 나왔다.

의전을 맡은 변품 소장이 앞으로 마주 나와 허리를 굽혀 태황제를 맞았다.

"태황제 폐하! 도성인 중천성(中天城)에 입성하심을 경하 드리옵니다."

그 말이 끝나는 것과 동시에 마중 나와 있던 무리들도 허리를 굽히며 인사말을 올렸다.

"태황제 폐하! 경하 드리옵니다."

"다들 고맙소."

태황제는 미소를 머금은 얼굴로 좌중의 인사를 받았다.

배달국에서는 사비성이라는 이름을 중천성으로 고쳐 부르기로 하였기 때문에 변품 역시 그렇게 말한 것이었다. 이어 변품이 두 손으로 안을 가리키며 입을 열었다.

"태황제 폐하! 궁 안으로 드시옵소서."

"다들 함께 드십시다."

하면서 진봉민이 앞장서서 천천히 중천문(中天門) 안으로 들어섰다. 5천여 평 크기의 넓은 마당 맞은편에는 천정전이라고 쓴 편액이 달린 팔작지붕의 정전이 있었다. 정전 마당 좌우의 회랑(回廊) 너머에는 뾰족뾰족한 전각 지붕들이 보이는 것으로 보아 그곳은 당성에서 설명을 들은 대로 좌궁(左宮)과 우궁(右宮)인 모양이었다.

중천문에서부터 천정전이라고 쓴 편액이 붙어 있는 전각까지는 붉은색 비단이 깔려 있었고, 그 양편으로는 무장한 특전군들이 도열해 있어 한층 위엄을 더해 주고 있었다. 사열을 하듯이 그들 사이로 걸어가는 태황제의 바로 뒤에는 강철을 비롯한 천족장군들이 따르고 있었고, 이어 백제 왕이던 부여장 대장과 신라 왕이던 김백정 대장을 비롯한 제국군 장수들이 뒤를 잇고 있었다.

짧은 보름 동안 준비한 것이었지만 매사에 절도가 있었고, 곳곳에는 울긋불긋한 각종 깃발이 휘날리고 있어 장엄한 가운데 화려해 보이기까지 했다.

진봉민이 태황제로서 천정전 안으로 첫발을 디뎠다. 이 건물은 백관 회의나 국가적인 큰 행사에 사용하는 정전으로 그동안은 벽해전으로 불렸었으나 강철이 천정전으로 이름을 고치게 한 것이다.

천정전 안으로 태황제가 들어서니 넓은 실내는 비어 있었고 정면 단상(壇床) 위에는 옥좌가 놓여 있었다. 변품의 안내에 따라 단상으로 올라간 진봉민은 옥좌에 앉았다. 역사가 바뀌는 순간이었다. 명실공히 새로운 나라의 역사가 써지기 시작하는 바로 그 시점인 것이다.

미지에 닥칠지도 모르는 위험을 무릅쓰고 이 시대로 온 열다섯 명의 천족장군들은 벅찬 감동을 느끼고 있었다. 용좌가 놓인 단상 아래에는 배달국 관직을 받은 자들과 배달국 관직을 받지는 않은 백제국 신하들이 좌우 양편으로 나뉘어 섰다.

변품이 소리 높여 외쳤다.

"지금으로부터 배달국 개국 선포식을 거행하겠습니다! 먼저 배달국 태황제 폐하께서 개국을 선포하시겠습니다!"

변품의 말이 있자 태황제인 진봉민이 천천히 자리에서 일어났다.

"짐은 천제의 명에 따라 오늘 개국함에 있어 나라 이름을 배달국(倍達國)이라 하고 연호는 천명으로 선포하오."

태황제가 독립된 나라의 상징인 국호와 연호를 선포하고 자리에 앉자, 변품은 다음 순서를 큰소리로 외쳤다.

"태황제 폐하께서 개국에 따른 칙어(勅語)가 있으시겠습니다."

태황제는 옥좌에 앉은 채로 미리 써 놓았던 글을 보면서 말을 시작했다.

"모두 들으시오!"

"예!"

정전 안에 있는 자들의 우렁찬 대답 소리를 들은 태황제가 말을 이었다.

"과인이 하늘의 명을 받아 지난 이월 초이렛날에 천족장군들과 함께 이 땅에 강림(降臨)한 이후 오늘에야 비로소 개국을 선포하기에 이르렀소. 하여 짐의 뜻을 밝히고자 하오. 우선 천제의 명을 받아 당성으로 내려온 지난 이월 칠일을 강림일로 하고, 오늘을 배달국의 개국일로 삼아 명칭은 '개천절' 로 정하겠소. 아울러 백제국의 도성이던 이 사비성을 중천성으로 개칭하여 배달국의 도성으로 정하는 바이요. 바야흐로 우리 민족은 세상이 하나이던 마고(麻姑)시대까지 소급하지 않더라도 지금부터 칠천 오백여 년 전 하늘의 천제께서는 안파견(安巴堅) 환인을 이 땅에 내려보내시어 배달족을 이루게 하셨소. 허나 세월이 흐르자 본류를 잊은 족속들이 여러 갈래로 갈라 나가더니 급기야는 서로 피를 흘리는 다툼을 일삼는 지경에 이르게 되었소. 이를 괘씸하게 여긴 천제께서는 그들의 죄를 묻고, 하늘의 자손인 배달족을 바르게 이끌라는 천명을 짐에게 내리셨소. 하여 우리 배달국은 환인께서 이룩하신 환국(桓國)의 국가 이념을 기반으로 하여 배달족의 영광을 이루어 나가도록 하겠소. 천하 만방을 아우를 것이며 골품과 같은 낡은 제도를 폐하고, 새로운 질서와 홍익인간(弘益人間)의 이념에 따라 널리 인간을 이롭게 할 수 있는 각 방면에 능력이 있는 자와 근면한 자가 우대받는 제국이 되도록 할 것이오. 또한 우리 배달국을 존중하는 종족은 처음에 하나였듯이 모두 함께할 것이나, 이를 부정하고 깔보는 종족은 같은 하늘 아래 공존하지 못할 것이요. 이 시각 이후 배달국에서 시행하던 사업 이외에 모든 공역(公役)은 별도의 칙령이 있을 때까지 중지토록 하시오. 이상이요."

태황제의 개국 칙어가 발표되고 이어서 백제 국왕이 나라를 바치는 손국 절차(遜國節次)가 이어졌다.

백제 무왕인 부여장이 옥새를 들어 바치자, 단 아래에 있던 사람들의 표정은 각양각색이었다. 배달국 장수들은 얼굴에 미소를 띠고 있는 반면에 백제국 신료들은 착잡한 표정이었다.

"……!"

"……."

그들의 표정을 쭉 훑어본 태황제가 입을 열었다.

"지금 백제 국주이던 부여장 공이 천명을 받은 과인의 뜻을 헤아려 나라를 들어 바쳤소. 혹여 우리 배달국에 불만이 있거나 뜻을 같이하기 싫은 자가 있다면 열흘 안으로 제국을 떠나시오. 아울러 배달국 조정 직관과 단자(單子)*는 내일 발표토록 하겠소."

이어 변품이 행사를 파하겠다는 선언이 있은 후 개국 의식은 끝났다. 먼저 자리에서 일어난 태황제가 단을 내려오자 변품이 입을 열었다.

"우선, 편전으로 드시옵소서."

"그러십시다."

태황제인 진봉민은 편전이 평소에 황제나 왕이 정무를 보는 곳이라는 것을 알고 있었으므로, 자연스럽게 변품의 호종을 받으며 회랑을 따라 좌궁으로 갔다. 좌궁에도 여러 전각들이 있었지만, 그 안에서 가장 크고 화려한 전각이 편전인 황화전이었다.

편전 앞에는 곱게 단장한 2명의 궁녀가 서 있었다. 그중에 1명은 당성에 있는 수항궁에서 진봉민을 뒷바라지하던 처녀로 기근니의 조카뻘 되는 충성촌민의 딸이었다.

"폐하! 개국을 경하 드리옵니다. 어서 안으로 드시옵소서."

그녀는 고개를 깊숙이 숙여 인사를 올린 다음 무릎을 꿇고 살며시 방문을 열었다.

"오! 낭자가 예까지 따라왔구려. 고생이 많을 텐데……."

"아니옵니다, 폐하! 어서 안으로 드시옵소서."

방문 안으로 들어서니 널찍한 장판방에 세워진 병풍 앞에는 보료가 깔려 있었고, 팔을 괴기 위한 장침(長枕), 등받이인 안석(案席),

* 단자(單子): 사람 명단, 성명.

책상인 서안이 가지런히 놓여 있었다. 시설과 가구들이 당성에 있는 수항궁과는 하늘과 땅, 차이가 날 정도로 고급스러웠다.

진봉민이 자연스럽게 보료 위에 앉아 안석에 편히 기대면서 입을 열었다.

"변품 장군! 한발 앞서 와서 개국 준비를 하느라 고생이 크셨구려."

"아니옵니다, 태황제 폐하!"

"그래, 보름 동안이나 이곳에 있으면서 느낀 점은 없으셨소?"

"폐하, 소장이 몸담았던 신라국과는 여러모로 다른 점이 많사온데 특히 지방 토호들의 입김이 적지 않다는 것을 느꼈사옵니다."

"호오! 그래요? 이곳에서 우리 장수가 아닌 해수, 백기, 은상, 흑치덕현 장군과 함께 지낸 것으로 아는데 장군이 보기에 그들의 사람됨은 어떠했소?"

"모두 드물게 보는 장수들이었사옵니다. 그중에도 특히 백기 장군은 문무를 겸비한 장수로 보였사옵니다."

"흠! 그렇소? 변품 장군은 나가서 총리대신과 홍석훈, 박상훈 장군을 들라 하시오."

"알겠사옵니다."

변품이 나간 지 얼마 지나지 않아 세 사람이 들어와 절을 하면서 인사를 했다.

"폐하! 찾으셨사옵니까?"

"어서 편히 앉으시오. 그런데 왜들 말투가 변했소? 나는 그런 어법이 영 어색해서 불편하다고 하지 않았소?"

그러자 강철이 말을 받았다.

"폐하! 편치 않으셔도 할 수 없사옵니다. 황제의 권위를 위하여 최소한도의 격식이라고 생각하시옵소서. 오늘부터 폐하께만 높임말을 쓰고, 신하들 사이에는 폐하께서 명하신 대로 표준어를 쓰기로 했사오니 그리 아시옵소서."

"허참……! 그럴 필요가 없다는데도 자꾸 그러시는구려."

자신에게 쓰는 어법이 어색하다고 즉시 바꾸라는 말이 나올까 싶어진 강철은 얼른 화제를 바꾸었다.

"소장들을 부르신 이유는 무엇이옵니까?"

"잠시 논의할 일이 있어 오시라 했소. 과인이 내일 배달국 직관을 발표하겠노라고 말하질 않았소?"

"예, 그러셨사옵니다."

태황제의 질문에 대한 대답은 주로 강철이 하고, 다른 두 사람은 듣고만 있었다.

"당성에 있을 때와는 달리 이제 나라가 커졌으니, 제대로 조직을 갖추어 나라를 꾸려 나가야 할 것 같소. 그러자면 계급도 그렇고 조정 관직도 심사숙고해서 정해야 할 것 같다는 생각이 드는구려."

"당연하신 말씀이옵니다."

"그래서 우선 우리 천족장군들부터 생각해 봤는데, 강철 장군과 박상훈 장군은 육군 총장으로 홍석훈 장군은 수군 총장으로 해야 할 것 같소."

원래 강철은 최고 계급인 총장이었지만, 박상훈과 홍석훈은 다음 계급인 대장이었다.

강철이 입을 열었다.

"폐하! 오히려 늦은 감이 있사옵니다. 박상훈 장군과 홍석훈 장군은 진즉에 총장으로 임명되었어야 마땅하옵니다. 그리고……."

"하실 말씀이 있으면 마저 해 보시오?"

"예, 소장의 생각에는 이번에 조영호 장군도 같이 총장으로 임명하시는 것이 어떨까 하옵니다."

강철의 말이 끝나자, 박상훈이 얼른 맞장구를 쳤다.

"폐하! 소장도 총리대신과 같은 생각이옵니다. 오히려 소장을 총장으로 승진시키시는 것보다 조영호 장군을 총장으로 승진시키시는 것이 옳으실 것이옵니다."

"음! 알겠소…… 그리고 특권계급을 인정하는 것은 아니지만, 아무래도 천족장군들은 왕과 동격으로 대우를 해야겠소."

그 말에 홍석훈이 내키지 않는 표정으로 입을 열었다.

"폐하! 이미 천족장군이라는 자체가 무상의 권위로 받아들여지고 있는데 또다시 왕과 동격으로 한다면 너무 과분하다고 생각하옵니다."

"하하하! 아니오, 그렇지 않아요. 우리가 앞으로 다른 나라 왕이나 부족장들과 상대할 일이 많아질 텐데, 그러자면 격을 맞추는 것이 필요하다고 생각하오. 이 문제만큼은 과인에게 맡겨 두시오."

"……."

세 사람은 태황제가 천족장군들에게 많은 신경을 쓰고 있다는 것을 알고는 더 이상 사양할 수가 없었다.

진봉민이 말을 이었다.

"아무래도 총리대신은 강철 총장이 계속 맡아 주어야겠소. 그리고 다른 두 분도 강철 총리대신이 출전을 하는 경우처럼 장기적으로 자리에 없을 때는 언제든지 총리 역할을 대신할 수 있도록 모든 국정에 관심을 두어 주시오."

"알겠사옵니다."

"이미 말한 바가 있지만 앞으로 천족장군 회의를 한 달에 한 번씩 열겠소. 총리대신은 염두에 두시오."

"예, 이미 전에 말씀이 있으셔서 염두에 두고 있사옵니다."

"그리고…… 기존 호족들의 힘을 약화시켜야겠소."

태황제의 말에 금방 강철이 말을 받았다.

"옳으신 말씀이옵니다. 정보사령의 보고에 의하면 그들의 힘이 왕권을 우지좌지했을 정도라고 하옵니다."

"흠! 그래서 말인데…… 혹시 좋은 생각이 있으시오?"

"폐하! 그들의 힘의 원천이 무엇이겠사옵니까? 땅과 재물이옵니다. 그것을 어떻게 회수하느냐에 달려 있다고 보옵니다."

강철의 말이 끝나자, 박상훈이 덧붙였다.

"그것도 그렇겠지만, 그들 일족이 높은 벼슬자리를 줄줄이 꿰차고 있다는 것도 원인 중에 하나일 것이옵니다."

그들의 말을 들은 태황제가 고개를 끄덕이면서,

"옳은 말씀이요. 토지개혁으로 균분제(均分制)*를 실시하고, 노비상한제를 하는 것이 어떻겠소?"

균분제에 대해서는 강철이 이미 건의했던 내용이었지만, 노비상한제는 처음 들어 보는 것이었다. 강철이 물었다.

"노비상한제라 하시면?"

"가노(家奴)를 일정 수 이상 갖지 못하게 하는 것이요."

"아하! 그렇기는 하옵니다. 노비가 없다면 농토가 많아도 농사를

* 균분제(均分制): 토지를 균등하게 분배하는 제도.

지을 수 없을 것이니, 호족들의 힘을 빼는 데는 더할 나위 없이 좋은 방법일 것이옵니다."

강철의 대답에 조용히 듣고 있던 홍석훈이 한마디 거들었다.

"그렇게 되면 그들이 크게 반발할 것이옵니다."

태황제가 대답하기 전에 강철이 먼저 말을 받았다.

"물론 홍 장군 말씀대로 반발이 상당할 것이요. 게다가 부여장이 나라를 바친 것에 불만을 품은 자들까지 작당을 해서 저항해 올지도 모를 일이요. 그럴 경우 단호하게 대처하지 않으면 두고두고 골칫거리가 된다고 생각하오."

두 사람이 나누는 말을 들은 진봉민도 고개를 끄덕이며 맞장구를 쳤다.

"그건 나도 총리대신 생각과 같소. 그런 일이 생기기 전에 기선을 제압해야 다시는 그런 생각을 못할 것이요."

"그렇사옵니다."

"그럴 것이옵니다."

두 사람이 이구동성으로 옳다고 대답했다.

"그럼, 그렇게 하기로 합시다. 혹시 조정 관직에 대해 더 하실 말씀이 있으시오?"

"……."

태황제의 물음에 세 사람은 별말이 없었다.

"말씀들이 없으시면, 이따가 오후에 총리대신은 편전으로 와 주시오."

"예, 알겠사옵니다. 하옵고 오늘 밤에는 이곳 중천성에 점등식이 개최될 예정이옵니다."

"어허? 벌써 전기 시설이 되었단 말씀이요?"

진봉민이 생각지도 못했다는 듯이 되묻자, 박상훈이 대답을 했다.

"폐하! 선발대로 왔던 소장이 웅진과 이곳을 오가느라고 좀 바빴지만 다행히 설치를 마칠 수가 있었사옵니다."

"박 장군! 참으로 고생하셨소. 그 바쁜 와중에도 전기 시설을 했다니, 생각지도 못했던 일이요."

그들이 물러가고 난 후에 진봉민은 조정 관직 임명 계획을 다시 살펴보았다. 임명 안은 강철이 만들어 준 백제나 신라 출신 인물들에 대한 자세한 자료와 역사에 기록된 자들에 대해서는 그것을 참고하여 만든 것이었다.

이때 밖에서 궁녀의 말소리가 들렸다.

"변품 장군께서 들어 계시옵니다."

"드시게 하시오."

'예.' 하는 대답과 함께 궁녀가 열어 주는 미닫이문으로 변품이 조심스럽게 들어와 부복했다.

"변품 장군! 무슨 일로 오셨소?"

"총리대신께서 당분간 폐하를 보좌하라는 명이 있어, 명하실 일이 있으신가 하여 들었사옵니다."

"그렇구려! 마침 잘 오셨소. 조영호 장군을 좀 불러 주시오."

"예!"

명을 내리고 나서 얼마 지나지 않아 조영호가 들어왔다.

"찾으셨사옵니까? 폐하!"

"어서 오시오. 장군의 의견을 들을 일이 있어 불렀소."

"예, 말씀하시옵소서."

"음, 아무래도 궁중 수비는 특전군에 맡겨야 할 것 같은데……."

"당연한 말씀이옵니다. 소장도 경호가 제일 걱정이었사옵니다."

"그런데 그들을 통솔할 자가 있소?"

"예, 그들 중에 작은피라는 자가 능력이 뛰어나 소위 계급을 주어 통솔하게 하고 있사옵니다. 지난 번 당성에서 폐하를 시해하려던 사건이 있었질 않사옵니까?"

"아, 김백정 장군이 망명해 오던 날 일어난 사건 말씀이요?"

"예, 그때 두 명의 암살범 중에 하나는 소장이 사살하였고, 다른 한 명은 바로 근처에 있던 작은피 소위가 번개같이 막아서 화살도 빗나가게 하고 사로잡을 수 있었던 것이옵니다."

진봉민이 크게 놀라면서 되물었다.

"아니? 그 얘기를 왜 이제야 하시오?"

"무슨 대수로운 일이라고 그런 일까지 폐하께 말씀드리겠사옵니까? 그 공로도 있고, 소장이 봐도 나무랄 데가 없을 정도로 능력도 있기에 소위로 임관시켰던 것이옵니다."

조영호는 작은피에 대해서 칭찬을 아끼지 않았다.

"허어! 그랬었구려. 그래서 화살이 한 대밖에 날아오지 않은 것이었구려. 그런데 작은피라면 성씨가 작이요? 들어 보지 못한 성씨 같소만!"

"아니옵니다. 소장도 이름이 이상해서 물어본 적이 있사온데, 성씨는 없고 그냥 이름만 작은피라고 하옵니다. 그는 신라의 일두품이던 하층민의 자식으로 태어나서 먹을 곡식이라곤 피밖에 없었다는데, 그나마도 적게 먹으라고 부친이 작은피라고 지어 주었다고 하옵니다."

피는 당시에 벼와 마찬가지로 중요한 곡식 중에 하나였다. 한자(漢字)로는 패(稗)라고 쓰고 한글로 말할 때는 피라고 읽었다.

"아하! 결국 소패(小稗)라는 말이구려. 흠, 얼마나 가난했으면 아이 이름까지 그렇게 지었을까……? 알겠소. 그에게 소령 계급을 주어도 괜찮겠소?"

진봉민의 질문에 강철은 잠시 생각하더니,

"폐하! 이 시대에는 주로 몸이 크고 완력이 좋으면 훌륭한 군사로 생각하는 경향이 있는 것 같사옵니다. 그러나 앞으로 현대 무기를 사용하게 된다면 완력보다도 민첩성과 판단력, 극기력 그리고 충성심이 더 중요하다고 생각하옵니다. 그런 점에서 본다면 그자는 장군감이 되고도 남을 자라 여기옵니다."

"허! 장군감이라? 그 정도란 말씀이요? 참으로 안타깝구려. 그런 자가 골품제도에 앞길이 막혀 제대로 대우를 못 받아 왔다니……."

"그렇사옵니다. 특출한 인재가 분명하지만, 하늘을 나는 재주가 있다 한들 별수가 없는 신분이었사옵니다."

"알겠소! 좋은 말씀 고맙소. 그리고 오신 김에 말씀드려야겠구려. 우리 배달국은 육군과 수군 외에 특전군을 만들어 삼군 체제로 할까 하오. 공군이야 먼 훗날에나 해당되는 일이고, 장군은 고생스럽더라도 특전군사령관을 맡아 주어야겠소."

그 말을 들은 조영호는 놀라는 표정으로 되물었다.

"그렇다면 단위부대인 특전군을 군사령부로 승격시키신다는 말씀이옵니까?"

"그렇소! 장군을 총장으로 승진시키고, 특전군사령관을 맡기려 하오. 총리대신을 비롯해 여러 장군들의 추천이기도 하오. 특전군을 전천후 작전이 가능한 제국군의 최정예로 만들어 보시요."

"알겠사옵니다. 소장 최선을 다하겠사옵니다."

"그럼, 부탁하겠소. 바쁘실 텐데 이제 그만 나가 보도록 하시오."

조영호 장군이 나가고 나서 진봉민은 골품제도와 같은 신분 제약 때문에 능력이 있는 자가 그 능력을 펴지 못하는 일이 없는 나라를 만들겠다고 마음속으로 몇 번이고 다짐을 했다.

이때 밖에서 궁녀의 말소리가 들렸다.

"폐하, 잠시 들어가 뵈어도 되겠사옵니까?"

"들어오시오."

기 낭자와 처음 보는 또 1명의 궁녀가 들어와 대례(大禮)를 올리고는 일어나 선 채로 공손히 입을 열었다.

"폐하! 과분하게도 수항궁에서와 마찬가지로 신첩에게 폐하를 계속 모실 수 있는 광영을 주시어 감읍하옵니다."

당성에서 수발을 들 때에는 '소녀' 라고 하더니 이제는 '신첩' 이라고 하는 말을 듣고는 그녀 역시 어법이 달라져 있다는 것을 깨달았다.

"기 낭자, 말투가 달라진 것 같소."

"예, 총리대신 각하의 명에 따라 사비성으로 와서 옆에 있는 정 나인에게 궁중 법도를 배우고 있사옵니다. 정 나인은 아직 한글을 몰라 직접 문후 인사를 올리지 못하옵니다."

"그래, 첩지(牒紙)는 받았소?"

첩지라는 말을 모르는 기 낭자는 옆에 있는 정 나인에게 작은 소리로 물어보는 것 같았지만 그녀도 모르는 듯했다.

"……."

진봉민은 문득 첩지가 조선 시대 내명부에서 궁녀들의 직분에 따라 머리에 꽂는 장식이라서 모르는 것이 당연하다고 생각하고는 기 나인에게 내명부에 대해서 자세히 설명을 해 주었다. 설명을 들은 그녀는 다시 정 나인과 대화를 주고받더니 바로 그에 맞게 대답을 하는 것이었다.

"아직 나인으로만 정해졌다고 하옵니다."

이번에는 처음 보는 정 나인에게 물었다.

"흠, 그래? 정 나인이라 했는가? 몇 가지 물어보겠소."

옆에서 기 낭자가 통역을 해 주니,

"폐하, 하문하시옵소서. 혹시 폐하께서 신첩에게 높임말을 쓰시고 계시온지요? 기 나인이 통역하는 말이 공대말이라 감히 여쭈었사옵니다."

"하하! 그런데?"

"폐하! 아니 되시옵니다. 하대하시옵소서! 윗전께서 계셨다면 신첩이 크게 경을 칠 일이옵니다."

"지금은 윗전이 없질 않소?"

"그렇더라도 그리하시옴은 법도가 아니옵니다. 물려주시옵소서."

"흐음! 불편하다면 과인이 하대를 하겠다."

"그리하시옵소서."

"정 나인은 원래부터 궁에 있었느냐?"

"예! 신첩 어릴 때 궁에 들어와 항아(姮娥)로 있다가 작년 말에 계례(笄禮)*를 치르고 나인이 되었사옵니다."

* 계례(笄禮): 여자 나이 15세가 되면 어른의 복색(服色)을 입히고 비녀를 꽂아 성년이 되었음을 알리고 사회적으로 인정을 받는 의식 절차.

"그럼, 제조상궁은 없는 것이냐?"

"보름 전에 모든 내관(內官)들과 큰방상궁을 비롯하여 상궁들은 모두 궁 밖으로 나가라는 명이 있어, 모두 떠나고 나이 스물 이하의 어린 나인들만 남았사옵니다."

아마도 변품이 그렇게 하였으려니 생각이 되었다.

"흠, 그렇게 되었구나. 모두들 서운했겠구나."

"아뢰옵기 황공하오나 그렇사옵니다. 보내는 저희나 떠나는 큰 상궁들 모두 울었사온데, 그중에 연지(蓮池) 상궁이 내쳐진 것이 가장 마음이 아프옵니다."

"다른 상궁들도 다 나가는데 어찌 연지 상궁이 나가는 것만 슬프다는 것이냐?"

"연지 상궁은 편당을 하지 않고, 애기 나인인 항아들도 잘 보살펴 주던 분이라 그렇사옵니다."

"그래? 편당이라는 말이 무슨 뜻이냐?"

"왕비님도 두 분이나 계시고, 왕자님들도 여러분이라 어느 쪽엔가 기울어지기 마련이온데 연지 상궁은 그러질 않았사옵니다."

"흐음!"

설명을 듣고는 참으로 어이없는 일이라는 생각이 들었다. 궁궐 깊이 있는 상궁들도 파당을 짓는다는 말이 아닌가!

"폐하! 신첩이 쓸데없는 것을 아뢰었사옵니다. 실은 낮것상*을 대전에 준비해 올릴까를 여쭙기 위해 들었사온데……."

그 말에 문득 정신을 차리고,

"그래? 그렇지 않아도 대전으로 가 보려던 참이다."

* 낮것상: 점심 식사.

말을 하고는 평소 왕이 숙식을 하는 대전으로 향했다.

편전 바로 뒤에 있는 건물인 그곳까지는 회랑으로 연결되어 눈비가 와도 편히 오갈 수 있었다. 대전 안도 편전과 비슷한 구조였는데 특별한 점은 이부자리를 넣는 곳으로 보이는 큰 장롱과 반닫이가 여러 개 있었다.

"앞으로는 대전이라는 말보다는 침전(寢殿)이라 쓰도록 하라."

"예, 분부대로 하겠사옵니다."

음식들이 놓인 큰상이 들어오자 옆에서 시좌(侍坐)하고 있던 정나인이 기미(氣味)를 했다. 기미란 황제나 왕이 음식을 들기 전에 독이 들었는지 유무를 살피기 위해 나인이 먼저 먹어 보는 당연한 절차였다.

"드시옵소서. 원래 조석으로는 수랏상을 차리고 낮것상으로는 간단하게 응이 · 미음 · 죽 같은 것을 올리는데 오늘은 수랏상으로 올렸사옵니다."

오랜만에 푸짐한 점심을 들고는 목욕물을 준비하라 일렀다. 목욕물이 준비되는 동안 자세히 살펴보지 못했던 침전의 구조를 돌아보니 방의 삼면은 벽으로 되어 있고 한쪽만 사람들의 출입이 가능한 구조였다. 물론 출입하는 곳에는 상궁들이 대기하는 툇간과 복도가 있기 때문에 출입하는 자들도 맘대로 들고 나는 것이 아니라 상궁을 거치게끔 되어 있었다.

삼면이 창문도 없이 벽으로만 되어 있는 것은 아마도 외부의 침입을 방지하기 위한 설계인 듯하였다. 마침 나인이 목욕물 준비가 다 되었다며 침전 안쪽에 있는 병풍 뒤로 안내를 하였다. 병풍 뒤에는 나무로 만든 옻칠한 굴레통에 따뜻한 물이 부어져 있었고, 그 통 속에 들어가서 현대의 반신욕처럼 하는 목욕이었다. 다만 다른 점은 젊은 나인들이 몸을 씻겨 준다는 점이었다.

전혀 겪어 보지 못했던 일이라 진봉민은 어색하였지만 앞으로 계속될 일이라는 생각에 그냥 하자는 대로 온몸을 내맡겼다. 오랜만에 여인의 손길을 느끼자 마음이 이상해졌다.

수항궁에서 하던 대로 기 나인이 현대에서 가져온 비누를 준비해 놓고 있었다. 비누질까지 하고 목욕을 끝냈지만 두 나인이 나가지 않아 물 밖으로 나올 수가 없었다. 수항궁에서 목욕을 할 때는 기 나인이 들어오지도 않았는데 여기서는 몸을 씻겨 주고 나서도 나가질 않는 것이었다. 머뭇거리는 사이 조 나인이 무슨 말을 하자, 기 나인이 말을 전했다.

"폐하! 물 밖으로 나오시옵소서."

허! 이런 딱한 경우가 있나 싶었다. 무안한 마음을 감추며 통 속에서 나오니 수건으로 온몸의 물기를 조심스레 닦아 주기까지 했다. 심지어는 사타구니까지 닦아 주었는데, 조 나인은 평소에 해 오던 일이었는지 표정 하나 변하지 않았지만, 기 나인의 얼굴은 귀밑까지 발개져 있었다.

참으로 황제 노릇 하기도 힘들다고 '쯧쯧' 혀를 차면서 편전으로 가는 도중에 노트북을 들고 있는 이휘조를 발견했다.

"어? 이휘조 장군, 웬일이시오?"

"오찬을 방금 끝내고 소장에게 맡기신 노트북을 가져왔사옵니다."

"하하! 그렇소? 그렇지 않아도 그것을 찾으려던 참이었소. 자자! 들어갑시다."

"예!"

진봉민을 따라 들어온 이휘조가 부복하여 예를 올렸다.

그 어느 날엔가 진봉민은 박상훈으로부터 이휘조가 어렵게 자라왔다는 얘기를 들은 이후로 늘 안쓰럽게 생각하면서 살갑게 대해왔다.

"이휘조 장군은 나에게 쓰는 말투가 불편하지 않소?"

"아니옵니다. 아직 입에 붙지 않아 조금 어색하다는 것 외로는 괜찮사옵니다. 소장은 오히려 좋은 것 같다는 생각이옵니다. 말을 할 때도 신중을 기하게 되고, 경박스럽지 않다는 느낌도 들어 제 수양도 되는 것 같사옵니다."

"흠, 그런 점도 있었구려. 그런데 이휘조 장군! 이곳으로 와서 많이 고생스러울 텐데 후회는 하지 않소?"

"폐하! 전혀 그렇지 않사옵니다. 오히려 백성들을 좀 더 잘살 수 있도록 도와준다는 마음에 자부심까지 느끼고 있사옵니다."

"하하! 그렇소?"

"예! 게다가 이곳 장수들이나 백성들이 목숨까지 아까워하지 않고 나라에 충성하는 것을 보면서 자신만 생각하는 현대인들과는 천양지차라고 생각하옵니다. 그들과 함께 새로운 국가를 만들 수 있다는 사실이 얼마나 다행인지 모르옵니다."

"하하하! 현대라고 다 그랬던 것은 아니잖소? 나라를 위해 목숨을 초개같이 버리신 분들도 많이 있었소."

"네! 하기는 그런 분들도 있기는 하셨지요. 그래도 이 시대 백성들과는 비교도 되지 않을 것이옵니다. 그래서 소장도 이들을 위해서라면 어떤 고생도 마다하지 않을 각오이옵니다."

이휘조와 대화를 나누면서 진봉민은 새삼스럽게 느끼는 것이 많았다.

"고마운 말씀이요. 그리고 이 장군도 잘 알겠지만, 이곳에는 우리가 잘못해도 감히 제동을 걸거나 견제를 할 자들이 없다는 사실이요. 우리는 이 점을 항시 두려워하고 경계해야 하오. 그러니 혹시라도 내가 잘못하는 것이 있거든 언제든지 말씀해 주시오."

"알겠사옵니다. 폐하께서 그런 마음으로 조심을 하시는데 무슨 잘못을 하시겠사옵니까? 소장은 지난 몇 개월 동안 폐하께서 나라를 다스려 나가시는 것을 보면서 정말 잘 따라왔다는 생각뿐이옵니다."

"하하! 그렇게 생각하신다면 그나마 다행이요. 아무튼 장군은 곧 과학부가 있는 웅진으로 가서 지내게 될 텐데 고생이 크겠구려. 외지에 나가 있더라도 늘 건강을 챙기도록 하시오. 우리 천족장군들은 너 나 할 것 없이 그 점을 명심했으면 좋겠소."

"예, 내일 조회가 끝나면 박상훈 장군님을 모시고 웅진으로 출발하려고 하옵니다. 건강 조심하라는 폐하 말씀 명심하겠사옵니다."

"좋은 말씀 고마웠소. 바쁘실 텐데 이제 돌아가 보시오."

"예!"

대답을 한 이휘조는 콘센트를 찾아 노트북에 전원을 연결해서 서안에 올려놓고는 물러 나갔다. 노트북을 켜서 잠시 수나라 말기 역사에 대해 살펴보고 있는데 밖에서 변품 장군이 뵙기를 청한다고 고하였다. 드시게 하라고 명하자 변품이 들어와 부복하여 예를 올렸다.

"어서 앉으시오."

"예!"

"낮것상은 드셨사옵니까?"

"그렇소. 그런데 당성에 있을 때와는 달리 절차와 격식이 매우 까

다로워졌구려."

"폐하! 당성에 있는 수항궁이야 임시 행궁이지, 어디 폐하께서 거처하실 곳이나 되었사옵니까?"

"그래도 많이 번거롭구려."

"소장이 몇 달 동안 폐하를 모시면서 하늘의 법도와 인간 세상의 법도가 달라 폐하께서 번거로워하신다는 것을 잘 알고 있사옵니다. 하오나 총리대신께서 인간 세상의 법도대로 모시라 명했사옵니다."

"허허! 참! 총리대신이 그리하라 하였다면 그렇게 하는 수밖에요…… 그렇지 않아도 부르려던 참이었소."

"예! 분부하실 일이라도 있으시옵니까?"

"성안에 남궁(南宮)이라는 궁궐이 별도로 있다는데 가 보셨소?"

"예! 그곳은 백제 국왕이 신하들에게 연회를 베풀거나 잠시 머무르던 궁이었다고 하옵니다."

"크기는 어떻소?"

"두 개의 전각으로 이루어진 궁으로 상당한 크기였사옵니다."

"음……! 그렇구려. 잘 알겠소. 그리고 이곳 도성에 있던 상궁들을 내쳤다고 하던데……?"

태황제가 말끝을 흐리자, 경솔히 처리했다고 나무라는 줄로 알아들은 변품은 표정이 굳어지며 조심스레 고했다.

"예, 소장이 명도 없이 그리하였사온데…… 소장은……."

"하하! 잘못했다는 것이 아니요? 편히 말씀해 보시요."

그때서야 마음이 놓이는지 말을 이었다.

"예, 소장이 궁녀들 가운데 나이가 스물 이상이거나 상궁 이상의 직첩을 받았던 여인네들은 다 내보냈사옵니다."

"그렇지 않아도 그들이 파당을 지어 행동했었다는 말을 들었소. 잘하시었소. 그런데 그중에 연지라는 상궁은 그렇지 않았다 하오. 그녀를 수소문해 궁으로 불러들여 제조상궁을 맡겨 보는 것이 어떻겠소? 아, 제조상궁이라는 말뜻을 아시오?"

"예, 조금 전 기 나인으로부터 폐하께서 말씀하신 내명부 직관과 직첩에 관한 설명을 들어 알고 있사옵니다. 즉시 찾아보도록 하겠사옵니다."

"그러시오. 그리고 앞으로 대전을 침전이라 부르도록 하시오."

"예, 분부대로 하겠사옵니다."

"수항궁에서 과인의 수발을 들던 기 낭자를 이곳으로 데리고 왔던데 그녀의 부모들은 아는 것이요?"

"그렇사옵니다. 본인뿐만 아니라 그녀의 부모 역시 원하는 바라 그리하였사옵니다. 혹시 마음에 차지 않으시면 다른 나인이 수발을 들게 하오리까?"

"아니오! 그녀의 부모가 원했다면 되었소. 바쁘실 텐데 이제 나가 보시오. 나가시는 길에 목관효 수군 중령과 기근니 소위를 좀 들라고 하시오."

"예, 폐하! 그리하겠사옵니다. 그럼, 소장 물러가옵니다."

오늘 있었던 배달국의 개국 행사에 위관급 이상의 배달국 장수들은 모두 참석했었기 때문에 조정 직관 발표가 있는 내일까지는 모두 도성에 있을 터였다. 얼마 후, 목관효와 기근니가 편전으로 들었다.

그들은 들어오자마자 몸을 던지다시피 큰절로 예를 올렸다.

"폐하! 소장 목관효, 문후 드리옵니다."

"폐하! 소장 기근니, 문후 여쭈옵니다."

두 사람이 감격한 듯이 인사를 했다.

"고맙소! 그래, 머무시는데 불편한 것은 없소?"

"아니옵니다! 총리대신께서 일일이 살펴 주셔서 부족함이 없사옵니다."

그들의 대답을 들은 진봉민은 목관효에게 말을 건넸다.

"흠…… 목 중령은 기왕 중천성에 왔으니 기벌포를 둘러보고, 큰 상단을 꾸릴 자리를 봐 두시오. 대륙과 왜국뿐만 아니라 진납(眞臘: 캄보디아)까지도 수시로 왕복할 수 있는 그런 상단 말씀이요. 나라에서 쓰던 배 중에서 맘에 드는 것은 총감에게 말하고 상단에서 쓰도록 하시오."

"알겠사옵니다. 하온데 이곳에 와서 다시 알아본 바로는 역시 기벌포보다는 구드래가 더 나을 것 같사옵니다."

"그래요? 구드래 나루에 정말로 다른 나라 배들이 드나든다고 하오?"

"예, 며칠 전까지만 해도 타국 배들이 들어와 있었다고 하는데, 큰 전쟁이 난다는 소문에 모두 떠났다고 하옵니다."

"흠, 알겠소. 그렇다면 목 중령 생각대로 하시오. 그리고 가능한 빨리 산동에 우리의 터전을 만들 궁리를 해 보시오."

"알겠사옵니다."

"알아서 하시겠지만, 기근니 촌주는 목관효 중령을 적극 도와주도록 하시오. 앞으로 목 중령에게 일손이 많이 필요할 것이요. 내일 기근니 촌주를 대촌주로 임명할 것인즉, 그리 아시오. 우리 배달국에 유일한 대촌주가 되는 것이요. 하하하!"

"폐하! 황은이 망극하옵니다."

"목 중령은 일손이 필요할 경우에 기근니 촌주에게 도움을 받도록 하시오."

"알겠사옵니다."

"두 분은 이제 나가 보셔도 좋소."

두 사람이 물러간다는 인사를 하고 나가자, 이번에는 강철이 들었다.

"어서 오시오, 총리대신!"

"좀 전에 목 중령이 들었었나 보옵니다."

"과인이 불렀었소. 구드래 나루에 큰 상단을 만들 준비를 하라 일렀소. 과학부에서 필요한 자원을 구하자면 그것이 가장 빠를 듯해서요."

"네, 잘하신 것 같사옵니다. 소장도 챙겨 보도록 하겠사옵니다. 하옵고……."

강철이 말끝을 흐리자 태황제는 무슨 할 말이 있느냐는 표정으로 그의 얼굴을 쳐다보았다.

"……?"

"미처 말씀을 올리지 못하였으나 목단령 낭자가 이곳에 와 있사옵니다."

"응?"

"전에 목 낭자가 병에 걸렸을 때, 폐하께서 역정을 내시고 안 가신다기에 소장이 방문해 위로하면서 사비성으로 가면 부르겠노라 약속한 바가 있사옵니다. 그 약속대로 이곳으로 불러 궁중 법도를 익히도록 했사옵니다."

"허어 참! 지금 도성을 옮겨 오느라 바쁜 판에 그런 것까지 신경을 쓰셨다는 말씀이요? 과인은 싫다고 하질 않았소!"
마땅치 않은 기색이 역력했다.
"혹시, 마음에 안 드셔서 그러시는 것이옵니까?"
"그런 건 아니라고 말했잖소!"
"그렇다면 어째서 그렇게 못마땅해 하시옵니까?"
"이보시오! 총리대신, 우리 천족장군들이 밤낮으로 고생하고 있는데 황제랍시고 나는 여인네나 품고 있는데서야 말이 된다고 생각하시오?"
노골적으로 불만스러운 말을 뱉어 냈다.
"폐하! 그 말씀만으로도 충분하옵니다. 이제야 제대로 된 궁궐을 갖추게 되었는데 안살림을 맡을 사람도 있어야 하질 않겠사옵니까?"
"안살림이야 상궁, 나인들이 있는데 무슨 걱정이오? 그건 다 핑계요."
"그렇지 않사옵니다. 소장이 폐하보다 역사는 잘 모르지만, 궁 안 내명부의 기강을 세우자면 후궁일지라도 주인이 있어야 된다는 것쯤은 아옵니다."
강철도 지지 않겠다는 듯이 꼬박꼬박 말대꾸를 했다.
"……."
"폐하! 폐하께서 먼저 후궁이라도 들이셔야 소장을 비롯해 천족장군들도 마음에 드는 여인을 만나면 가정을 이루지 않겠사옵니까? 왜 폐하 입장만 생각하시옵니까?"
강철의 말을 들은 진봉민은 '아차!' 싶으면서 몽둥이로 뒤통수를 얻어맞은 기분이 들었다. 천족장군들은 고생하는데 자신만 여인을 곁에 두고 있으면 도리가 아니라는 생각뿐이었지, 그들도 좋은 짝을 만나 가정을 이루어야 한다는 생각은 미처 하지 못했던 것이다.

"……!"

태황제가 주춤하는 눈치를 보이자 바로 이거구나 싶어진 강철은 생각할 겨를도 주지 않고 계속 몰아붙였다.

"말이 그렇지 않사옵니까? 폐하 눈치만 보다가 우리는 생으로 늙으라는 말씀이옵니까? 그뿐만 아니라 역사를 봐도 더러는 나라를 위해서 정략결혼도 마다하지 않았던 국왕들이 있었다고 하옵니다. 그렇다고 지금 정략결혼을 하시라는 것도 아니질 않사옵니까? 정말로 저희를 생각하신다면 어서 가정을 꾸리시옵소서. 그것이 저희들을 편하게 하는 길이옵니다."

한참 동안 말이 없던 태황제가 입을 열었다.

"말씀을 듣고 보니 그렇기도 하구려, 총리대신! 과인 생각이 짧았던 것 같소. 고생하는 천족장군들을 위한다는 게 오히려 부담을 준 꼴이니……."

"아니옵니다. 폐하께서 항상 소장들을 먼저 생각하시기 때문에 그런 것이 아니겠사옵니까?"

"그렇게 이해하여 주니 고맙소. 목 낭자 일은 총리대신의 뜻을 따르겠소. 그렇다고 이 여자 저 여자 자꾸 맡기진 마시오. 하하!"

"네에, 알겠사옵니다. 목 낭자에게 어느 직첩을 내릴 것인지나 생각해 보시옵소서."

"음! 알았소. 그건 그렇고 이건 내일 발표할 조정 관직이요. 조직은 행정에 대해 잘 아는 장지원 장군에게 조언을 받아 만들었소만, 한번 살펴보시오."

하면서 서안에 놓여 있던 메모를 내밀었다. 그것을 받아 꼼꼼히 살펴본 강철이 조심스럽게 말을 꺼냈다.

"폐하! 내정부 대신은 세금을 걷는 국세청도 관장을 해야 하는데, 이곳 실정을 잘 아는 백제 출신으로 하는 것이 낫질 않겠사옵니까?"

"흠! 과인도 그것 때문에 고심을 했지만 마땅한 사람이 없질 않소?"

"내두좌평을 하던 은상 장군이 어떨까 하옵니다만……."

"내두좌평이 세금을 담당하던 자리이기는 하지만, 우리 제국에 대한 충성심이 어느 정도인지 모르겠소. 그래서 과인은 상대등까지 했던 수을부가 국정에 두루 밝을 것으로 보고 그렇게 했소만……."

"그런 점도 있사옵니다. 그렇지만 백제 사정을 잘 모르는 신라 출신인데다가 나이가 들어 거동이 불편할 정도라 걱정이 되옵니다."

"거동이 심하게 불편하오? 총리가 넘겨준 자료에는 그런 정보는 언급되어 있질 않던데……."

"소장도 당성에 있을 때는 몇 번 보질 못하여 알지를 못했사온데 최근 이곳으로 와서야 알았사옵니다."

"흠, 그렇다면 수을부 장군은 힘이 덜 드는 부서를 맡기고, 내정부 대신은 은상 장군이나 백기 장군 중에 택해야겠구려."

"그게 좋을 것 같사옵니다. 은상 장군은 내두좌평을 했다는 장점이 있고, 백기 장군은 우리 배달국에 정식으로 망명하지 않은 상태임에도 충성심이 매우 높은 것으로 확인이 되었사옵니다."

"그렇다면 백기 장군으로 합시다. 지금 막 개국하였으니 충성심이 가장 중요하다고 생각하오."

"예, 그렇게 하는 것이 좋을 것 같사옵니다."

"다른 부분은 혹시 문제가 없소?"

"크게 문제될 것은 없어 보이옵니다."

"아직도 나라에서 일할 인재가 턱없이 부족한 것이 안타깝소."

"폐하! 그거야 조금 있으면 많은 인재들이 눈에 띄게 될 것이옵니다."

강철은 대답을 하면서 메모를 도로 진봉민에게 건넸다.

"과인도 그렇게 생각은 하오. 메모는 그냥 가지고 계시오. 총리대신은 알고 계셔야 오늘부터라도 각부 사무실 배치를 챙길 수 있질 않겠소?"

"알겠사옵니다. 그럼, 참고자료로 활용토록 하겠사옵니다."

"그러시오. 아! 그런데 백제 국왕이던 부여장의 식솔들은 어디로 내보낸 것이요?"

"일단 궁을 비워야겠기에 다행히 성내에 큼직한 빈집이 있어 그곳으로 이주를 시켰사옵니다."

"과인이 알기로 성안 남쪽에 남궁이 있다는데 그곳을 가 보셨소?"

"가 보지는 못했사오나, 왕이 신하들과 연회를 하던 두 채의 큰 전각이 있다는 말은 들었사옵니다."

"그래서 말인데 그곳을 부여장에게 주면 어떻겠소?"

"부여장에게요? 음…… 그거 아주 좋은 생각 같사옵니다. 그러면 폐하의 후덕함도 보일 수 있고, 어찌 됐던 간에 그래도 일국의 왕이었는데 예우 차원에서라도 그것이 좋을 것 같사옵니다."

"하하! 역시 그렇게 하는 게……."

"네, 그렇게 하시옵소서. 내일 조정 관직을 발표하실 때 칙령으로 발표하시면 될 것이옵니다."

"알겠소! 그리고 ……."

"또 무슨 하실 말씀이……?"

"과인 생각에는 삼년산성과 구지하성에 주둔하고 있는 군사들을 모두 귀향시켰으면 하오."

백제는 신라로부터 뺏은 삼년산성에 부여사걸 장군이 지휘하는 2만 군사를 주둔시키고 있었다. 그 외에도 구지하성에는 예다 장군이 지휘하는 1만 5천 군사가 혹시나 있을지도 모르는 신라의 준동을 막기 위해 이동해 있었다.

"그렇게 한다면 신라와의 국경에 군사적 공백이 생겨, 혹시라도 신라군의 도발이 있을 경우가 문제이옵니다."

"내가 듣기로는 그들이 움직일 수 있는 군사는 김천에 있다는 삼만 오천 군사뿐이라고 알고 있소? 그들을 포로로 잡아 버리면 앞으로 신라 걱정은 하지 않아도 될 것이라 생각하오만……."

"그렇기는 하옵니다만, 교기 일당이 왜국에까지 군사를 청한 마당에 비록 구식 군대라지만 그들을 모두 귀향시킨다는 것은 생각해 봐야 할 문제가 아니겠사옵니까?"

강철은 태황제의 말대로 하는 것이 내키지 않는다는 표정이었다.

"어차피 왜군이 온다고 해도 총으로 막지 창칼로 막을 것은 아니질 않소?"

"그렇기야 하옵니다만……."

"총리대신! 군노와 기술자를 빼고, 이곳에 있는 우리 군사가 얼마요?"

"부여사걸 장군과 예다 장군 휘하의 군사까지 말씀이옵니까?"

그는 고개를 흔들었다.

"아니, 현대식 군사훈련을 받은 우리 군사만 말씀이요."

"한글 강사를 포함한 육군이 이천 이백여 명이고, 특전군이 삼백 명으로 총 이천 오백이 조금 넘사옵니다. 물론 당성 수비와 군항 공사 감독을 위해 당성에 남겨 놓은 오백 명과 하행선 도로 공사 감독을 하는 오백 명을 제외한 숫자이옵니다."

그 말을 들은 태황제는 자신의 생각을 말하기 시작했다.

"흠……! 역시 군사수가 부족하다는 생각이 들기는 하는구려. 그럼, 총리대신도 걱정스러워하니 당분간 그대로 둡시다. 군사 부문은 총리대신이 더 잘 아시지만, 내 생각에는 이렇게 했으면 어떨까 하오. 앞으로 특전군을 이천, 육군을 삼천, 수군을 이천으로 만들고, 지금 있는 특전군 삼백 명은 친위대로 전환해서 황궁 수비를 맡기는 것이 좋을 것 같은데…… 물론 그 외 나머지 군사들은 모두 귀향시키는 것을 전제로 해서 드리는 말씀이요."

"……."

생각에 골몰하는 강철을 쳐다보면서 진봉민은 계속 말을 이었다.

"얼마 동안 우리 제국군을 칠천 삼백 명만 유지한다고 해도 국방이 크게 위협받거나 하는 일은 없을 것 같은데 총리대신 생각은 어떠시오? 그렇게 한다면 군량미 걱정도 훨씬 덜 수 있지 않겠소?"

진봉민의 물음에 강철이 고개를 끄덕이면서 대답을 했다.

"폐하! 말씀하시는 뜻은 알겠사오나, 군사는 하루아침에 길러지는 것이 아니라 선발하고 훈련을 시키는데도 적지 않은 시간이 소요되옵니다."

"그거야 그렇겠지."

"그러니 일단 소장에게 맡겨 주시면 장수들과 상의해서 소수 정예로 나라를 지키게 하고, 나머지 군사들은 귀향시켜 생업에 힘쓰도록 하겠사옵니다."

진봉민은 빙그레 미소 띠면서 고개를 끄덕였다.

"알겠소! 군사 운용에 대해서야 총리대신만큼 아는 사람이 누가 있겠소?"

"과찬이시옵니다. 그런데 이곳에서 반기를 들었던 사택 왕후 일당은 어떻게 처결하실 생각이시옵니까?"

"하하하! 그렇지 않아도 왜 안 묻나 했소. 그들은 어찌하고 있소?"

"모두 하옥되어 있사옵니다."

"그대로 놔두시오. 요긴하게 쓰일 데가 있을지도 모르는 일이요."

"알겠사옵니다."

"이제 웬만큼 중요한 의견은 다 나눈 것 같소만!"

"예, 소장도 이제 물러가려던 참이었사옵니다."

"하하하! 일부러 내가 내쫓는 것 같구려. 그러세요, 바쁘실 텐데……."

편전을 물러 나온 강철은 물러터진 줄로만 알던 태황제의 탁월한 판단에 감탄을 거듭하고 있었다. 자신의 전문 분야인 군사에 관한 것까지도 예상치 못했던 부분을 집어낼 때는 '아하!' 할 때가 한두 번이 아니었으니 말해서 무엇하랴! 다만, 그가 너무 앞뒤를 잰다는 것이 흠이라면 흠이었다.

태황제도 태황제 대로 편전을 물러 나가는 총리대신을 보면서 '얼떨결에 황제 노릇을 하고 있지만 자신의 잇속도 없이 오직 한 뜻으로 도와주는 저런 친구들이 신하로 있으니 자신은 역사상 어떤 황제보다 복 받은 황제가 아닌가!' 하는 마음도 들었다. 다만 총리대신이 과격한 성격이라 그것이 늘 마음에 걸렸다.

이런 감상에 젖어 있을 때 밖으로부터 궁녀의 말이 들려왔다.

"폐하! 변품 장군과 전임 상궁 연지 들었사옵니다."

궁 밖으로 내쳐졌던 연지라는 상궁을 어느새 찾아서 데려온 모양이었다.

"드시게 하라!"

문이 열리자 변품이 들어오고, 뒤따라 궁장을 한 여인과 기 나인이 따라 들어왔다. 궁장을 한 여인은 언뜻 보아 서른이 채 안 돼 보이지만, 이목구비가 반듯해 보이는 얼굴이었다. 변품이 먼저 부복하여 예를 올리고 고했다.

"폐하께서 명하신 대로 상궁으로 있던 연지를 찾아 대령했사옵니다."

"어서 오시오! 변품 장군이 바쁘시구려."

태황제의 대답이 끝나자 여인이 사뿐히 숙배를 올리며 문후를 했다.

"태황제 폐하! 신첩 문후 드리옵니다, 연지라 하옵니다."

"앉으시오."

앉으라는 태황제의 말에 변품 장군은 자리에 앉았으나, 연지는 기 나인의 통역을 들었음에도 그 자리에 서 있었다.

"연지라 했는가? 편히 앉으라."

태황제의 명이 다시 있고서야 멀찍이 자리를 잡고 조심스레 앉았다.

"나이는 몇인가?"

"신첩 서른하나이옵니다."

보기보다는 나이가 들어 있었다.

진봉민은 속으로 '현대 같으면 이제 시집간다고 할 나이인데…….' 하는 뜬금없는 생각이 들었다.

"상궁으로 있었다고 들었소. 그래 궁을 나가 그동안 어디 있었소?"

"당장 갈 데가 없어 왕홍사 절집에 잠시 의탁했었사옵니다."

"왜? 고향집으로 내려가질 않고?"

"신첩은 고향집이 없사옵니다."

"허어! 그럼, 형제나 자매도 없더란 말이오?"

"네!"

"저런! 그러면 앞으로 어찌 살아가려고 했던 것이요?"

"출가(出家)*를 할까 생각 중이었사옵니다."

그 말을 들은 태황제는 이마를 찌푸리며 변품에게 명을 내렸다.

"변품 장군! 갑자기 궁을 떠난 여인들 중에 의탁할 곳이 없는 자들을 모아 성 밖 가까운 촌락에 거처를 마련하여 돌보아 주도록 하시오. 그리고 과인의 명을 조민제 장군에게 전하고 적절한 일감을 찾아 주라는 말도 전하시오."

"예, 분부대로 하겠사옵니다."

명을 내리고는 다시 연지라는 여인에게 말을 걸었다.

"연지는 들으시오. 과인이 그대를 중천궁 제조상궁에 명하니 오늘부터 그 소임을 맡도록 하시오."

기 나인의 통역을 통해 명을 들은 연지는 자리에서 일어나 다시 숙배를 올리고 나서 눈물이 글썽해진 얼굴로 입을 열었다.

"태황제 폐하! 성은에 감읍하옵고, 충성을 다하여 뫼시겠사옵니

---

* 출가(出家): 절로 들어가 속세를 끊고 스님이 됨.

다.”

“백제국 궁녀 시절 파당을 짓지 않고 오직 직분에만 충실했던 그대의 덕이오.”

“……?”

“변품 장군! 궁 밖으로 내보낸 내관 중에도 파당을 짓지 않고, 소임을 다하던 자는 불러들여 일을 맡기도록 하시오.”

“예! 분부대로 하겠사옵니다.”

“자, 이제 나가 일들 보시오.”

“예, 폐하! 소장 물러가옵니다.”

“폐하! 신첩 물러가옵니다.”

편전을 물러나는 변품은 ‘역시나 폐하께서는 하찮고 불쌍한 자들까지 두루 살펴 주시는구나!’ 하는 생각을 하면서 감복하는 마음이 가슴에 사무쳤다.

편전을 물러 나온 변품은 연지에게 다짐을 두었다.

“제조상궁은 태황제 폐하의 황은에 충성으로 보답해야 할 것이요.”

“물론입니다, 장군님!”

“무엇보다도 하루빨리 한글을 깨우쳐야 할 것이요. 일단 처소로 돌아가 채비를 한 다음 어서 일을 시작하시오.”

“예!”

새로 제조상궁이 된 연지에게 당부를 한 그는 급히 총리부로 발걸음을 재촉했다. 배달국 장수들이 그곳에 모여 있다는 것을 알고 있었기 때문에 태황제가 내린 명을 전하러 조민제에게 가는 길이었다.

진봉민은 제조상궁과 변품이 물러가자, 문득 이곳에 와 있다는 목단령을 살펴봐야겠다고 생각했다. 전에 같으면 그런 생각이 들어도 스스로 자책할 일이었지만 강철의 말을 듣고 나서는 생각이 달라진 것이다.

"밖에 기 나인 있는가?"

"예!"

"잠시 들라."

명이 있자 곧 미닫이문을 열고 기 나인이 들어와 공손히 물었다.

"폐하! 신첩 대령하였사옵니다."

"혹시 당성에서 온 목 낭자가 어디 있는지 아느냐?"

"예에, 세미전에 계시는 줄로 아옵니다. 거동하시겠사옵니까?"

"그래, 잠시 가 봐야겠구나."

기 나인을 앞세워 세미전으로 향하던 진봉민이 물었다.

"그래, 집안 어른인 기근니 촌주와는 얘기를 나누어 봤느냐?"

"아까 오셨을 때 잠시 얼굴만 뵈었사옵니다."

"궁에 있으면 시집도 못 갈 텐데 그래도 괜찮으냐?"

"폐하! 신첩이 좋아서 하는 일이옵니다."

"그렇다면 다행이구나. 혹여 궁을 나가고 싶으면 언제라도 말을 하여라. 과인이 허락해 줄 테니…… 알겠느냐?"

"폐하! 신첩 그런 일은 없을 것이옵니다."

"흠……!"

곱게 자란 처녀가 궁에 들어와 생으로 늙어 간다는 것이 안타까워서 하는 말이었다. 대화를 나누는 사이에 아담한 전각 앞에 다다랐다.

"태황제 폐하 납시오!"

하는 기 나인의 외침 소리에 나인 복색을 한 여인이 먼저 나오고 뒤이어 화려한 비색 치마저고리 차림의 목단령이 나왔다. 이 시대 처녀들은 몽땅한 짧은 치마에 속에는 바지를 받쳐 입고 저고리를 입는 형태의 의상이 많았다. 그렇지만 진봉민의 눈에는 이런 옷태가 영 눈에 거슬렸다.

"태황제 폐하! 소녀 목단령, 문후 드리옵니다."

말릴 틈도 없이 땅바닥에 꿇어 숙배를 했다.

"허허! 들어가서 하지…… 자자 들어갑시다, 목 낭자."

"예!"

진봉민이 앞장서 방 안으로 들어서니 여인이 거처하는 방이라 느낌부터가 달랐다. 꽃 병풍이 놓인 아담한 장판방에 보료가 깔려 있고 비단 장침과 등받이인 안석뿐만 아니라 서안까지 가지런히 놓여 있었다.

진봉민이 보료 위에 앉는 것을 본 목단령이 그때서야 살며시 마주 앉았다.

"그래, 이곳 도성으로 와서 무엇을 하고 계셨소?"

"총리대신께서 궁중 법도를 배우라 하셔서 배우고 있었사옵니다."

눈을 내리깔고 다소곳이 앉아 있는 모습에 옷태까지 나니, 한층 미모가 돋보여서 그런지는 몰라도 참으로 예쁘다는 생각이 들었다.

갑자기 마음이 동하는 것을 참지 못하고,

"이리 가까이 와 보시오."

하며 목단령을 당겨 앉히고는 살며시 손을 잡으니 긴장했는지 어느새 손바닥은 땀으로 촉촉이 젖어 있었다. 이미 현대에서 여자를 가까이 해 본 경험이 있는 진봉민은 능숙하게 팔을 당겨 가슴에 품어 안았다. 그러자 목단령의 가녀린 숨결이 고스라니 진봉민의 가슴으로 전해졌다.

살며시 한손으로 턱을 바치고 얼굴을 들여다보니, 감긴 눈이 바르르 떨리고 있었다. 진봉민은 자신도 모르게 입술을 그녀의 입술에 부딪쳐 갔다. 촉촉한 느낌이 입술에 와 닿았고, 오랜만에 느껴 보는 아늑한 달콤함이었다.

깊은 입맞춤 뒤에 다정한 목소리로 속삭였다.

"목 낭자……."

그녀는 가쁜 숨을 몰아쉬며 온몸의 기운이 쑤욱 빠지는지 무너지듯이 안겨 왔다. 가녀린 몸을 품에 보듬어 안아 주자 그녀가 살며시 눈을 뜨고 진봉민의 얼굴을 올려다보다가 진봉민의 눈과 마주치자 얼른 눈을 감아 버렸다.

"짐이 좋소?"

하고 귓가에 대고 묻자 얼굴을 붉힌 그녀는 고개만 끄덕였다.

"네에……."

몸을 가늘게 떨면서 기어들어 가는 목소리로 대답하는 모습에 깨물어 주고 싶을 만큼 예쁘다는 생각이 들 뿐이었다.

진봉민은 강렬한 충동을 애써 참으며 감았던 팔을 풀고 바로 앉혀 주었다. 그녀는 부끄러워하면서 옷매무새를 가지런히 고치는 것이었다.

이 기회에 의상을 바꿔 보리라 생각하고 신책(神册)을 가져오라고 시켰다. 신책은 '신이 보는 책' 이라는 뜻의 노트북을 지칭하는 말이었는데 당성에 있을 때 변품 장군이 붙인 이름이었다.

"이것은 과인이 하늘에서 가져온 신책이오. 하늘에 있는 여인들의 모습을 보여 주겠소."

노트북을 켠 진봉민은 화면이 홀로그램으로 나타나게 조작을 했다. 그런 다음 현대에서 입는 긴 치마저고리 사진 몇 개와 쪽진 머리, 댕기 머리 사진을 보여 주었다. 아무것도 없던 공중에 홀로그램으로 나타나는 영상들을 보고 놀라지 않을 자가 이 시대에 어디 있겠는가?

진봉민은 그것들을 손으로 가리키면서 댕기 머리는 처녀가 하는 것이고, 쪽진 머리는 혼례를 올린 부녀자가 하는 것이라고 일일이 설명해 주었다. 그러자 얼이 빠져 있던 그녀는 얼른 제정신을 차리고는 자세히 살피는 것이었다.

"소녀가 감히 이것을 흉내 내도 나무라지 않으시겠사옵니까?"

"물론이요. 앞으로 낭자의 옷이나 머리 모양이 바로 우리나라 여인들의 본이 될 것이니 정갈하면서도 검약하게 하시요."

"예! 분부 명심하겠사옵니다."

역시 노트북에 대해 궁금해하는 표정이었다.

"여기에는 하늘의 지식들이 들어 있고, 앞으로 일어날 일들이 쓰여 있소."

하고 말해 주니 그녀는 놀라면서 노트북을 마치 신물(神物)을 대하듯이 보는 것이었다. 그녀와 대화를 나누는 중에도 진봉민은 자꾸 마음이 싱숭생숭해져서 여기에 계속 머무르다가는 체신을 잃을 것 같다는 생각에 서둘러 세미전을 나섰다.

# 웃는 자와 우는 자

동짓달의 날은 일찍 저물었다. 진봉민이 저녁 수라를 물리자마자 강철과 박상훈이 침전으로 찾아와 점등식 준비가 끝났다고 고했다. 밖으로 나오니 맑고 짙푸른 하늘에는 보석 같은 별들이 총총히 동화처럼 빛나고 있었다. 이미 당성에서 전등을 설치하여 점등식을 했던 경험이 있어서인지 행사는 자연스럽게 진행되었다.

그렇지만, 이곳 중천성은 어제까지만 해도 백제의 도성이었기 때문에 거주하는 백성의 숫자도 10만이 넘었고, 게다가 대부분 전깃불을 보지 못했기 때문에 가로등이 밝혀지자 백성들의 드높은 환호 소리는 도성 주위에 펼쳐진 대왕벌에 퍼져 나갔다.

게다가 박상훈의 제안에 따라 변품이 '점등!' 하는 구령에 불을 켜고, '소등!' 하는 구령에 불을 끄기를 서너 차례 하니 천족장군들로서는 어린아이 장난에 불과했지만, 백성들의 눈에는 그야말로 귀신이 조화를 부리는 것으로 보였다. 대낮처럼 밝혀진 도성 안은 말대로 불야성을 이루었고, 들뜬 성안 백성들은 신기함에 흥분을 감추지 못했다.

태황제를 비롯한 배달국 장수들이 행사를 마치고 처소로 돌아간 이후에도, 보석 단지에 담긴 번갯불이 어두운 밤거리를 밝히는 모습에 넋을 잃은 백성들이 삼삼오오 성안을 배회하면서 구경하느라 인산인해를 이루고 있었다. 배달국의 개국 첫날은 그렇게 흥분과 기대 속에서 지나가는 듯했다.

점등식을 마친 다른 장수들과 마찬가지로 정보사령인 무은 역시 자신의 거처로 돌아와 한결 여유로운 마음으로 잠자리에 들었다. 막 잠이 들려는 참에 비몽사몽간에 누군가가 밖에서 자신을 부르는 소리가 어렴풋이 들렸다. 다시 들어 봐도 자신을 찾는 것이 분명했다. 눈을 비비고 자리에서 일어난 그는 이 밤중에 누구인지 궁금해하면서 문을 열어 보니 정보사 부령인 해론이었다.

"아니? 부령이 이 밤중에 웬일이요?"

"급히 보고 드릴 일이 있어서 주무실 줄 알면서도 왔습니다. 죄송합니다."

한밤중에 찾아온 것을 보니 작은 일이 아니라는 생각이 머리를 스쳤다.

"아니오! 막 잠자리에 들었던 참이었소. 일단 들어오시오. 그런데 급한 보고라니?"

'예!' 하고 대답을 하면서 방으로 들어온 해론의 얼굴은 크게 굳어 있었다.

"그래, 무슨 일이요?"

"저 혹시, 사택 일당을 문초를 하실 때 다른 말을 듣지 못하셨습니까?"

"무슨 말이라니? 그들에 대한 취조는 병관좌평이던 해수 장군이 맡았었소만!"

"아하! 알겠습니다. 그래서 일이 이렇게 된 거로군요."

"뜬금없이 그게 무슨 말씀이요?"

의아해하는 무은의 질문에 해론이 자초지종을 말하기 시작했다.

자신이 이곳으로 오자마자 반란을 일으켰던 사택 일당에 대한 조사 내용이 궁금해서 살펴봤더니, 그들이 왜국에 군사를 청했다는 사실 외로는 별로 특별한 것이 없더라는 것이었다. 그래서 조정을 뒤엎은 반란치고는 너무 허술하다는 생각이 들어 부하들에게 다시 족쳐 보라고 했었다는 것이었다.

그랬더니, 아니나 다를까 상좌평이던 사택적덕이 구지하성에 있는 예다 장군에게 병관좌평 자리를 주겠다고 약조하면서, 수일 이내에 도성으로 와서 방어를 맡아 달라는 서찰을 보냈다는 것이었다. 그뿐만 아니라 구지하성에서 군사를 빼더라도 문제가 없도록 신라에도 국서를 보내 또다시 공수동맹을 체결했다는 내용이었다.

해론의 보고를 받은 무은은 낯빛이 크게 변하면서 가슴이 덜컥 내려앉았다. 지난 번 사비 도성을 함락시킨 후에, 총리대신은 자신에게 정보를 총괄하라고 맡기지 않았던가. 그래서 난신적자들의 취조를 자신이 직접 할까 하다가 해수 장군이 취조를 하기에 하는 대로 맡겨 둬서 이런 사단이 일어났으니 자신의 책임도 적지 않았다.

"허어! 내가 너무 방심했구려. 그렇다면 작은 문제가 아니질 않소? 도성이 무너지기 전에 그런 서찰이 오갔다면, 지금쯤은 이곳 도성으로 진군해 오고 있을지도 모를 일이잖소?"

"그렇습니다! 그래서 그자들이 토설(吐說)*한 내용을 듣자마자 곧바로 이리로 달려온 것입니다."

"헌데 해수 장군은 도대체 어떻게 그들을 취조했기에 그런 정보도 알아내지 못했단 말인가? 허어 참!"

"그거야 당연한 일이 아니겠습니까? 얼마 전까지 왕비와 좌평이던 그들입니다. 해수 장군이 어떻게 국문(鞫問)*을 매정하게 할 수가 있었겠습니까?"

"하긴 그렇소만, 아무튼 무엇보다도 폐하와 총리대신께 고하는 것이 더 급선무인 것 같소. 부령도 함께 가십시다."

하고는 허둥지둥 자리에서 일어나 옷을 입기 시작했다.

"네, 알겠습니다."

두 사람은 부리나케 총리대신이 거처하는 곳으로 향했다.

그들 뒤에는 가로등이 만들어 내는 어두운 그림자가 따라가고 있었다.

그 밤이 지나고 이튿날 동이 텄다.

사비성이라고 부르던 중천성에서 첫 밤을 지낸 진봉민이 아침 수랏상을 물리고 회의장으로 나갈 준비를 하고 있는데 강철이 들어왔다.

"폐하, 편안히 주무셨사옵니까?"

"하하하! 그렇소. 총리대신도 잘 주무셨소? 나도 이제 막 천정전으로 나가려던 참이었소."

"예…… 그런데 저…… 회의장으로 나가시기 전에 잠시 드릴 말씀

* 토설(吐說): 사실대로 말함. 자백, 실토.
* 국문(鞫問): 형장(刑杖)을 가하여 중죄인(重罪人)을 신문하던 일.

이 있사옵니다."

"응? 무슨 일인데 그러시오?"

"예, 실은……."

하고 말을 꺼낸 강철은 어젯밤 정보사령인 무은과 부령인 해론이 자신의 처소로 와서 보고했던 내용에 대해 말하기 시작했다.

강철이 하는 말을 모두 듣고 난 태황제는 눈살을 찌푸리며 물었다.

"그런데 해론 소령은 어떻게 알아낸 것이라 하오?"

"예, 이미 반역자들에 대한 조사가 모두 끝나고 나서 이곳에 온 해론 소령은 조사 결과가 궁금했었나 보옵니다. 그래서 알아보니 왕권을 뒤엎은 것 치고는 너무 허술하다고 판단해서 재조사를 시켰던 모양이옵니다."

"흠…… 역시 해론이 판단력은 뛰어난 것 같소. 그건 그렇고, 이미 도성이 함락되고 사택 일당이 모두 체포된 마당에 무슨 일이야 있겠소?"

"그렇다면 다행이옵니다만, 혹시나 예다가 군사를 몰아 이곳으로 오고 있다면 문제이옵니다. 어떻든 대책은 있어야 하지 않겠사옵니까?"

강철은 어젯밤 정보사령과 부령으로부터 보고를 받고 마음은 급했지만, 너무 늦은 한밤중이라 잠자리에 든 진봉민을 깨우고 싶지 않아 그나마 아침에 온 것이었다. 그런데도 진봉민은 대수롭지 않은 일로 받아들이고 있으니, 강철로서는 답답할 수밖에 없었다.

"정히 그렇다면 일단 조회를 끝내 놓고 대책을 논의해 보시오."

"알겠사옵니다! 회의 준비는 다 됐사옵니다."

"그럼, 가십시다."

"예!"

그들은 밖에서 기다리고 있던 변품의 배종을 받으며 천정전으로 갔다.

오늘 회의에는 배달국 장수들 뿐만 아니라 백제 조정에서 일하던 솔 관급 이상의 관리는 모두 참석하라는 명이 내려져 있었다. 백제는 최고 관직인 좌평에서 최말단인 극우까지 16관등으로 이루어져 있었는데, 솔 관급 이상이라 하면 1등급 좌평에서부터 6등급 나솔까지로 고위 관등이었다.

단상 아래에 있던 변품이 길게 외쳤다. '개회(開會)……!' 하고 회의 시작을 선언한 변품은 이어서, '폐하 전에 계수(稽首)*……! 구배(九拜)……!' 하고 외치자 신료들이 모두 바닥에 엎드려 아홉 번 절을 하고는 일어나 머리를 조아렸다.

"태황제 폐하! 문후 드리옵니다."

"다들 반갑소."

문후가 끝나자 변품이 다음 순서를 읊었다.

"태황제 폐하의 칙어!"

하는 외침에 따라 진봉민이 용상에 앉은 채 입을 열었다.

"모두 들으시오. 어제의 개국 선언에 이어 오늘은 우리 배달국 조정에서 일할 분들의 직관과 단자를 발표하려 하오. 조정 직관을 발표하기 전에 먼저 그동안 과인에게 충성을 다한 장수들을 승진시키고자 하오. 박상훈 육군 대장을 육군 총장에, 홍석훈 수군 대장을 수군 총장에, 조영호 육군 대장을 특전군 총장에, 변품 육군 소장을 육군 중장으로, 무은 육군 대령을 육군 소장으로, 해론 육군 소령을 육

* 계수(稽首): 이마가 땅에 닿도록 몸을 굽혀 절을 하여 존경을 표함.

군 중령으로, 기근니 육군 소위를 육군 중위로, 작은피 육군 소위에게는 지(地)소패라는 성과 이름을 하사하고, 육군 소령으로 특진을 명하오!"

태황제의 칙명에 따라 해당자들이 황은에 감사하는 인사말을 했다.

"태황제 폐하의 황은에 감읍하옵니다. 충성을 다하겠사옵니다."

"고맙소! 다들 제국을 위해 힘써 주시오."

"예에!"

"덧붙여 하늘의 명을 받고 과인을 따라 이 땅에 내려온 열네 분의 장군들을 천족장군이라 칭하며, 황제의 종친부에 등록하고 친왕(親王)의 예로 대우하겠소. 아울러 배달국 개국에 앞장서 노력한 전 백제 국왕이던 부여장 대장에게 계급과는 별도로 사비 공(泗沘公)이라는 작호를 내리고, 덧붙여 성안 남궁에 거처하게 하는 바이오."

작위는 보통 다섯 가지가 있는데 공(公), 후(侯), 백(伯), 자(子), 남(男)의 순이었고 황제나 왕 다음가는 명예로운 신분임을 나타내 주었다. 중국에서도 수나라 이전부터 황제가 신하에게 작위를 내렸다.

칙명을 듣자마자, 맨 앞쪽에 서 있던 총리대신 강철이 허리를 굽히고 사은의 예를 올렸다.

"태황제 폐하! 소신 총리대신 강철은 천족장군들을 대표하여 폐하의 황은에 감사를 드리옵니다."

"음! 고생들 해 주시오."

태황제가 고개를 끄덕이는 사이 역시 한쪽에 서 있던 부여장이 태황제의 칙명을 듣고는 앞으로 나와 허리를 꺾으며 감사의 인사말을 했다.

"태황제 폐하! 황은에 감읍하옵니다. 분골쇄신 충성을 다하겠사옵니다.”

“고맙소, 사비 공!”

부여장이 작위와 함께 거처할 궁궐까지 하사받자 구 백제국 관리들은 속으로 크게 기뻐하는 눈치였지만, 옆자리에 서 있던 신라 국왕이던 김백정은 부러운 눈으로만 바라볼 뿐이었다.

그로서는 ‘혹시라도 기회가 닿으면 조정을 되찾고 신라의 옛 영화를 되찾을까?’ 하는 생각이 아주 없었던 것은 아니었지만, 당성에 머물면서 배달국의 이모저모를 살펴본 이후로는 그것이 얼마나 어리석은 생각이었는지를 뼈저리게 통감하고 있었다. 요사이는 그나마 목숨이라도 부지한 것이 천만다행이라고 생각할 정도였다. 그러니 자신이 부여장보다 홀대를 받고 있다는 생각은 지울 수가 없었지만, 아직도 신라 조정이 배달국과 적대를 하고 있는 실정에서 입이 열 개라도 할 말이 없었다.

태황제의 말은 계속되었다.

“다음으로 전 백제국 위사좌평 백기, 병관좌평 해수, 내두좌평 은상, 조정좌평 흑치덕현, 장군 부여사걸, 웅진 방령 예…….”

하고 말하려다가 갑자기 멈추었다.

“……?”

신료들이 무슨 이유로 그러나 하고 옥좌를 올려다보는 사이 태황제는 굳었던 얼굴을 펴면서 다시 말을 잇기 시작했다.

“웅진방령 예다는 일단 보류하겠소. 앞서 말한 백기, 해수, 은상, 흑치덕현, 부여사걸 장군과 흑치사차 공은 앞으로 나오시오.”

“옛!”

태황제의 호명이 있자, 사전에 강철의 지시로 앞쪽 좌측에 모여 서 있던 그들은 우렁찬 대답과 함께 태황제를 바라보며 섰다.

"백기, 해수, 은상, 흑치덕현을 육군 중장에, 부여사걸을 육군 소장에 흑치사차를 육군 소령에 임명하오. 아무쪼록 충성을 다해 주시오."

"태황제 폐하! 충성을 다하겠사옵니다."

"알겠소! 공들의 충정을 기대하겠소."

단상 아래에 서 있던 신료들은 태황제가 예다 장군을 호명하려다 그만둔 이유가 궁금했지만 이어지는 다음 말에 귀를 기울일 수밖에 없었다.

"다음으로 전(殿) 내에 부여성충(扶餘成忠)과 홍수(興首) 그리고 계백이라는 신료가 있으면 앞으로 나오시오."

"……."

한참 동안 아무 대답이 없자 태황제는 '없을 리가 없을 텐데…….' 생각하며 고개를 갸우뚱하고 있는데 마침 부여망지가 나서서 고했다. 그는 얼마 전 왕자와 함께 당성으로 잡혀갔다가 부여장이 투항을 하는 바람에 덩달아 배달국 장수가 되어 육군 소장의 계급에 있었다.

물론 그는 아직 한글을 깨우치지 못했기 때문에 그가 고하는 말은 통역을 통해 전해지는 것이었다.

"태황제 폐하! 부여성충은 전 왕조의 사도부 소속 고덕이라는 관등에 있던 자이며, 홍수는 점구부(點口部) 대덕 관등에 있던 자로서 두 사람 모두 오늘 이 자리에 참석할 대상이 아니옵니다."

고덕은 9등품, 대덕은 11등품이니 6등급 이상이 참석하는 이 자리에는 당연히 참석할 자격이 없었다. 그런데도 그런 하급 관리를 태황제가 어떻게 알고 찾는 것인지 참석자들은 모두 궁금해하면서 눈치를 살폈다.

"그들을 찾아 데려오시오."

"예!"

명을 받은 부여망지가 부리나케 전 밖으로 나가는 것을 확인한 태황제가 신료들을 내려다보며 다시 물었다.

"계백은?"

이번에는 부여사걸이 조심스럽게 앞으로 나와 고했다.

"태황제 폐하! 폐하께서 찾으시는 자가 정확히 그자인지는 알 수가 없사오나 삼년산성에 있는 소장의 휘하에 십인장(什人將)을 맡고 있는 계백이라는 자가 있사온데 도성으로는 데려오지 않았사옵니다."

십인장은 말대로 군사 10명 정도를 지휘하는 초급 군관이었다.

"흠…… 조영호 장군!"

"예!"

"계백이 도성에 없다 하니 나중에 확인해 보고 데려오도록 하시오."

"알겠사옵니다."

그리고 얼마 후에 대전 안으로 백제국 관리들이 입고 있는 자주색 옷과는 달리 비색 옷차림인 무척이나 앳돼 보이는 2명의 관인(官人)이 부여망지를 따라 들어왔다.

"태황제 폐하! 부여성충과 홍수를 대령시켰사옵니다."

하고 부여망지가 고하자 따라 들어온 자들은 굴신의 예를 취하며 입을 열었다.

"배달국 태황제 폐하! 구 백제국 사도부 고덕 부여성충, 문후 드리옵니다."

"배달국 태황제 폐하! 구 백제국 점구부 대덕 홍수, 문후 올리옵니다."

부여망지가 데리고 오면서 언질을 했는지 깍듯이 예를 차렸다.

"오! 그대들이었구려."

"……?"

"……?"

"과인이 하늘에 있을 때부터 그대들의 이름은 익히 들어 알고 있었소. 오늘 이렇게 그대들의 얼굴을 대하니 심히 흐뭇하구려."

두 사람은 영문을 몰라 어리둥절하면서도 자신들을 알고 있다는 말에 황송한 마음이 들어 머리를 조아렸다.

"황송하옵니다."

"모두 들으시오! 부여성충과 홍수를 배달국 육군 소령에 임명하오. 두 분은 배달국에 충성을 다해 주시오."

"예! 분부 명심하겠사옵니다."

그들의 대답이 있은 후, 태황제는 변품을 시켜 배달국의 계급 체계를 설명해 주라고 지시했다. 명을 받은 변품은 태황제 바로 아래에 있는 총장에서부터 하사에 이르기까지 13단계의 계급을 자세히 설명했다.

"총리대신은 조정 직관을 발표토록 하고, 해당 소임까지 간단히 설명해 주도록 하시오."

"예!"

대답을 한 강철은 준비해 놨던 내각 명단을 발표하기 시작했다.

# 617. 11. 4 배달국 조정 최초 직관

### 태황궁(太皇宮)

| | |
|---|---|
| 궁청장 | 변픔 중장 |
| 감찰군장 | 해론 중령 |
| 수황군장 | 지소패 소령 |

### 총리부

| | |
|---|---|
| 대신 | 강철 총장 |
| 육군사령 | 우수기 대장 |
| 수군사령 | 홍석훈 총장 |
| 특전군사령 | 조영호 총장 |
| 정보사령 | 무은 소장 |

### 과학부

| | |
|---|---|
| 대신 | 박상훈 총장, 장지원 대장, 조성만 대장,<br>박영주 대장, 이일구 대장, 이휘조 중장 |

### 광공업부

| | |
|---|---|
| 대신/총감 | 김백정 대장/강진영 대장 |
| 공업청장 | 한지철 소령 |
| 채굴청장 | |

### 농어업부

| | |
|---|---|
| 대신/총감 | 부여장 대장/김민수 대장 |
| 농업청장 | 김용춘 소장 |
| 어업청장 | |

### 상업부

| | |
|---|---|
| 대신/총감 | 부여망지 중장/민진식 중장 |
| 상업청장 | 부여의자 중령 |
| 제국상단 | 목관효 중령 |

### 내정부

| | |
|---|---|
| 대신/총감 | 백기 중장/조민제 대장 |
| 교육청장 | 수을부 중장/부여성충 소령 |
| 국세청장 | 흥수 소령 |

지방관

| 당항성주 | 홍석훈 총장/수품 대령 |
|---|---|
| 웅진성주 | 박상훈 총장 |
| 국원성주 | 김술종 소장, 염장 대령 |
| 대촌주 | 기근니 중위 |

1궁 6부 체제의 조정 내각 발표가 끝나고, 관직에 대한 책임과 권한까지 설명을 마치자 정전 안에는 약간의 술렁거림이 있었다. 술렁거림이 잦아들기를 기다려 태황제가 신료들을 내려다보며 입을 열었다.

“조정에서 직관을 맡아 일을 하게 된 신료들은 맡은 바 소임에 성심을 다해 주시오.”

“예에! 분부 명심하겠사옵니다.”

이어 목을 가다듬은 태황제는 준비한 메모를 보면서 근엄한 목소리로 입을 떼었다.

“모두 들으시오! 앞으로 시행할 나라 방침을 말씀드리겠소. 어제 천명했던 바와 같이 이전에 시행되던 모든 공역을 중지하고…….”

이렇게 서두를 시작한 그는 모든 백성들은 ‘하늘의 문자’ 인 한글을 배워야 한다는 것과 특히 내정부 대신과 교육청장에게 한글교육에 진력해 달라고 당부를 했다. 이어 모든 정남(丁男)*에게는 계급이 부여되며 국방의 의무가 따른다고 말했다. 계급은 가문이나 골품에 관계없이 오직 본인의 능력에 따라 부여될 것이며, 아비의 계급이 자손에게는 세습되지 않을 것이라고 했다.

아울러 총장들에게 영관 이하의 계급 임명권을 부여하고, 각부 대

* 정남(丁男): 15세 이상의 남자.

신들에게는 위관 이하의 임명권을 부여할 것이니 두루 능력 있는 인재들을 발탁하라고 당부했다. 이와는 별도로 우수한 인재를 찾아내기 위하여 앞으로 1년 후, 과거 시험(科擧試驗)을 시행할 것이니 전국에 널리 알리라고 명했다. 특히, 야장(冶匠)*, 목수(木手) 등 각종 기술자들을 중시하고, 그 능력에 합당한 대우를 할 것이라고 발표했다.

배달국에서는 앞으로 오국적법(五國敵法)을 엄히 적용하겠다고 천명했다. 그 죄를 범하면 나라에 적으로 간주하겠다는 것으로 내용은 반역 금지, 뇌물 금지, 탈세 금지, 백성에게 패악 금지, 공물횡령 금지라는 다섯 가지 조목이었는데 주로 관리들에게 해당되는 것이 많았다.

이를 어길 경우 이유 여하를 막론하고 당사자는 참형에 처하고, 경중에 따라서 처가를 포함한 그 일족을 관노로 삼으며, 재산 또한 몰수하여 국고(國庫)에 귀속시키라고 명했다.

태황제의 말은 계속됐다.

"오늘 이후로 노비상한제를 실시하겠소. 소유할 수 있는 호당(戶當) 노비 숫자는 다음과 같소. 장군은 남녀 불문 15인, 영관은 10인, 위관은 5인, 그 외는 2인 이하의 가노를 소유할 수 있소. 이 숫자 이상의 잉여 노비를 소유한 자는 한 달 이내로 내정부 국세청에 반납하시오. 나라 안의 모든 토지는 국유로 하되 경작권은 균분제를 실시하니 노비를 제외한 모든 백성들에게 적정한 면적을 나눠 주도록 하시오. 이외에 소금, 인삼을 비롯해서 특별한 물품을 생산하는 자

* 야장(冶匠: 철공 기술자), 차장(車匠: 수레 기술자), 석수(石手: 돌 기술자), 목수(木手), 선장(船匠: 조선 기술자), 제지장(製紙匠: 종이 기술자).

는 나라의 허가를 받아야 하오. 마지막으로 배달국이 막 개국을 하여 국고가 비어 있는 실정이요. 내정부 국세청에 헌납 창구를 마련하여 연말까지 헌납을 받겠으니 뜻있는 백성들의 충성스러운 동참을 기대하겠소. 이 모든 내용을 칙령으로 반포토록 하시오."

통역을 통해서 황제가 하는 말을 듣고 난 참석자들은 불만스러웠던지 여기저기서 웅절거리는 소리가 나오고 있었다.

이게 웬 날벼락이란 말인가! 그 자리에 참석한 자들 모두가 백제국에서는 한다하던 자들이었다. 그러나 백기를 비롯해 몇몇을 제외하고는 새로 들어선 배달국의 관직이나 높은 계급을 부여받지 못하였으니, 앞으로 백성들과 같은 계급을 받는다는 것은 뻔한 일이었다. 더욱이 납득할 수 없는 것은 가지고 있는 토지와 노비를 쥐꼬리만큼만 남기고 모두 반납해야 한다는 사실이었다.

불평 소리는 점점 높아져 갔고 더러는 큰 목소리로 떠드는 자도 생기기 시작했다. 이런 모습을 가만히 지켜보던 태황제는 '이들에게 따끔한 경종을 울릴 때가 되었다' 고 판단하고는 벼락같이 소리를 질렀다.

"감찰군장은 들으시오!"

갑작스러운 고함 소리에 좌중은 조용해졌다.

이때 문득 자신이 감찰군장이라는 것을 깨달은 해론이 얼른 앞으로 나와 머리를 조아렸다.

"태황제 폐하! 소신 감찰군장 해론 대령했사옵니다."

"우리 배달국을 적대시하고 자신의 주군이던 사비 공을 배반했던 자들에 대해 고하시오!"

"예, 폐하! 전 백제국 왕후 사택종선과 그 자식인 왕자 교기, 상좌평 사택적덕, 내법좌평 왕효린을 비롯하여 오십여 명이옵니다."

"흠! 농어업부 대신 사비 공!"

"예, 폐하! 소신 부여장 대령했사옵니다."

"지금 감찰군장이 말한 자들은 공의 처자식과 신하들이었으니, 그들의 죄를 어떻게 물으면 좋을지 말해 보시오."

그렇지 않아도 부여장은 도성에 입성하자마자 자신을 배반했던 그들을 당장에라도 쳐죽이고 싶은 마음이 굴뚝같았지만 어쩔 수 없이 참아 왔었다. 그런 차에 자신에게 의견을 묻자, '옳다구나!' 생각하고 뇌까리기 시작했다.

"폐하! 신이 아뢰겠사옵니다. 우선 소장의 처인 사택종선은 지아비가 태황제 폐하께 나라를 바쳤다는 것을 알면서도 자신의 아비인 상좌평 사택적덕과 내법좌평 왕효린 등과 결탁하여 철모르는 왕자를 왕으로 옹립함으로써 지아비를 배반하고 모반을 꾀하였사옵니다. 게다가 왜국에 군사까지 청한 것은 죽어 마땅한 죄라고 여기옵니다. 나머지 연루자들 역시도 그 죄의 경중을 가릴 여지조차도 없사오니 극형으로 다스려야 마땅할 줄로 아옵니다."

속사포처럼 말을 뱉어 낸 부여장은 그래도 성에 차지 않는지 얼굴이 시뻘겋게 상기된 채 씩씩거리고 있었다.

"흠, 그러면 신라 국주였던 김백정 장군은 어떻게 생각하시오?"

신라의 국왕이던 그 역시 정변에 의해 권좌를 빼앗기고 오갈 데가 없어져 결국 배달국에 몸을 의탁하게 되었으니 나올 말이야 뻔한 것이었다.

"폐하! 신 김백정 아뢰겠나이다. 그들의 죄는 이미 명명백백하게 드러난 것이오니 재고할 가치조차 없다고 사료되옵니다. 당연히 오국적법을 적용하여 엄히 다스려야 마땅할 줄로 아옵니다."
그 말이 끝나자 천정전에는 바늘이 떨어지는 소리도 들릴 만큼 정적이 감돌았다.
"오국적법이야 과인이 오늘 말한 것이니 그 법을 적용할 수야 없는 노릇이고……."
태황제의 말이 채 끝나기도 전에 부여장이 다시 나섰다.
"아니옵니다, 폐하! 천하에 어느 나라라도 반역자를 극형으로 다스리지 않는 나라는 없사옵니다. 하오니 당연히 오국적법을 적용해야 마땅할 줄로 아옵니다."
잠시 동안 고개만 끄덕거리면서 말이 없던 태황제가 입을 열었다.
"알겠소! 이미 큰일을 겪었던 두 분의 말씀이 그러하니, 인정을 베푼다는 것도 옳은 일이 아닌 성싶소. 그들의 죄는 명백히 오국적법에 명시되어 있으니 그에 따라 처결하도록 하겠소. 아직 나이가 어려 사리를 분간하지 못하는 교기를 제외한 사택적덕과 그 일당을 참하여 성문 밖에 효수토록 하고 일족 모두를 노비로 삼으시오. 그들의 재산 또한 몰수토록 하시오. 그 일족에는 사비 공과 부여의자도 포함되나 그들은 반역 이전에 배달국에 귀부하여 개국에 공이 컸으므로 부여씨 일족은 그 죄를 면케 하오. 앞으로 집안 단속을 잘하도록 하시오. 조회가 끝나는 즉시 집행토록 하시오."
태황제의 명이 떨어지자 내정부 대신으로 직관된 백기 중장이 대답했다.
"예, 태황제 폐하! 분부 받들어 엄히 시행하겠사옵니다."
그 역시 그들의 반역 행위에 대해 크게 분개하고 있었던 터라 손톱만치도 망설임 없이 대답을 한 것이었다.

태황제가 반역 사건을 처리해 나가는 과정을 단 아래에서 지켜보고 있던 강철은 혀를 내두르고 있었다. 우리 손에 피를 묻히지 말고 부여장에게 복수할 기회를 주자고 자신이 말했을 때, 단호하게 거절했던 태황제가 반역자들을 이렇게 활용할 줄은 꿈에도 생각지 못했었다. 강철로서는 늘 유약한 줄로만 알았던 자신의 친구인 그가 그토록 무서운 사람이라는 생각이 들어 보긴 이번이 처음이었다.

반역자들을 단호하게 처리하여 투덜대던 신료들의 기선을 제압했다고 판단한 태황제가 쐐기를 박았다.

"과인이 한마디 더 하겠소. 관직을 받지 못한 구 백제국 관료들은 들으시오. 그대들은 매사 근신토록 할 것이며 쓸데없는 언동으로 오해를 사는 일이 없도록 하시오. 물론 여러분 중에는 그동안 나라를 위해서 열심히 일해 온 분도 있을 것이요. 그런 분들은 차차로 과인이 다시 조정에 불러 큰일을 맡길 것이요."

"……."

"혹시 하실 말씀이라도 있으시오?"

조금 전까지만 해도 불만스럽게 구시렁거리던 구 백제국 관리들은 말은커녕 숨소리도 제대로 내지 못하고 있었다. 상좌평 등이 효수형에 처해지고, 그 일족 모두를 노비로 삼으라는 황명을 이미 두 귀로 들은 터였다. 게다가 자신들에겐 근신하라는 엄중한 경고까지 있었으니 등줄기로 식은땀이 흘러내리는 판에 무슨 말을 하겠는가.

그런 분위기를 눈치챈 강철은 더 이상 회의를 끌 필요가 없다고 판단했다. 그렇지 않아도 도성으로 진군해 오고 있을지도 모르는 예다군에 대한 대비책 때문에 회의가 빨리 끝나기를 바라던 중이었다.

"태황제 폐하! 조정 직관이 이루어져서 각자의 직무를 파악하는 것이 시급하오니 이만 파하심이 어떻겠사옵니까?"

"옳은 말씀이오. 그리하시오."

태황제가 승낙이 떨어지자 변품이 나서서, '폐회……!' 하고 큰 소리로 회의가 끝났음을 알렸다.

태황제가 먼저 천정전을 나와 편전으로 향하자, 전 안에 있던 자들도 총총히 정전을 빠져나갔다.

진봉민이 편전으로 들어가자마자 제조상궁이 알현을 청하여 들어오게 했다. 제조상궁이 된 그녀는 옷차림부터가 어제와는 사뭇 달라져 있었다.

방 안으로 들어와 예를 올린 제조상궁 연지가 입을 열었다.

"폐하! 신첩 주청 드릴 일이 있어 들었사옵니다."

"무엇인가? 말해 보시오."

"폐하! 지금 궁 안에는 아기나인이나 나인들만 있고 상궁이 없어 어찌해야 할지 난감하옵니다."

"궁 안의 대소사는 궁청장 소관이니, 변품 장군과 상의해 보도록 하시오."

"예, 분부대로 하겠사옵니다. 그럼, 신첩 그리 알고 물러가옵니다."

"음……."

제조상궁이 물러나가는 것을 바라보던 그는, 역시 내명부에는 황후가 있어야 작은 일까지 시시콜콜 간섭하지 않아도 되겠다는 생각이 들었다.

이때, 궁청장이 감찰군장인 해론과 수황군(守皇軍)장인 지소패를 데리고 들어와 부복하여 예를 올렸다.

"폐하! 소장 변품에게 승진과 궁청장으로 명해 주신 황은에 감읍하옵니다."

"폐하! 소장 해론 역시 승진과 감찰군장을 맡기심에 감읍하옵니다."

"태황제 폐하! 소장 지소패, 과분한 승진과 직관을 내리시고 사성(賜姓)까지 하여 주신 황은에 몸 둘 바를 모르겠사옵니다."

감격한 표정으로 나란히 감사의 인사를 올리고 있는 세 사람을 바라보면서 진봉민도 흐뭇한 마음이었다.

"다들 과인 가까이에 있을 장수들이니, 매사 언행에 조심하시고 소임을 다해 주시오."

"분부 명심하겠사옵니다!"

그들의 대답을 들으면서 태황제인 진봉민은 지소패를 자세히 뜯어봤다. 얼굴도 잘 모르던 소위 계급의 지소패를 세 단계나 계급을 올려 수황군장으로 발탁하게 된 것은 조영호가 입에 침이 마르도록 칭찬하며 추천하였기 때문이었다. 이 시대에는 대개 키가 작은 편인데, 스무 살 정도의 지소패는 키가 큰 편에 얼굴은 갸름하고 몸매는 날렵해 보였다.

"수황군장!"

"예, 태황제 폐하!"

"그대는 과인을 처음 대하는 것이지?"

"예, 조영호 장군님께서 경호 순위를 가르쳐 주신 이후로 먼발치에서 몇 번 뵌 적이 있을 뿐이옵니다."

"경호 순위라? 그건 무엇인고?"

"우리 배달국에서 경호를 해야 하는 첫 순위가 태황제 폐하이시고 다음 순위가 천족장군들이시옵니다."

"오호라! 그렇구나. 신라에서 골품은 일두품이었다고?"

"예……."

"앞길을 막는 골품 때문에 마음이 많이 아팠겠구나."

신라 골품제도에서 1두품에서 3두품까지는 말만 상민이었지 노비나 다름이 없었다.

"예, 두품이 낮아 아무것도 할 수가 없었사옵니다."

"음, 그랬을 게야. 우리 제국에서는 자신의 능력과 충성 여하에 따라 대우를 받으니, 더욱 열심히 노력하여 훌륭한 장수가 되도록 하라."

"예, 폐하! 각골명심하겠사옵니다."

"양친은 다 생존해 계시느냐?"

"근오지현(斤烏支縣)에 살고 있사옵니다."

근오지현이면 현대 지명으로는 경북 영일군이었다.

"음, 그래? 도성에 거처는 정했느냐?"

"수일 내에 직관에 따라 살 집을 마련해 줄 것이라고, 총리대신께서 조회가 끝난 후에 말씀을 하셨사옵니다. 그때까지는 공동 숙소에 있으라는 말씀이셨사옵니다."

"그렇구나! 우리가 신라 땅을 모두 얻게 되면 양친을 만날 수 있을 게야. 그때가 오면 도성으로 모시고 오려무나."

"예, 폐하……."

그는 목이 멘 듯 눈시울을 붉혔다.

"조영호 장군이 그대를 추천하였으니 잘해야 할 것이야. 과인이 늘 지켜보겠다."

"물론이옵니다! 소장 목숨을 다할 것이옵니다."

지소패는 결연한 목소리로 대답했다.

이번에는 해론에게 말을 툭 던졌다.

"감찰군장은 무은 소장과 헤어져서 서운하겠군."

해론은 그동안 정보사령인 무은 대령을 보좌하는 부령을 맡아 왔었다.

"예! 서운은 하옵니다만, 무은 대령께서도 장군으로 승진을 하셔서 소장의 일처럼 기쁘옵니다."

"흠…… 그동안 두 사람의 노고가 컸음을 과인이 잘 알고 있소. 특히 이번에 반역한 무리들을 다시 취조해서 몰랐던 정보를 얻어 냈다는 말도 들었소. 고생하셨소! 감찰군장은 배달국 관리들의 잘잘못을 살피는 중요한 자리이니, 정보사에 있을 때보다 더욱 힘이 들 것이요. 성심을 다해 주시오."

"알겠사옵니다, 폐하! 하옵고, 그렇지 않아도 그 일 때문에 총리부에서 곧 군략회의를 한다고 하옵니다."

"그래야겠지…… 그리고 궁청장!"

해론의 말에 대꾸를 한 태황제는 이번에는 변품을 불렀다.

"예, 말씀하시옵소서!"

"황제의 내명부 내관 전례(典例)*를 살펴봐 주시오."

"폐하! 그렇지 않아도 총리대신의 명이 있어 이미 살펴보았사옵니다."

"오! 그렇소?"

"예! 소신이 살펴본 바, 주례(周禮)에 따르면 왕은 한 명의 왕비와

---

* 전례(典例): 문헌 사례.

여덟 명의 후궁만을 거느릴 수 있으나 황제는 황후 일 인, 황귀비 일 인, 귀비 이 인, 비 사 인, 빈 육 인과 다수의 귀인을 둘 수가 있사옵니다. 하오나 앞으로는 이전까지의 전례를 따르기보다는 폐하께서 정하시는 바를 전례로 삼으시는 것이 마땅하다고 여기옵니다."

앞으로 모든 제도의 기준과 근본을 배달국에 두자는 말이었다. 변품의 말이 옳다고 여긴 태황제는 고개를 끄덕였다. 한편으로는 '황제나 왕들이 어떻게 그 많은 여인들을 거느렸을까?' 하는 생각에 실소가 나왔다.

"알겠소! 궁청장은 목단령 낭자를 빈(嬪)에 봉할 수 있도록 준비해 주시오."

"예, 분부대로 거행하겠사옵니다."

"앞으로 배달국 태황제의 색을 오행(五行)의 중앙인 황색을 쓰도록 하고, 바탕색이 필요할 때는 동쪽과 봄을 나타내는 청색을 쓰도록 하시오. 이를 기본으로 깃발도 만들도록 하시오. 깃발을 가질 수 있는 자는 천족장군과 각 부대 대장, 그리고 소령 이상으로서 직관을 가진 자에 한하도록 하시오."

"예, 폐하!"

"그리고 과인이나 천족장군들이 입고 있는 옷은 하늘에 있을 때 입던 전복(戰服)이요. 과인 생각에는 조회 때나 평상시에 입을 조복(朝服)과 전쟁에 나갈 때 입을 전복을 구분하여 새로 만들었으면 하오."

"예! 지당하신 분부시옵니다."

"그래서 말인데 자! 이 신책을 잘 보시오."

하면서, 펼쳐진 노트북에서 찾아낸 대한제국 시대 황제와 황후가 입었던 여러 복식을 홀로그램으로 보여 주고는 말을 계속했다.

"모양은 지금 보고 있는 것들을 참고하여, 조복은 황룡포로 하고, 전복은 지금 과인이 입고 있는 옷과 모양이 같도록 하시오. 또한, 왕의 복식에 준한 조복과 전복 또한 숫자대로 은밀히 만들어 놓으시오. 천족장군들에게 주려는 것이오."

"알겠사옵니다. 그리하겠사옵니다."

일찍부터 태황제를 모시기 시작한 변품조차도 신책이 하늘의 지식을 담고 있다는 것은 알았지만, 이토록 생생하게 물건들이 홀로그램으로 나타나는 모습은 처음 본 것이었다. 그들은 마치 손에 잡힐 듯 허공에 입체적으로 보여지는 옷가지들을 쳐다보면서 꿈인가 생시인가 정신이 오락가락할 지경이었다. 태황제는 그들의 넋 빠진 표정을 보고 장난기가 발동했다.

"이 신책 속에는 하늘의 지식과 과인이 하늘에 있을 때 인간 세상에서 일어났던 일들이 기록되어 있소."

하고는 천천히 말을 시작했다.

지금 중원에는 수나라가 망하고 당이라는 나라가 들어섰다고 말했다. 원래 자신들이 하늘에서 내려오지 않았다면 얼마 후에는 신라가 당나라의 도움을 받아 백제와 고구려를 멸망시키고 삼한을 통일한다고 했다. 그렇지만 도움을 받은 대가로 나랏일에 대해서 꼬치꼬치 당나라에 간섭을 받으며 조공을 바치는 신세가 된다는 것도 빼놓지 않았다. 그리고 그 이후로도 이 삼한 땅은 중원에 들어서는 국가들로부터 여러 번에 걸쳐 수모를 당한다는 것과 심지어 왜국에게까지도 치욕을 겪게 된다는 것을 말해 주었다.

귀를 쫑긋 세우고 듣고 있던 지소패가 조심스럽게 물었다.

"폐하! 하오면 왜가 우리 강토를 빼앗는다는 말씀이옵니까?"

"그렇지! 한참 후에 일이지만, 왜국의 땅에는 일본이라는 나라가 들어서는데 그들이 이 땅에 쳐들어와서 삼십육 년 동안이나 백성들을 핍박하느니라."

"어찌 그런 일이……!"

그러자 이번에는 변품이 물었다.

"하오면 신라가 당나라와 손을 잡는 것은 신라 국주이던 김백정 장군이었사옵니까?"

"허허……! 과인에게 천기(天機)를 누설하라는 말이요? 누구라고는 말해 줄 수는 없소만, 김백정 장군은 아니오."

"네에……."

그들 입장에서는 태황제가 하는 말은 너무나 엄청난 것이었다.

"한 가지 더 말하면 백제가 망할 때 훌륭한 충신들이 여럿 있었소. 오늘 관직을 받은 홍수나 성충도 그들 중에 하나요. 과인이 하늘에서부터 그들을 알았었기 때문에 그들을 찾았던 것이오."

"아하! 그런 연유가 있었사옵니까?"

변품은 신라 출신 장수였기 때문에 백제 조정에서 일하던 그들에 대해서는 전혀 아는 것이 없었다. 하지만 태황제가 어떻게 하급 말직에 불과한 그들의 이름까지 알고 있었는지, 그리고 일부러 찾아오라고까지 해서 높은 벼슬을 내렸는지, 모두 불가사의하게 생각하고 있다는 것은 잘 알고 있었다.

그런데 그 이유를 듣고 나니 놀라지 않을 수가 없었던 것이다. 변품이 속으로 그런 생각을 하고 있을 때, 태황제의 말은 계속되었다.

"하하하! 변품 장군이나 해론 중령은 과인이 하늘에 있을 때부터 잘 알고 있었지만, 지소패 소령은 과인도 몰랐었소. 아마도 과인이

이 땅에 내려오지 않았다면 틀림없이 골품 때문에 이름 석 자도 남기지 못하는 신세가 됐을 것이요. 그래서 과인은 능력이 있음에도 그것을 써 볼 기회조차 얻지 못하고 덧없이 사라질 인재들을 찾아내려고 애쓰는 것이요."

"폐하……!"

태황제의 말에 그들은 자신들도 모르게 눈시울을 붉히며 목이 메여 왔다.

"아! 문득 생각났소. 감찰군장은 혹시 성내에 임자(任子)라는 자가 있나 은밀히 알아보고, 궁청장은 이 도성 근처에 공방이나 제철로가 있는 곳을 알아보도록 하시오."

"예, 폐하! 임자라는 인물에 대해 알아보겠사옵니다."

"예, 알겠사옵니다!"

"자! 과인이 바쁜 분들의 시간을 많이 축낸 것 같소. 총리부에서 군략회의를 한다니 어서들 나가 보시오."

"그럼, 소장들은 물러가옵니다."

여기는 우궁 안에 자리를 잡고 있는 총리부, 우궁은 정무를 보는 각 부서의 건물들이 모여 있는 곳이었고, 총리부는 그곳 중앙에 위치해 있었다. 건물 안에는 큰 탁자가 놓여 있었으며, 그 탁자의 상석을 중심으로 좌우에 여러 개의 의자들이 배치되어 있었다. 지금 이곳에서는 강철과 조영호가 머리를 맞대고 심각한 표정으로 대화를 나누고 있는 중이었다.

"각하! 그렇다면 예다가 이곳으로 밀고 올라오고 있다는 말씀입니까?"

"그렇소! 사택적덕이 구지하성에 있는 예다 장군에게 도성 방어를 맡아 달라고 부탁했다는 것이요. 그러니 우선 그 대책부터 세워야 할 것 같소."

조영호는 대충 상황을 파악했는지 고개를 끄덕이며,

"소장은 오늘 새로 조정의 직관을 발표하여 할 일도 많은데, 무슨 일이기에 이처럼 서둘러 군략회의를 소집하시나 하고 의아했었습니다. 그런데 그런 일이 있었군요."

"그뿐이라면 뭐가 걱정이겠소? 글쎄 그 사이에 사택적덕이란 자가 파기됐던 신라와의 공수동맹을 또다시 체결했다는 것이요."

"신라와 공수동맹을요? 그자가 왕을 바꾸고 나서 얼마 되지도 않은 짧은 시간에 일을 저질러도 많이도 저질러 놨군요."

"허허허! 그러게 말이요."

대화를 나누는 사이에 천족장군들과 오늘 새로 배달국 장수로 임명된 장수들까지 속속 들어와 강철에게 군례를 올리고는 누가 시키지도 않았는데 계급 순서대로 자연스레 의자에 앉기 시작했다.

마지막으로 백기가 들어오더니 강철에게 군례를 올리고는 반역한 사택 일당을 모두 참수해 성문 앞에 효수하였다고 보고를 했다.

"수고하셨소! 일단 자리에 앉으시오."

"예!"

대답을 한 백기가 마지막으로 비어 있던 자리에 가서 앉았다.

잠시 후, 참석자들을 죽 둘러보고는 강철이 막 입을 열려는 순간, 군사 하나가 급히 들어와 밖에 정보사에 속한 군사 하나가 급한 일로 사령을 찾는다는 전갈을 전했다. 강철이 무은에게 나가 보라는 눈짓을 하자, 그는 슬그머니 자리에서 일어나 밖으로 나갔다.

무은이 나가는 것을 바라보던 강철은 변품에게 아직 말이 제대로 통하지 않는 장수들이 있으니 통역을 하라고 부탁하고는 정보사에서 새롭게 파악한 정보에 대해 말하기 시작했다.

사택 일당이 왜국에만 군사를 청한 것이 아니라, 구지하성에 있는 예다 장군에게 병관좌평을 주겠노라 약조하고 도성 방어를 맡아 달라고 했다는 사실과 신라와도 또다시 공수동맹을 맺었다는 내용이었다. 설명을 듣던 부여장이 갑자기 해수를 쳐다보면서 버럭 소리를 질렀다.

"해수 장군! 도대체 무슨 일을 그 따위로 한 거요? 역적들을 문초하려면 제대로 했어야지 그것도 알아내지 못하고 뭐했단 말이요!"

그의 호통 소리에 해수는 아무 말도 못하고 얼굴이 벌게져서 몸 둘 바를 몰라 했다. 이 모양을 지켜보던 강철이 입을 열었다.

"사비 공! 해수 장군도 그러고 싶어서 그랬겠소? 그만하시고, 앞으로 어떻게 대처하면 좋을지 방책들이나 말씀해 보십시다."

그는 그래도 못마땅한지 매서운 눈초리로 해수를 쏘아보고는 고개를 돌려 강철을 향해 입을 열었다.

"송구합니다. 우리가 좀 더 일찍 알았더라면 이렇게 바삐 서둘지 않아도 되었을 일을…… 아무튼 지금 예다 쪽이 시급한 것으로 보입니다만, 소장에게 선봉을 맡겨 주신다면 기필코 그놈을 사로잡아 오겠습니다."

그 말이 끝나기가 무섭게 제동을 건 것은 조영호였다.

"그건 안 될 말씀입니다!"

"뭐요? 왜 안 된다는 말씀이요?"

하고 입에서 나오는 대로 툭하고 뱉어 낸 부여장은 '아차!' 싶었다. 그렇지 않아도 해수 때문에 화가 나 있는데다가 자신이 출전하면 안 된다는 말을 듣자, 앞뒤 가리지 않고 퉁명스럽게 받아쳤으니 자신이 생각해도 크게 결례를 범한 것이었다. 계급으로 봐도 조영호가 총장이니 자신보다는 상위 계급이었고, 자신이 아무리 공작의 작호를 받기는 하였으나 그 또한 친왕의 예로 대해야 하는 천족장군이 아니던가! 더욱이 배달국의 장수들이 대다수 모인 자리에서 그랬으니 결례도 보통 결례가 아니었다. 그렇다고 뱉어 낸 말을 주워 담을 수도 없는 일!

겸연쩍은 표정으로 사과를 하기 위해 막 일어나려는 순간,

"본장이 안 된다고 말씀드린 까닭은, 사비 공이 아무리 우리 배달국 장수이기는 하나 국왕이었던 분이 아니십니까? 그런데 일개 신하에 불과했던 장수 하나를 치기 위해 선봉에 나선다는 것은 격에 맞지 않는 일입니다."

조영호가 말을 끝내자, 그 자리에 있던 장수들은 존경스런 눈빛으로 그를 쳐다봤고 특히 백제 출신 장수들은 눈물이 날 정도로 감동하고 있었다. 비록 투항한 국왕이지만 그래도 체면을 지켜 주려는 조영호의 마음이 여실히 배어나오고 있었기 때문이었다.

부여장 역시 자신을 배려해 주기 위해 그랬다는 것을 알고는 더욱 부끄러운 마음이 들었는지 자리에서 일어나 고개를 숙이면서 사과를 했다.

"조 장군! 소장을 생각해서 그러시는 줄도 모르고, 소장이 경솔했던 것 같소이다. 결례를 사과드리겠소."

그러자 오히려 조영호는 손사래를 치면서 대꾸를 했다.

"아니요, 사비 공! 본장은 오히려 앞장서 나서는 장군의 모습이 보

기 좋았습니다. 다만 격에 맞지 않는 것 같아 안 된다고 말했던 것뿐이요. 사과까지 하실 일이 아닙니다."

그 모습을 보고 있던 강철이 입을 열었다.

"하하하! 조 총장의 말씀이 옳아요. 군략을 논하는 자리에서 편하게 말을 못한대서야 무슨 회의가 되겠소? 그리고 신하였던 일개 장수를 대적하는데 군주였던 분이 나간다는 것도 체면이 서지 않는 일이요."

강철의 말에 모두 옳다는 듯이 고개를 끄덕거리고 있는데, 김백정이 입을 열었다.

"소장이 한 말씀드리겠습니다. 소장 생각에는 우선 신라 쪽의 움직임과 예다군의 움직임을 먼저 알아야 한다고 생각합니다."

백기가 그 말에 동조를 하고 나섰다.

"옳으신 말씀입니다. 우선 그들이 어떻게 움직이고 있는지를 알아야 대처하기가 훨씬 용이할 텐데, 정보가 없으니 문제입니다."

마침 그때 밖으로 나갔던 무은이 들어와 강철에게 보고를 했다.

"각하! 예다가 진군해 오다가 도성이 우리 수중에 떨어진 것을 알고는 고사부리성(古沙夫里城)으로 들어갔다고 합니다."

막상 예다군이 있는 위치를 알았지만, 고사부리성이 어딘지를 모르는 강철은 한쪽에 놓여 있는 노트북의 전원을 켜고는 무은을 더 가까이 오라고 손짓을 했다. 그러고는 홀로그램이 아닌 화면에 지도를 나타나게 하고는 손으로 가리키며 물었다.

"이곳이 우리가 있는 중천성이고, 이곳이 예다가 주둔하고 있다던 구지하성이요. 두 곳을 살펴보시고 고사부리성이 어디쯤 되는지를 말씀해 보시오."

무은은 이리저리 한참을 살펴보더니 한 곳을 가리키면서 대답을 했다.

"이곳쯤 되는 것 같습니다."

사실 강철이 삼국시대 지명을 몰라서 그렇지, 지난밤에 찾아봤던 장성의 구지하성에서 멀지 않은 곳에 고사부리성이 있었다.

"흠, 정읍 근방이군. 알았소, 수고했소!"

"예!"

"본장이 하늘에 있을 때, 정읍이라고 알던 곳이 고사부리성인 것 같소. 정보사령의 정보에 의하면 도성으로 진격해 오던 예다가 도성이 점령된 것을 알고는 아마 그곳으로 들어간 모양이요."

그 말이 끝나기가 무섭게 은상이 입을 열었다.

"각하! 소장이 그 성에 잠시 머문 적이 있어 잘 압니다. 그 성은 죽사산이라는 야트막한 산을 돌과 흙으로 둘러쌓아 만든 성이니만큼, 일만 오천이나 되는 대군이 머물기에는 적당치 않은 작은 성입니다."

은상의 말이 끝나자, 부여사걸이 걸걸한 목소리로 입을 열었다.

"소장도 그 성을 가 본 적이 있어 잘 알고 있습니다만, 성벽이 낮아서 삼년산성에 있는 소장의 군사로 친다면 어렵지 않게 함락시킬 수가 있을 것입니다. 소장에게 맡겨 주십시오."

그의 말에 백기가 의문을 제기했다.

"삼년산성의 군사를 뺀다는 것은 안 될 말씀이요. 신라는 구지하성에 있는 예다가 혹시나 서라벌로 쳐들어오지 않을까 우려하고 있던 중에 사택적덕이 공수동맹을 제안하자 다행이다 싶어 얼른 받아들였던 것일 게요. 그렇지 않아도 신라는 두 곳을 빼앗기고 나서 절치부심하고 있었을 터인데, 예다 장군이 우리와 길을 달리하는 것을 알게 되면 안심하고 감문주에 있는 군사를 움직여 삼년산성이나 국원성을 탈환하려 들 것이란 말씀입니다."

이때 부여장도 거들었다.

"그건 백기 장군 말이 맞소. 오히려 삼년산성이나 국원성 쪽에 군사를 더 늘려 주어야 할 판인데, 그곳에 있는 군사를 빼다니 말도 되지 않는 소리요!"

이와 같은 열띤 토론 과정을 거쳐 최종적으로 전략이 수립되었다. 역시 시급한 것은 예다 쪽이라는 결론에 따라 사비 도성을 공략했던 군사 9천 5백 명과 성안에 있던 군사 5천 명을 합해 토벌군을 구성했다. 사비 도성을 점령하고 난 백기는 성안에 있던 5천 명의 군사들까지 합해 모두 1만 4천 5백 명을 성 밖 대왕벌에 주둔시켜 놓고 있었다.

토벌군 총사로는 이번 사택적덕 일당에 대한 조사를 소홀히 했던 해수에게 실책을 만회할 기회를 주자는 의견을 받아들여 그로 결정하고, 부총사로는 고사부리성에 대해서 잘 아는 은상 장군으로 정했다. 그 외에도 공격용 비조기와 수송용 비조기를 보내 지원해 주기로 결정하고 공격용인 비조 1호기의 조종은 이일구가 맡고, 수송용 비조기는 수황군 인솔을 겸해서 조영호가 담당하기로 했다.

그동안 배달국의 선봉부대 역할을 하던 3백 명의 특전군은 오늘 조정 내각이 발표되면서 수황군으로 새롭게 편제되어 궁성 경비와 태황제의 경호를 담당하게 되었다. 하지만 당장 그들을 제외하고는 비조기에 탑승하여 작전을 수행할 능력이 있는 군사가 없었기 때문에 부득이 그들 중에서 기관총 사수를 비롯해 20명을 차출키로 한 것이다.

예다군 토벌에 대한 의논이 끝나자, 이번에는 감문주에 있는 신라군의 도발에도 대비해야 한다는 김백정의 제안에 대해 강철이 고개를 끄덕이며 대꾸를 했다.

"맞는 말씀이요. 그런데 신라군이 움직인다면 어디를 먼저 쳐들어올 것 같소?"

그러자 김백정은 물으나 마나라는 표정으로 망설임도 없이 대답을 했다.

"그야 물론 삼년산성일 것입니다. 먼저 그곳을 점령해야 국원소경이나 이곳 도성으로 쳐들어오기가 쉽기 때문입니다."

"흠……."

그 말에 말없이 듣기만 하던 수을부가 고개를 갸웃거리며 입을 열었다.

"글쎄요? 지금 국원성에는 오백 명의 군사로 김술종 장군과 염장 대령이 지키고 있는 줄로 압니다. 그렇다면 그곳은 비어 있다 해도 과언이 아닌데 만약 삼년산성이 아니라 국원성으로 쳐들어온다면 낭패가 아니겠소이까?"

김백정도 그 말에는 할 말이 없는지 고개를 끄덕이며,

"그렇기도 하오만…… 수을부 장군! 무슨 좋은 방략이 있으시오?"

"소장 생각에는 삼년산성에 있는 군사를 나누어 국원성도 함께 지키는 것이 나을 것 같다는 생각입니다만……."

이때 듣고 있던 백기 역시 동감이라는 듯이,

"소장도 그렇게 생각합니다. 군사를 나누어 두 곳 모두를 지키는 것이 지금으로서는 최선책이라 여겨집니다. 다만 삼년산성은 견고

해서 지키기가 용이하나 국원성은 지키기가 힘들다는 것이 문제입니다."

오가는 대화를 듣고 있던 우수기가 입을 열었다.

"그렇다면, 국원성 쪽에 비조기 한 대를 붙여 준다면 충분히 지켜낼 수가 있질 않겠습니까?"

강철이 고개를 끄덕이며,

"그렇게 하면 충분할 거요."

계속해서 여러 의견들이 오가고 나서 최종적으로 신라군의 공격에 대비한 전략이 마련되었다. 삼년산성에 있던 군사 중 절반인 1만의 군사를 국원성으로 옮기고, 수비가 어려운 점을 감안하여 장지원이 조종하는 공격용 비조기 1대를 당분간 그곳에 주둔시키기로 한 것이다.

"백기 장군이 아무래도 국원성으로 가 주어야겠소. 삼년산성에 있는 군사 중에 일만 명을 이동시켜 그곳을 지켜 주시오. 물론 부여사걸 장군은 지금 맡고 있는 삼년산성으로 한시바삐 돌아가서서 수비에 임해 주시오."

"옛! 알겠습니다."

"예, 그렇게 하겠습니다!"

두 사람의 대답이 있고 나서 김백정이 잔뜩 볼이 부어 불만스러운 어투로 입을 떼었다.

"각하! 어찌 소장을 비롯해 구 신라 출신 장수들은 한 사람도 이번 작전에 포함시키지 않는 것입니까?"

큰 덩치에 어울리지 않게 투정을 부리는 어린아이처럼 보이자, 강철이 웃으며 달래듯이 말했다.

"하하하! 그것이 서운하셨던 모양이구려. 일부러 그런 것이 아니라 이제 막 도성을 옮겨 온 터라, 지금 동원할 수 있는 군사는 모두 백제 출신들이 아니요? 그래서 전부터 그들을 지휘해 오던 장수들로 정하다 보니 그렇게 된 것이지 다른 뜻은 없소."

듣고 보니 그것도 그랬다. 신라 출신 군사들은 거의 도로나 항만 공사장에 투입되어 있을 뿐만 아니라, 그들이 가지고 있던 병장기도 대부분 회수해 농기구를 만들었기 때문에 전쟁에 나갈 수 있는 처지가 못되었다.

"알겠습니다……."

어쩔 수 없다는 표정으로 떨떠름하게 대답을 하는 김백정을 쳐다본 강철은 목소리에 힘을 실어 좌중을 향해 말을 했다.

"다들 들으시오. 별도의 출정식은 없을 것이니, 출정하는 장수들은 지금 즉시 태황제 폐하께 고한 다음 출발하도록 하시고, 다른 분들은 각자 집무실로 돌아가 공무를 처리하도록 하시오. 더 이상 하실 말씀이 없으시면 이만 마치도록 하겠소."

이미 군략을 논의하면서 각자가 할 말들은 다 했기 때문에 특별히 나서는 사람은 없었다. 회의가 끝나고 모두 뿔뿔이 총리부를 나서는데 이일구가 장지원의 옷소매를 슬쩍 끌고 한쪽으로 갔다.

"장 장군, 잠시……."

"무슨 말씀이시오?"

"참고가 될까 해서 말씀드립니다만, 혹시 신라군이 쳐들어오면 그들이 가지고 있는 노포라는 무기를 조심하십시오."

"노포라니요?"

"쉽게 말씀드리면 이 시대에 미사일이라 생각하시면 될 겁니다.

길이가 자그마치 이 미터가 넘는 화살인데 굵기도 어린아이 팔뚝만 해서, 지난번에 소장도 가슴이 섬뜩할 정도로 놀랐던 적이 있습니다."

"오! 그래요? 참고하리다. 알려 줘서 고맙소."

"하하하! 무슨 말씀을요."

출전할 장수들은 강철을 따라 편전으로 향했다. 반갑게 맞는 태황제에게 강철이 먼저 군략회의에서 논의된 내용을 자세히 설명했다. 이어 장수들이 출정하겠다고 고하자, 진봉민은 미소를 띠며 입을 열었다.

"험한 전쟁에 나가는 귀장들에게 황제로서 당부할 말은 무사히 돌아오라는 한마디뿐이요. 덧붙이자면 한순간에 목숨이 왔다 갔다 하는 전쟁터에서 그러기가 쉽지는 않겠지만, 비록 적이라 할지라도 함부로 죽이는 일이 없도록 하시오."

"명심하겠사옵니다."

그들은 씩씩하게 대답하며 태황제의 당부를 가슴에 새겼다.

# 삼년산성 대첩

장수들이 출전한 후, 닷새가 지나도록 전선에선 별다른 연통이 없었고, 도성 안 분위기는 왠지 모르게 뒤숭숭했다. 나라가 바뀐 지 며칠 지나지 않은 탓도 있었지만, 그보다는 반역을 일으켰던 사택적덕 일당이 효수되고, 그 일족들이 오랏줄에 묶여 개 끌려오듯이 잡혀오는 모습이 수시로 눈에 띄었기 때문이었다.

진봉민은 궁청장을 시켜 총리대신을 불러오게 했다.

"폐하! 찾으셨사옵니까?"

"어서 오시오. 몇 가지 생각난 게 있어서 불렀소."

"말씀하시옵소서."

"당성에서 가져온 장비와 물품들은 모두 정리가 되었소?"

"예, 웬만한 것은 정리가 되었사오나, 아직까지 몇 가지는 컨테이너에 보관된 상태이긴 하옵니다."

"다른 게 아니라, 이곳이 그래도 배달국의 중심인데, 시간을 알려야 하지 않겠소? 그래서 말인데 가져온 짐 꾸러미들 속에 어딘엔가 손목시계가 들어 있을 것이요."

"알고 있사옵니다. 우리 물건들 중에 라이터나 볼펜, 종이 같은 작은 생활용품들은 내정부 총감인 조민제 장군이 별도로 보관하고 있사옵니다. 곧 보내 드리라고 하겠사옵니다."

"아니오! 그중에 반은 총리대신이 갖고 있다가 공을 세운 장군들에게 나눠 주도록 하시오. 아마 군사 작전에 요긴하게 쓰일 것이요. 그리고 나머지 반만 내게 보내 주시오. 아무래도 한 개를 궁청장에게 주어 시간마다 타종을 해서 도성 안에 시간을 알려야겠소."

진봉민은 이 시대로 올 때에 손목시계를 100개나 준비해 짐 꾸러미에 챙겼었다.

"알겠사옵니다. 그리고 사택적덕을 비롯한 난신적자들을 효수한 지가 닷새나 지났는데, 그들 일족에 대해서는 처리가 늦어지고 있다고 하옵니다. 그들이 모여 살고 있는 곳이 도성에서 멀기 때문이옵니다."

"으음…… 그거야 어쩌겠소?"

"폐하! 이제 조정 관직도 발표했으니, 지방 제도도 하루빨리 정비해야 하지 않겠사옵니까?"

"당연한 말씀이요. 그런데 혹시 좋은 생각이 있으시오? 아참! 홍수 소령이 호구조사*를 담당하던 점구부에 근무했었다고 하니, 가구수와 인구수에 대해서는 잘 알고 있질 않겠소?"

---

* 백제 인구조사: 성왕 때 백제의 군수는 총 37군, 현의 수는 250개 정도로 추정한다. 〈삼국사기〉는 멸망 당시 백제 인구를 76만 호라고 기록하고 있고 〈당평백제국비명〉에는 24만 호에 620만 명으로 기록하고 있다. 또한 〈삼국유사〉에는 백제 전성기의 호수를 15만 2천 3백 호로 기록하고 있어 정확하게는 알 수 없다.

"소장도 업무 지시를 하면서 물어봤으나, 백제국 당시에는 이십 일만 호에 일백 오만 명 정도였다고 하는데, 이후에는 당성이나 국원성 등 신라 땅이었던 지역이 편입되었기 때문에 조사를 새로 해야 알 수 있다는 대답이었사옵니다."

"음, 그렇겠지! 당분간 북쪽에 있는 고구려와는 임진강인 칠중하를 경계로 삼고, 신라와는 김천 지역인 감문주를 경계로 해야겠소. 이 경계 안의 땅과 기존 백제가 갖고 있던 땅을 우리 영토로 한다고 내각회의에서 선포해 주시오."

태황제의 말을 들은 강철이 의문스러운 표정으로 말을 했다.

"폐하! 고구려와는 아직 접촉이 없었는데 괜찮겠사옵니까?"

"우리가 당성에 있을 때, 이미 고구려 간첩들이 그곳에서 활동을 했었으니 고구려도 우리에 대해 웬만큼 알고 있을 것이요. 이번에 출전한 장수들이 돌아오면 내정에 몰두하면서 한편으로는 고구려와 접촉을 시도해 볼까 하오."

"고구려가 말을 듣겠사옵니까?"

"글쎄? 일단 고구려 영양왕에게 경고하는 국서를 보내면 그들은 분명히 탐색을 하기 위해서라도 사신을 보낼 것이요. 그때부터 상황에 따라 대처해 나가야 하겠지만 혹시 그들이 먼저 쳐들어온다면 오히려 우리로서는 유리하다고 생각하오. 그들에게 따끔한 맛을 보여주고 나서 우월한 입장에서 상대할 수 있으니 말씀이요. 그렇지만 수나라 쪽을 의식할 수밖에 없는 그들은 경솔하게 우리 쪽으로 군사를 동원하진 못할 것이요."

"말씀을 듣고 보니, 그럴 것도 같사옵니다. 그들이 바보가 아닌 이상 우리의 능력을 제대로 알지도 못하면서 함부로 군사를 움직이진 않을 것이니 말씀이옵니다."

"과인도 그렇게 보고 있소. 그러니 고구려에 대한 전략은 그렇게 정하기로 하고, 대륙에 대해서는 목관효가 중요한 역할을 해 줘야 하는데……."

"중요한 역할이라시면?"

"박상훈 장군이 보냈다는 화물선과 군함이 이곳에 도착하기 전에, 산동 지방에 우리의 지지 세력을 만들어 놔야 하오. 물론 처음에는 무역 거점을 만들어야 하겠지만 말씀이요. 목 중령에게도 얘기해 놨으니 알아서 할 것이요."

"예에, 소장도 구드래나 기벌포에 있는 관선(官船) 중에 혹시 쓸 만한 배가 있으면 골라 보라고 하긴 했사옵니다만!"

"잘 하셨소. 대륙과 무역을 하자면 눈에 띄는 상품이 있어야 하는데…… 총리대신! 과학부에 지시해서 비누를 만들어 보라 하시오. 목욕을 하면서 느낀 건데, 잘 만들면 상품성이 있을 것 같소. 종이의 대량 생산도 급하고, 농업 부문에서도 인삼을 쪄서 홍삼을 만들어 보면 좋을 것 같기도 한데……."

"알겠사옵니다. 과학부에는 중공업, 화학공업, 경공업, 제철공업까지 각 분야를 전공한 천족장군들이 포진해 있으니 든든하긴 하옵니다."

"하하! 과인도 동감이요. 이제 겨울철인데 내정부 역시 바빠지겠군."

"예, 그래서 내정부를 보강해 주어야 할 것 같사옵니다. 위관 이하의 관리 임명권은 각부 대신들에게 위임해 주었으니 알아서 하겠지만, 내정부는 대신이 국원성에 나가 있어 휘하의 교육청장이 업무를 대행하고 있사옵니다."

"수을부와 부여성충이 대행하고 있다면 잘 해낼 것이요."

"예, 그렇지 않아도 총감인 조민제 장군의 자문을 받아 곧잘 하고 있는 것 같기는 하옵니다. 이것도 역시 내정부 일이긴 한데, 이번 겨울 동안 한글 강사들을 각지에 파견하여 백성들에게 한글교육과 위생교육을 실시하는 것이 시급하옵니다."

"좋은 생각이오. 어느 틈에 그들에게 위생교육까지 시켰었소?"

"예! 당성에서 한글교육을 시킬 때, 군의관 출신인 조민제 장군의 건의로 교육과정에 포함을 시켰었사옵니다."

"오호! 그것 참으로 잘 생각했구려. 한글 강사 요원이 오백 명이나 되니, 백성들에 대한 한글교육과 위생교육은 걱정이 없겠구려."

사실, 이때에는 위생이라는 개념 자체가 없었다. 일반 백성들은 먹고살기에도 급급하였고, 일에 지쳐 돌아와 피곤한 몸을 누이고 이튿날 간신히 눈곱이나 떼고 일을 나가는 경우가 태반이었다. 우물도 대부분이 마을 공동 우물을 사용했고, 집안에 우물이 있는 경우에도 화장실 가까이에 있어 식수가 오염될 우려도 컸다. 거기다가 먹을 것도 변변치 않으니 영양부족까지 겹쳐, 한번 전염병이 돌면 마을 전체가 시체로 넘쳐 나는 경우가 비일비재했다.

"전에 폐하께서도 말씀이 있으셨지만 연필을 만들 흑연 광산 개발에 박차를 가하라고 지시를 했사옵니다."

진봉민은 의외라는 표정으로 되물었다.

"그래요? 연필을? 허허! 그것을 생산한다면야 한글교육에도 쓰고, 수출품도 될 수 있을 것이요."

"예! 광공업부 총감인 강진영 대장의 제안이었사옵니다. 강 장군이 지하자원에 대한 자료를 꼼꼼히 준비한 덕분이옵니다."

강진영은 전날 총리대신에게 업무 보고를 할 때, 신촌현(新村縣: 충남 보령)의 무연탄과 흑연, 만노군(충북 진천)의 철광, 적산현(赤山縣: 단양)의 석회석 · 무연탄 · 운모 · 형석 · 활석을 비롯해 잉리아현(仍利阿縣: 화순 흑토재)의 무연탄을 개발하겠다는 말을 했었다. 특히 그중에서도 한글교육에 필요한 연필 재료인 흑연부터 개발에 착수하겠노라는 보고가 있었다.

"흠, 그랬었구려……."

"폐하! 혹시 도성 안을 살펴보셨사옵니까?"

"아직 자세히는 살펴보지 못했소. 지금은 도성이 안정되지 않았으니 당분간 궁 밖 출입은 하지 말라고 궁청장과 수황군장이 적극 권하는 바람에……."

수황군은 말 그대로 황궁과 황제를 수호하는 군사들이었고, 책임자는 군장을 맡은 지소패였다.

"당연한 말씀이옵니다. 당분간 그렇게 하시는 것이 좋을 성싶사옵니다."

"아마 과거에 백제 왕이 암살을 당했던 경우도 있었고, 당성에서도 과인을 해치려던 자가 있었기 때문인 것 같소. 그런데 무슨 이유로 묻는 것이요?"

"예, 소신이 크게 놀란 사실이 있어서 그렇사옵니다."

"무슨?"

"도성 안을 자세히 둘러보니 도시계획이 너무나도 치밀해서 입이 다물어지지 않을 정도였사옵니다. 폐하! 이 시대에 시멘트가 있었다면 믿으시겠사옵니까?"

"뭐요? 시멘트가?"

"예, 석축을 쌓거나 집을 지으면서 벌어진 틈새를 메우는 재료가 바로 깨진 기와가루를 물에 갠 것이라는 것을 알고는 깜짝 놀랐사옵니다. 그뿐만이 아니고 돌가루나 기와가루를 흙과 버무려 도로포장을 했다고 하옵니다. 그게 바로 시멘트 포장이 아니고 무엇이겠사옵니까? 토목공학을 전공한 소신이 오히려 놀랄 정도로 우리 민족이 대단하다는 것을 새삼 느끼고 있사옵니다."

"호오! 어쩐지 궁 안에 도로가 생각보다 매끈하다 싶더니, 그런 이유가 있었구려."

"예, 폐하! 하여튼 놀라운 일이옵니다. 이제 드릴 말씀이 끝났으니 소장은 물러가 보겠사옵니다."

"그러시오. 아! 그런데 출진한 장수들한테서는 무슨 연락이 없소?"

"아직 없사옵니다만, 벌써 닷새나 지났는데…… 소장도 답답하기는 마찬가지이옵니다. 불원간에 무슨 연락이 오기는 올 것이옵니다."

"알겠소! 그 두 쪽이 정리가 되어야 나라가 안정될 텐데……."

강철이 물러 나갔다. 진봉민은 천족장군들이 스스로 자신들의 전공을 살려 일을 살펴 나가는 것이 여간 고맙지 않았다.

그날부터 중천성 뒤편 부소산 꼭대기에는 시간을 알릴 종루가 만들어지기 시작했다. 이 시대에는 십이지(十二支)*에 의해서 하루를 12시간으로 표시하고 있었는데, 배달국에서는 현대와 마찬가지로 하루를 오전과 오후로 나눠 24시간으로 표시하기로 했다.

* 십이지(十二支): 육갑(六甲) 중의 12지지(地支). 자(子) · 축(丑) · 인(寅) · 묘(卯) · 진(辰) · 사(巳) · 오(午) · 미(未) · 신(申) · 유(酉) · 술(戌) · 해(亥)를 일컬음.

그날, 하루해가 저물어 어둠이 깔리기 시작할 무렵, 전령 깃발을 등에 꽂은 2명의 군사가 황급히 총리부를 찾았다. 삼년산성에서 왔다는 그들이 건네주는 서찰을 받아 읽어 내려가는 강철은 표정이 점점 굳어져 갔다.

읽기를 마친 그는 전령을 향해 물었다.

"비조기에 타고 있던 천족장군께서는 크게 다친 데는 없으시더냐?"

"네, 무탈하신 줄로 알고 있습니다."

"알았다! 일단 밖에 대기하고 있도록 하라. 아, 그리고 나가면서 밖에 있는 부관(副官) 좀 들여보내라."

"넷! 알겠습니다."

그들이 밖으로 나가고 곧 안으로 들어온 부관에게 도성 내에 있는 천족장군들을 급히 총리부로 부르라고 명하고는 서찰을 다시 읽어보았다.

'총리대신 각하께 급히 보고를 드립니다. 명을 받은 대로 국원성에 대기 중이던 소장은 신라군들이 삼년산성을 공격하고 있다는 말을 백기 장군으로부터 듣고는, 비조기로 한발 앞서 그곳으로 향했습니다. 그런데 예상치도 못한 노포라는 무기의 공격을 받아 테일 로터(Tail rotor)가 찌그러지는 위기를 맞았으나 간신히 후방 지역에 비상착륙을 할 수가 있었습니다. 이어 비조기 근처로 접근하는 적들을 기관총으로 방어하였으나 탄약이 떨어지기 직전에 다행히 뒤따라 진군해 오던 백기 장군에게 발견되어 지금은 안전한 상태에 있습니다. 각하께 급히 부탁드리는 것은 수송용 비조기로 예인해 가면 좋겠지만, 여의치 않으면 급한 대로 무장한 수황군 군사를 몇 명 보내

주셨으면 합니다. 배달국 육군 대장 장지원 급보.'

읽을수록 황당했다. 노포라는 무기가 얼마나 대단한 성능을 가졌기에 비조기를 불시착하게 만들 정도란 말인가? 사실, 불시착했다는 것이 중요한 게 아니었다. 백성들이나 장수들을 막론하고 여태껏 하늘에서 가져온 병장기라며 두렵게 생각하던 비조기의 권위가 하루아침에 땅에 곤두박질치는 것이 더 큰 문제였다. 이런 생각에 골몰해 있을 때, 강진영과 민진식, 이휘조가 들어왔다.

"각하! 찾으셨습니까?"

"어서들 오시오. 우선 자리에 앉으시오."

"예!"

그들이 자리에 앉자마자 급한 마음에 강철이 입을 열었다.

"어이없는 일이 발생했소. 글쎄 국원성으로 보냈던 비조기가 신라군들의 공격을 받고 불시착했다 하오."

그 말을 듣기가 무섭게 세 사람은 하나같이 눈이 휘둥그레지면서 강철을 쳐다봤다.

민진식이 물었다.

"예? 어떤 무기에 맞았는데 불시착할 정도랍니까?"

"노포라고 하는데 나도 정확한 성능은 모르오?"

고개를 흔들며 대답을 하는 강철도 믿지 못하고 있는 눈치였다.

강진영이 인상을 찌푸리면서 한마디 내뱉었다.

"허! 비조기가 우습게 돼 버렸군."

"글쎄 말이요! 바로 그게 문제요. 조종할 사람이 없으니 남은 비조기 한 대는 띄울 수도 없고…… 아! 지금 가동할 수 있는 차량은 뭐가 있소?"

강철이 묻는 말에 이휘조가 대답을 했다.

"지금 당장 사용할 수 있는 차량은 군용 험비 한 대뿐입니다."

"그 차는 지금 이곳에 있소?"

"네, 소장이 웅진에서 타고 왔기 때문에 이곳에 있습니다."

"그 차로 국원성까지 갈 수 있겠소?"

"글쎄요? 길 상태가 어떤지 모르겠습니다만, 군용 험비가 원래 튼튼하니 가능할 것입니다."

이때 밖에서 부관이 들어와 군례를 올리고는 보고를 했다.

"각하! 지금 여기 계신 세 분 외에는 천족장군들께서 안 계신다고 합니다. 출정하신 분 외에도 웅진이나 공사장에 가셨다고 합니다."

강철은 고개를 끄덕이면서 알았다고 대답을 하고는 세 사람을 향해 입을 열었다.

"우선 세 분이 수고를 해 주어야겠소. 일단 험비에 기관총 탄약을 넉넉히 싣고, 장지원 장군이 있는 곳으로 가서 비조기를 보호해 주시오. 물론 세 분도 완전군장을 해야 할 것이요. 특히 이휘조 장군은 비조기 상태가 어떤지 살펴봐 주시오."

"예! 알겠습니다만, 그런데 혹시 어디가 고장 났는지는 모르십니까?"

그 말을 들은 강철은 장지원이 보낸 서찰을 다시 자세하게 들여다보면서 대답을 했다.

"테일 로터가 찌그러졌다고 하는데……."

"테일 로터면 꼬리날개인데…… 그것이 구부러졌다면 지금 이곳에 있는 3호기에 붙어 있는 것을 떼서 교환하면 되지 않을까 싶기도 한데요."

"오! 그게 가능하겠소? 가져가기도 쉽지 않을 텐데……."

"다른 곳이 손상되지 않고 구부러지기만 했다면 문제가 없습니다. 꼬리날개는 선풍기처럼 네 개의 부챗살로 구성되어 있습니다. 그것을 낱개로 분리하면 작은 크기이기 때문에 한두 개만 빼서 험비에 싣고 가면 될 것입니다."

이휘조의 말을 들은 강철은 한숨 돌렸다 싶은지 반색을 하면서,

"말대로 그렇게 간단히 고칠 수만 있다면 좋겠소. 그렇게 되면 비조기의 권위가 땅에 떨어질 염려도 없을 테니 말이요."

"알겠습니다. 염려 마십시오, 각하!"

"아……! 그리고 다행히 비조기를 금방 고치게 되면 백기 장군이나 부여사걸 장군을 지원해 주시오. 그리고 그때는 사정 봐주지 말고 적들을 공격해서 비조기의 무서움을 확실히 보여 주도록 하시오."

강철의 말을 들은 이휘조가 불안한 얼굴로 되물었다.

"각하! 무슨 말씀인지는 알겠지만, 그렇게 되면 인명을 아끼라는 폐하의 말씀을 어기는 것이 되질 않겠습니까?"

"이 장군! 지금은 그보다 비조기와 천족장군들의 위엄을 지켜 내는 일이 더 급선무요. 폐하께는 내가 말씀을 드리겠소. 염려 말고 그렇게 하시오. 밖에 전령으로 온 군사 한 명을 데리고 가면 위치는 금방 찾을 수 있을 것이요. 세 분은 어서 서둘러 주시오."

"예!"

세 사람이 물러나가자 잠시 생각을 하던 강철이 이번에는 수황군장인 지소패 소령을 불러오게 했다. 총리대신이 찾는다는 전갈을 받은 지소패는 쏜살같이 달려왔다.

"각하, 찾으셨습니까?"

"그렇소! 아무래도 지 소령이 해 줘야 할 일이 있소."

"무슨 일이십니까? 소장이 해야 할 일이라면 당연히 해야지요. 명만 내리십시오."

"수황군에 말을 잘 타는 군사가 있소?"

"물론입니다. 모두 군마(軍馬)를 능숙하게 다룰 줄 아는 자들입니다."

그 말을 들은 강철은 흡족한 얼굴로 국원성에서 일어난 일을 설명한 다음 지금 조영호 총장이 없어서 마땅히 해낼 사람이 없으니, 밖에 있는 전령의 안내를 받아 무장한 수황군 50명을 데리고 달려가서 비조기를 엄호하라고 지시했다. 지소패가 즉시 출발하겠다는 대답을 남기고는, 부리나케 밖으로 나가는 것을 바라보던 강철은 자리에서 일어나 편전으로 향했다.

편전 안으로 들어서는 강철을 보고 반색을 하던 진봉민이 그의 굳은 표정을 보고는 걱정스럽게 물었다.

"어서 오시오, 총리대신! 저물어 가는 시간에 웬일이시오? 그런데 뭐 안 좋은 일이라도 있소? 표정이 밝지를 않구려."

"예, 폐하! 좋지 않은 소식이옵니다."

"……?"

좋지 않은 소식이라는 말에 안색이 굳어지며 다음 말을 기다리는 진봉민에게 비조기가 불시착한 내용을 자세히 설명했다. 그러고는 일단 강진영과 민진식, 이휘조를 보냈다는 것과 한편으로는 지소패 소령에게 수황군 50명을 데리고 가서 비조기를 엄호하라는 명을 내리고 오는 길이라고 보고했다.

"일단 대처를 잘하신 것 같소. 그런데……."

"……?"

"비조기가 떨어졌다면 숫자가 많은 적들이 사기까지 충천해질 텐데, 염려가 되는구려."

"그래서 이휘조 장군에게 비조기를 고치는 즉시 백기나 부여사걸 장군을 지원해 주되 적들을 가차 없이 공격하라고 했사옵니다."

"흠…… 그럼, 사람이 많이 다치지 않겠소?"

"그렇지 않아도 폐하께서 염려하실 거라고 이휘조 장군이 걱정을 하기에 소장이 잘 말씀드리겠다고 하고는 현지로 보냈사옵니다. 폐하! 지금 그게 문제가 아니옵니다. 비조기를 우습게 보기 시작하면 그동안 두려워하던 적들 뿐만 아니라 심지어는 불순한 자들까지도 덤벼들게 되옵니다. 그렇게 되면 오히려 더 많은 생명을 다치게 되지 않겠사옵니까?"

"그렇기는 하오만……."

"폐하, 독해져야 할 때는 독해지셔야 하옵니다. 우리가 한반도에서만 있을 생각이라면 상관없겠지만, 대륙까지 나아가려면 마음을 독하게 먹지 않고는 뜻도 이루지도 못하고 결국 우리만 위험에 처할 것이옵니다."

"알겠소! 그런 것을 보면 총리대신이 황제가 됐어야 했는데……."

"폐하―!"

"허허허! 왜 그렇게 소리는 지르고 그러시오? 요새 들어 마음이 여린 나보다는 총리대신이 황제가 되는 편이 훨씬 나았을 거라는 생각이 자주 드는 걸 어쩌겠소?"

"폐하, 자꾸 그렇게 말씀하시면 섭섭하옵니다. 소신이 황제가 되고 싶어서 그러는 것이 아니질 않사옵니까?"

"그건 알고 있소. 하지만 나보다 나을 것 같아서 드리는 말씀이요."

"하여튼 다시는 그런 말씀을 하지 않으셨으면 좋겠사옵니다."

"알겠소! 이번에는 비조기의 권위가 떨어지는 것은 막아야 하니 어쩔 수 없다 치더라도 앞으로는 가능한 인명을 아껴 주시오."

"그렇게 하겠사옵니다. 소신 이제 물러가옵니다."

"그러시오."

강철은 편전을 물러나오면서 생각해 보니 태황제가 사택적덕 일당 50여 명을 효수하고 나서부터 부쩍 힘들어 한다는 인상을 지울 수가 없었다.

예기가 번뜩이고 있는 백기군 진영의 지휘 군막 안에는 백기와 초급 군관 하나가 들어 있었다. 갑옷 차림으로 상석에 앉아 있는 백기를 바라보며 서 있는 군관은 험한 길을 달려왔는지 무척이나 초췌한 모습이었다.

"그래? 부여사걸 장군이 보냈다고?"

"예, 소장은 십인장 계백이라고 합니다. 부여사걸 장군님의 급한 전갈을 전하기 위해 왔습니다."

"계백?"

"예!"

백기는 계백이라는 말에 바로 태황제께서 찾던 자라는 생각이 언뜻 스치면서 자세히 얼굴을 뜯어보았다. 역시 얼마 전에 자신이 백제군 총사가 되어 대목악으로 갔을 때 보았던 얼굴이었다.

"흠…… 그러고 보니 낯이 익구나. 그래 전하라는 말이 무엇이더냐?"

"네, 저희 장군님께서 닷새를 버티기가 어렵다는 말씀을 장군님께 전하라고 하셔서 몰래 성을 빠져나왔습니다."

"허어! 그들의 공세가 그렇게 강하더란 말이냐? 그들을 지휘하는 수장(首將)이 누구라더냐?"

"그들이 강하다기보다는 우리보다 네 배나 많은 숫자에다 그들이 가져온 공성 병기 역시도 예상보다 많기 때문입니다. 수장은 만노군 태수를 지냈던 김서현이라는 자로서, 그가 지휘할 때마다 군사들의 진퇴가 분명하고 절도가 있는 것으로 보아 지휘력이 남달라 보였습니다."

"네 배?"

"네, 저희 장군님도 처음에는 삼만 오천 명 정도로 예상하셨는데, 막상 그들이 와서 진을 친 것을 보니 사만이 넘는 숫자였습니다."

그 말을 들은 백기는 안색이 어두워졌다. 그가 보냈던 정탐꾼들이 돌아와서 하는 말이 적의 군사가 예상보다 많다고 했을 때만 해도 잘못 본 것이겠거니 했었다. 그런데 군사가 많은 것이 확실해지자 적지 않은 부담을 느꼈던 것이다.

"역시 그랬군. 사만이라? 흠…… 김서현이라 했는가……? 그들이 진을 친 곳은 서문 쪽이 맞느냐?"

"예, 수장 깃발에 분명히 김서현이라고 쓰여 있었습니다. 그리고 서문 쪽 성벽이 낮아서 그런지 그쪽에 진을 치고 있습니다."

"알았다. 이제 돌아가 보도록 하라."

"아닙니다! 저희 장군님께서 말씀하시기를 다시 성으로 들어오기는 힘들 것이니, 무사히 장군님께 소식을 전했으면 북쪽 성 밖에서 신호를 보내 달라고 하셨습니다. 화살에 흰색 천 조각을 달아 성안으로 쏘아 알려 달라고 말씀입니다."

"그러고는?"

"그런 연후에는 이곳에서 장군님을 도와드리라고 명하셨습니다."

"음, 알았다. 역시 다시 들어간다는 것도 쉽지는 않을 터! 그럼, 일단 가서 부여사걸 장군에게 연락을 취하고 돌아오도록 하라! 아, 아니다."

"예?"

"내가 군사를 몇 명 붙여 줄 것이니 함께 가도록 하라."

"아닙니다! 번거롭기도 하고, 오히려 더 위험할 수도 있습니다. 소장 혼자서 단출하게 움직이는 것이 훨씬 편합니다."

"그래? 그렇다면 돌아오는 데는 얼마나 걸리겠느냐?"

"넉넉잡고 두 시진 안에는 돌아오겠습니다."

"두 시진? 그러면 조심히 다녀오고, 돌아오는 즉시 군략회의를 가질 것이니 그리 알도록 하라."

"옛, 장군님!"

그가 나가자마자 백기는 부장(副將)들을 모두 모이게 하고는 두 시진 후에 출병할 수 있도록 채비를 갖추게 했다. 믿었던 비조기가 불행하게도 노포의 공격을 받아 고장을 일으켜 움직이기가 어렵게 되었으니, 이제 삼년산성을 지키고 부여사걸을 구할 길은 오직 자신이 적을 물리치는 도리밖에 없었다. 그는 궁리를 거듭했다.

아무리 심사숙고를 해 보아도 자신이 적의 후미를 치는 사이에 성안에 있는 부여사걸은 적의 전면을 공격하는 협공밖에는 달리 방법이 없어 보였다. 그렇지만 그것은 적들도 충분히 짐작할 수 있는 너무나 빤한 수법이 아닌가! 기껏해야 1만에 불과하던 자신의 군사 중에 그나마도 고장 난 비조기를 보호하느라 1천 명을 보내 놨으니 지금은 고작 9천! 난감지경이었다.

출정 준비를 마치고 얼마 지나지 않아 계백이 돌아왔다. 뒤이어 군략회의가 시작되고 백기의 명을 받은 계백이 적진의 상황과 그곳 지형에 대한 설명을 마치자, 부장들도 불리한 전황을 이해했는지 모두 비장한 표정이 되었다.

"자! 지금부터 어떻게 진군하고 공격해야 할지 의견을 말해 보라."

부장 하나가 앞으로 나와 입을 열었다.

"총사! 적이 산성을 공격하고 있으니, 우리는 뒤쪽에서 공격하는 수밖에 다른 방법이 뭐가 있겠습니까?"

"흠…… 혹시 또 다른 의견이 있으면 말해 보라."

"……."

다들 뾰족한 수가 생각나지 않는지 말없이 백기만 쳐다보고 있었다.

"정녕 그 방법밖에 없다는 말인가?"

다시 혼잣말처럼 백기가 뇌까리고 있을 때, 한쪽에서 말소리가 흘러나오고 있었다.

"소장 생각에는……."

앉아 있던 부장들이 고개를 돌려 말소리가 나는 쪽을 쳐다보았다. 역시 조금 전에 전황을 설명하던 십인장이라는 것을 알고는 하나같이 인상을 찌푸리며 시건방지다는 표정을 지었다. 감히 천인장급인 자신들 앞에서 기껏 십인장을 하고 있다는 자가 무엄하게 입을 여니,

그의 말을 들어 보려는 생각보다는 괘씸하다는 생각이 먼저 들었던 것이다.

상석에 앉아 있던 백기가 부장들의 태도는 아랑곳하지 않고, 계백을 지휘봉으로 지목하고는,

"계백은 이리 가까이 와서 하려던 말을 마저 해 보라. 무슨 좋은 방책이 있는가?"

"예, 장군님! 지도를 보고 말씀드려도 되겠습니까?"

"흠…… 그렇게 하라."

백기의 허락이 떨어지자 그는 편한 자리로 가서 탁자 위에 놓인 지도를 일일이 손으로 가리키며 자기 생각을 말하기 시작했다.

"장군님! 소장이 알기로 이곳에 있는 군사가 일만 명으로 알고 있습니다. 그렇다면 적군과 비교도 되지 않는 숫자이기 때문에 아무리 성 안팎에서 협공을 펼친다고 하더라도 결코 쉽지 않은 싸움이 될 것입니다."

"그거야 이미 알고 있는 바가 아니더냐? 그리고 지금 군사는 일만이 아니라 구천 명이니라."

백기의 말에 잠시 생각을 하던 계백은,

"장군님! 우리 군사가 그 정도밖에 안 된다는 것을 알게 되면, 숫자가 많은 적들은 더욱 기고만장해서 공격해 올 것입니다. 그래서 어차피 적은 군사라면 구태여 한꺼번에 몰려가서 공격하기보다는 둘로 나눠서 가면 어떨까 합니다."

고개를 갸웃하며 백기가 되물었다.

"둘로? 어떻게 말이냐?"

계백은 삼년산성 서쪽 부분을 가리키며,

"예, 아까도 말씀드렸지만, 적들이 성을 공격하고 있는 곳이 바로 이곳 서문 쪽입니다. 그런데 서문 좌측은 경사면으로 되어 있고, 크고 작은 소나무와 잡목들이 숲을 이루고 있습니다."

그 말에 솔깃해진 백기가 그가 가리키고 있는 곳을 들여다보았다.

"그래서?"

"우리 군사 삼천 명을 적들이 눈치채지 못하게 저 숲속에 은신시켜 놓고, 나머지 육천 명은 저들이 예상하고 있는 대로 뒤쪽을 치고 들어가면 적들은 분명히 숫자가 적은 우리 군사를 얕잡아 보고는 일거에 무너뜨리기 위해 쇄도해 올 것입니다."

"그렇겠지……."

"그때 숲속에 은신해 있던 우리 군사 삼천이 내달아 적의 측면을 치고, 성안에선 정면을 친다면 삼면을 공격당하는 저들은 크게 당황할 것입니다."

"호오! 그리되면 숲에 은신해 있던 군사들은 높은 곳에서 낮은 곳에 있는 적을 공격하는 것이니 훨씬 효과가 크다는 말이겠고?"

"그렇습니다, 장군님! 그렇게 공격을 가하여 적들을 패퇴시키면 다행이고, 설사 저들이 전열을 정비하기 위해 일시 후퇴만 하더라도 우리는 그때 모두 성안으로 들어가 버리면 될 것입니다. 그다음은 설명 드리지 않아도 아시겠지만, 우리가 성으로 들어가면 이만의 군사가 되기 때문에 적들의 숫자가 많다고 해도 성을 의지해 싸우는 우리가 크게 불리하지는 않을 것입니다."

백기와 그의 부장들은 충분히 가능성이 있는 계책이라는 생각에 처음에 그를 무시했던 것이 여간 미안하지 않았다.

문득 백기가 고개를 끄덕이면서 입을 열었다.

"흠, 일리가 있는 계책이기는 하나 적들의 눈이 많은데 과연 삼천 군사가 숲속까지 가서 은신하기가 쉽겠느냐?"

이미 그 물음이 나올 줄 알았는지 계백은 즉시 대답을 했다.

"소장이 부여사걸 장군님의 명을 받아 처음 이곳으로 올 때, 그곳을 거쳐서 왔기 때문에 날렵한 군사라면 적들에게 발각되지 않고 어렵지 않게 갈 수가 있다고 생각합니다."

"흠…… 혹시라도 발각된다면?"

"그렇게 된다면 죽을 각오로 싸우는 도리밖에는 더 있겠습니까?"

그 대답을 듣고는 잠시 생각을 하던 백기가 힘이 들어간 목소리로 말했다.

"좋다! 적은 숫자를 가지고 정면 승부를 겨루기보다는 너의 계책이 훨씬 나아 보이는구나. 너에게 군사 삼천을 떼어 준다면 지휘할 자신이 있겠느냐?"

"예?"

이때 백기 앞에 앉아 있던 부장 하나가 나섰다.

"총사! 그건 안 됩니다. 기껏 열 명의 군사를 지휘하던 십인장에게 삼천의 군사를 맡기다니요?"

"안 될 이유가 뭣인가? 꿩 잡는 것이 매라고 했다. 지금 우리는 전쟁을 이기는 것이 목적이지 천인장이 지휘하느냐 십인장이 지휘하느냐 하는 것은 별로 중요하지 않다. 무릇 장수된 자는 위기가 닥쳐오면 특단의 비책을 쓸 줄도 알아야 하는 것이다. 더 이상 왈가왈부하지 말고 밖으로 나가서 가장 정예병들인 제1대에서 제3대까지의 군사를 계백에게 내어 주도록 하라!"

각 1천 명씩으로 구성된 3개의 단위 부대를 계백에게 내주라는 명이었다.

"……예."

"그리고 계백을 임시 별동대 총사로 삼는다. 지금 즉시 삼천 군사를 지휘하여 숲으로 가라. 그곳에 은신하고 있다가 내가 적의 후미를 공격하기 시작하거든 즉각 측면 공격을 개시하라! 그대에게 이 검을 줄 터인즉, 혹시 지휘하는 동안 그대의 계급이 낮다는 이유로 군명을 따르지 않는 자가 있다면 가차 없이 참해도 좋다."

"옛, 장군! 소장 군명을 받들겠습니다!"

계백은 대답과 동시에 백기가 내어주는 검을 받고는 부장을 따라 밖으로 나갔다.

3천 명이 계백을 따라갔고, 이제 남은 군사는 6천!

출발하기에 앞서 그들이 모인 자리에서 백기는 죽기를 각오하고 싸우면 필승을 할 것이라는 일장 연설을 마치고는 진군을 시작했다. 가능한 은밀하게 움직이라는 명이 있어서인지 군마에는 재갈이 물려져 있었고, 장수들이나 군사들의 얼굴에는 한결같이 결연한 빛이 어려 있었다. 진군은 신속하게 이루어져 삼년산성의 턱 앞인 함림산성에 당도했다.

과거 신라의 삼년산성에 맞대응하기 위해 백제가 만들었던 성이 바로 이 산성이었다. 이곳부터는 삼년산군(三年山郡) 영역으로 십 리만 더 가면 삼년산성에 이르게 되는 것이다. 그렇지만 그곳까지 가려면 중간에 종곡천이라는 꽤 큰 냇가를 건너가야 했다. 백기는 그곳으로 우선 염탐꾼을 보내 놓은 다음 그들이 돌아올 동안 군사들에게는 마른 군량으로 요기를 하게 했다.

곧 적진을 염탐하고 돌아온 군사들로부터, 적진에는 특별한 움직임이 없다는 보고를 받고는 앞서 출발했던 계백이 무사히 도착했을 거라는 확신이 섰다. 혹시라도 발각되었다면 적진이 그렇게 조용할 리가 없었기 때문이었다.

백기는 부장들을 불러 종곡천을 건너는 즉시 기습에 유리한 삼각진(▲)을 편성해서 공격해 들어가라고 군명을 내렸다. 드디어 개천을 건너 적진에 다가선 백기의 군사가 '와!' 하는 고함을 지르며 쇄도해 들어가자 신라군은 그럴 줄 알았다는 듯이 마주 공격해 왔다.

양편이 접전을 막 시작하는 찰나에 이번에는 좌측 숲으로부터 긴 창을 든 일단의 군사들이 소리도 없이 튀어나와 신라군의 측면을 향해 짓뭉갤 듯이 돌진해 들어가고 있었다. 계백의 별동대!

당황한 신라군들의 진세가 흐트러지면서 백기가 공격해 오는 쪽과 계백이 달려드는 측면 쪽으로 군사들이 나뉘어져 대항하기 시작했다. 비록 예상치 못한 방향에서 튀어나온 계백의 군사 때문에 초반에 당황하던 신라군들이었지만 차츰 수적 우세를 앞세워 오히려 제국군을 압박하기 시작했다. 점점 제국군이 밀리면서 고군분투하고 있을 때, 이번에는 서문이 열리면서 성안으로부터 군사들이 꾸역꾸역 쏟아져 나왔다. 물론 밖의 움직임을 알아챈 부여사걸이 성안에 있던 군사들을 데리고 출진한 것이었다.

전세는 다시 역전되었다. 아무리 숫자가 많은 신라군이었지만 생각지도 않게 세 방향으로부터 공격을 받게 되자 우왕좌왕하는 모습이 역력했다.

오정산 자락을 따라 펼쳐진 드넓은 벌판에는 창검 부딪치는 소리와 군사들이 지르는 고함 소리 그리고 죽어 가는 자들의 신음 소리가 뒤엉켜 그야말로 아비규환을 이루고 있었다. 그런 접전이 몇 시간 동안 계속되자 어디선가 후퇴하라는 고함 소리와 함께 신라군들이 주춤주춤 물러서기 시작했다.

그들은 퇴로가 막혀서인지 감문주 방향인 동쪽으로 퇴각하지 못하고 남쪽 방향으로 퇴각하고 있었다. 그쪽은 배달국 땅이었다.

승기(勝機)를 잡았다 싶어진 백기는 우렁차게 고함을 질렀다.

"적들을 추격하라! 한 놈도 살려 보내지 마라!"

'와!' 하는 함성을 지르며 기세가 오른 제국군들이 퇴각하고 있는 신라군들을 맹렬히 추격해 가고 있을 때, 요란한 소리를 내면서 국원성 쪽에서 비조기가 나타났다. 그것을 본 신라군들은 지옥의 야차를 본 것처럼 혼비백산했고, 사기가 더욱 충천해진 제국군은 병장기를 휘두르며 꽁지가 빠져라 도주하고 있는 적들을 쫓아갔다. 비조기는 그들이 도주하고 있는 앞쪽을 가로막고 인정사정없이 기관총을 갈겨대기 시작했다.

많은 노포를 준비했던 신라군들은 접전 중에 대다수의 노포를 잃었고, 그나마 몇 개 남지 않은 노포조차 발사할 겨를이 없었다. 노포에서 쏘는 화살에 맞아 불시착까지 당했던 장지원이, 그것을 운반하고 있던 자들에게 제일 먼저 기관총 세례를 퍼부었기 때문이었다.

도주하던 신라 군사들이 썩은 짚단처럼 쓰러져 갔다.

"마군(馬軍)! 마군은 앞쪽으로 내달아 적의 앞길을 차단하라!"

"보군(步軍)은 무작정 쫓지 말고 적을 포위하라!"

연달아 내려지는 백기의 군령에 따라 말을 탄 군사들은 신라군보다 한발 앞서 달려가 신라군들을 막아섰고, 나머지 군사들은 양쪽으로 신라군을 에워싸면서 쫓아갔다.

점점 포위망이 좁혀지면서 신라군들은 그물 안에 갇힌 고기 꼴로 변해 갔다. 간간히 포위망을 뚫고 옆길로 도주하는 자들이 있었지만 비조기의 기관총좌를 맡고 있는 사수의 눈을 결코 벗어나지 못했다.

백기가 지휘하는 제국군들이 신라군들을 완벽하게 포위해 가는 모양새를 비조기에서 내려다보던 장지원의 눈에 말을 탄 일단의 신라 장수들이 보였다.

한 손에는 고삐를 잡고 또 한 손으로는 칼을 휘두르면서 앞을 가로막는 제국군들을 제쳐 가며 깃발을 든 군사들과 함께 도주하고 있었다. 장지원은 급히 조종간을 꺾어 그들을 향해 기수를 돌렸다.

기관총 사수가 도주하고 있는 그들 앞쪽에 기관총을 쏘아 대자 놀란 말들이 '히히힝!' 하며 앞발을 치켜들고 뛰어오르는 바람에 장수들이 땅바닥에 내동댕이쳐졌다. 순간 뒤쫓아 오던 제국군들이 말에서 뛰어내려 그들을 사로잡아 버렸다. 신라군들은 전의(戰意)를 상실했는지 들고 있던 병장기를 버리고 손을 들면서 속속 투항하고 있었다.

이러한 모습까지 확인한 장지원은 중천성으로 기수를 돌렸다.

비조기가 돌아오는 요란한 프로펠러 소리가 들리자 총리대신을 비롯한 신료들은 누가 먼저랄 것도 없이 반가운 마음으로 정전 앞마당으로 나갔다.

비조기가 착륙하고 군복 차림인 장지원과 기관총 사수가 내리자 총리대신이 먼저 그들을 반갑게 맞았다.

"어서 오시오! 비조기가 고장 났다고 해서 걱정을 많이 하고 있었소."

"예, 이휘조 장군이 3호기에서 빼왔다는 비조기 날개로 교체하여 시간도 오래 걸리지 않고 금방 고칠 수가 있었습니다. 그렇지만 비조기를 고쳐서 소장이 삼년산성으로 갔을 때에는 이미 전투가 끝나가고 있었습니다."

"아! 그렇소? 이휘조 장군과 강진영, 민진식 장군은 아직 돌아오지 않았소만, 그런데 그곳 전황은 어떻소?"

"예, 그들은 차로 이동을 하니 늦는 모양이군요? 백기 장군과 부여사걸 장군이 승리를 거두고, 도주하던 신라 장수들과 군사들을 포로로 잡는 것까지 보고 왔습니다."

장지원이 하는 말을 듣고, 그 자리에 나와 있던 신료들은 오른팔을 쳐들며 '와!' 하는 환호성을 질렀다.

"하하! 그렇소? 막 돌아온 장 장군한테는 미안한 말이지만 그곳을 한 번 더 다녀와 줘야겠소."

"……?"

강철이 막 그 말을 하는 도중에 이번에는 남쪽 방향에서 귀에 익은 소리가 들리기 시작했다. 다들 대화를 멈추고 소리가 들리는 쪽으로 시선을 돌렸다.

처음에는 가물가물하게 들리던 소리가 점점 커지면서 역시 비조기가 나타났다. 공교롭게도 고사부리성 쪽으로 출전했던 비조기도 돌아온 것이다.

수송용인 비조 4호기와 공격용인 1호기가 연이어 착륙했다.

수황군과 함께 비조기에서 내린 이일구와 조영호가 강철을 향해 군례를 올리면서 보고를 했다.

"각하! 고사부리성에 은신해 있던 예다군이 항복을 했습니다."

"하하하! 그렇소? 우리 아군의 피해는?"

"전혀 없습니다. 고사부리성이 원래 좁은 성이라 식수와 식량이 넉넉하지 않을 거라는 말을 들은 해수 장군이 며칠 동안 포위 작전을 써서 결국 항복을 받아 냈습니다."

"아하! 포위 전략을 썼다는 말이요? 아군 피해도 없이 항복을 받아 냈다니 완벽한 승리라고 봐도 되겠구려. 그런데 예다는 어떻게 됐소?"

"그자는 항복을 하고는 스스로 자결했다고 합니다. 물론 그곳에서 사로잡은 군사들은 해수 장군과 은상 장군이 인솔해 오는 중입니다만……."

"흠……! 안타까운 일이로군."

"소장도 나중에야 알았기 때문에 어쩔 수 없었습니다."

고개를 끄덕이며 말을 듣고 난 강철은 주위를 둘러보더니, 임말리가 있는 것을 확인하고는 명을 내렸다.

"임말리 장군!"

"예, 각하!"

"장군은 김용춘 장군과 함께 비조기를 타고 한시바삐 삼년산성으로 가시오. 그런 다음 백기 장군을 비조기 편에 먼저 돌려보내고 장군들은 부여사걸 장군을 도와 그곳에 있는 포로들을 인솔해 오도록 하시오."

"알겠습니다!"

강철이 명을 내리자, 듣고 있던 조영호가 물었다.

"각하! 삼년산성 쪽에 무슨 일이 있었습니까?"

"응? 아……! 조 장군은 모르시겠구려. 김천에 있던 신라군이 삼년산성으로 쳐들어왔는데 다행히 백기 장군이 물리친 모양이요."

"아니? 그런 일이 있었습니까? 각하, 그렇다면 소장도 그곳에 가

볼까 하는데 괜찮겠습니까?"

"뭐 안 될 거야 없지만, 방금 돌아와서 피곤할 텐데 괜찮겠소?"

"괜찮습니다! 그럼, 소장도 임말리 장군과 함께 가 보도록 하겠습니다."

"그럼, 그렇게 하시오."

이때 뒤쪽에서 오가는 말을 듣고 있던 부여장이 강철에게 물었다. 그는 아직도 천족장군들이 나누는 대화 내용을 어렴풋이만 알아들을 수 있었기 때문에 자신이 잘못 들었는지 확인해 보기 위해 물은 것이었다.

"각하! 삼년산성으로 쳐들어온 신라군을 격파하고, 모두 사로잡았다는 말씀입니까?"

"하하하! 사비 공, 그렇다는구려!"

부여장은 강철의 고개를 끄덕이며 하는 분명한 대답을 듣고서야 얼굴이 환해졌다.

"아! 결국 해냈군요."

그는 무슨 이유인지 평소와는 다르게 아이처럼 싱글벙글거리며 좋아했다.

"그럼, 삼년산성으로 가실 분들은 준비를 서둘러 주시오. 그리고 다른 분들은 돌아가서 하시던 일을 계속하시오. 일단 본관도 백기 장군이 돌아오면 함께 폐하를 뵈러 갈 것이요. 아, 그리고 이일구 장군은 잠시 총리부로 가십시다."

하고 말한 강철이 먼저 총리부로 발걸음을 떼었다.

"예!"

대답을 한 이일구는 앞서 가고 있는 강철을 뒤따랐다.

총리부로 들어가 이일구와 마주앉은 강철은 웃음을 띠며 입을 열었다.

"허참! 조 장군이나 이 장군이나 두 분 모두 참으로 대단하오. 그래 출전한 지가 닷새가 지나고 엿새째인 오늘까지도 연락 한번 없으셨소?"

"각하! 죄송합니다. 사실 비조기로 잠시 왔다 갈 생각도 했었지만, 적은 군사로 포위 작전을 하겠다는 해수 장군의 결정을 존중해 주고 싶었습니다. 그러자니 한시도 적의 움직임에 눈을 뗄 수가 없어서……."

"하하하! 걱정이 컸던 만큼 처음에는 많이 서운했었소. 하지만 성을 포위하는 전략을 썼다는 말을 듣고서야 이해가 되었소. 그런데……."

하고 뒷말을 이으려던 참에 장지원이 조종하는 비조기가 출발하는 소리가 들렸다.

"2호기가 지금 출발하나 봅니다. 그런데 하시려든 말씀이?"

"음, 다른 게 아니라 어째서 군사가 더 많은 그들이 순순히 항복을 했는지 이유가 궁금해서 물으려던 참이었소."

"순순히 항복이라니요? 성을 포위하고 사흘째 되는 날까지는 수시로 성문을 열고 나오려는 통에 적지 않은 고생을 했습니다. 그때마다 두 대의 비조기로 공격을 가했더니 그다음부터는 엄두가 나지 않았는지 더 이상은 밖으로 나오지 않았습니다."

"흠, 그렇겠지! 그럼, 해수와 은상 장군이 군사를 다루는 능력은 어떠했소?"

"글쎄요……? 그것은 소장보다야 조영호 장군이 더 잘 알지 않겠습니까? 그들과 더 밀착되어 있었으니…… 뭐, 구태여 소장의 느낌을 말씀드린다면 해수 장군은 밀어붙이는 뚝심이 대단해 보였고, 은상 장군은 지모가 뛰어나 보였습니다만…….”

“흠…… 잘 보신 것 같소. 나도 그렇게 느끼고 있었소.”

두 사람이 고사부리성 전투에 대해서 이런저런 얘기를 나누는 사이에 벌써 비조기가 돌아오는 소리가 들렸다. 그들이 정전 마당으로 나가자, 부여장을 비롯한 장수들도 앞서거니 뒤서거니 나오고 있었다.

장지원과 백기가 못 보던 앳된 장수 하나를 데리고 비조기에서 내렸다. 그가 착용한 갑옷과 투구가 형편없이 허름하고, 헤어질 대로 헤어져 꾀죄죄한 것으로 보아 하급 군관이라는 것을 금방 알 수가 있었다. 그러나 차림새와는 달리 호리호리한 체구에 눈빛이 여간 예사롭지 않아 보였다.

강철을 발견한 백기가 서둘러 다가와 군례를 올리며 씩씩하게 말했다.

“각하! 소장 백기, 신라군의 침공을 물리치고 돌아왔음을 고(告)합니다.”

그는 아직 한글을 제대로 사용하지 못하기 때문에 평소에 쓰던 백제어로 보고를 하는 것이었다. 이를 알아차리고 멀찍이 나와 서 있던 궁청장인 변품이 빠른 걸음으로 강철 옆으로 다가와 통역을 해주었다.

“백기 장군! 승전하고 돌아온 것을 축하하오.”

“옛, 각하! 우선 요약하여 전적을 고하겠습니다. 적의 군사 삼천을 도륙하고 여섯 명의 장수와 삼만 칠천여 군사를 포획하였습니다. 그

외에도 군량곡 구천 석을 노획하였습니다."

"포로가 삼만 칠천이라…… 하하하! 아주 대단한 전공이요! 우리 군사의 피해는 어느 정도요?"

강철은 환하게 웃으며 전공을 치하하는 말을 하고는 피해를 물었다.

"우리도 이천여 군사를 잃었지만, 적에 비하면 아주 미미한 수준입니다."

아군의 전사자가 이천 명이나 났는데도 대수롭지 않다니 철심장이라는 별명이 붙어 있는 강철조차도 고개를 흔들 정도였다. 그렇지만 한편으로는 이런 게 바로 이 시대의 전쟁 모습이구나 하는 생각도 들었다.

"어서 가서 폐하께 고하십시다. 흐뭇해하실 게요. 아, 장지원 장군도 고생하셨소. 함께 가십시다. 그런데 조영호 장군은 안 돌아온 거요?"

장지원이 이유를 설명했다.

"예! 그곳에서 잡은 포로와 노획품을 정리해서 도성으로 출발하자면 모레쯤이나 가능할 것이라고 합니다. 그래서 그런지 조 장군은 정리하는 것까지 좀 더 보고 오겠다고, 소장에게 내일 데리러 와 달라는 부탁을 하였습니다."

"음…… 그랬구려. 그런데 함께 온 장수는 누구요?"

강철은 고개를 끄덕이면서 뒤따라오는 허름한 행색의 앳된 장수가 눈에 거슬리는지 슬며시 물은 것이었다.

"아, 각하! 궁금하시죠? 하하! 바로 계백 아닙니까?"

장지원이 빙그레 웃으며 대답하자, 눈이 휘둥그레진 강철이 되물었다.

"계백이라 했소?"

"예! 백기 장군 말이, 이번 전쟁에서 승리를 할 수 있는 계책을 낸 사람이 바로 계백이라고 합니다. 그래서 소장이 일부러 데리고 왔습니다."

계백!

역사 시간에 귀가 따갑도록 들었던 바로 그 유명한 계백 장군을 직접 대하게 된 강철은 표현할 수 없는 벅찬 감동과 호기심으로 무슨 말인가 대화를 나누고 싶었지만 꾹 눌러 참았다. 지금은 자신의 감정을 겉으로 드러내지 않는 것이 모양새가 좋겠다고 생각한 것이다.

강철은 환하게 웃는 얼굴로 장지원의 어깨를 툭 치며 말했다.

"하하하! 장 장군! 아주 자알 하셨소. 자! 가십시다."

이때 부여장이 백기에게 다가가서 호쾌하게 웃으며 어깨를 감싸 안았다.

"껄껄껄! 백기 장군! 결국 해냈구려. 정말 수고했소. 이제야 내 마음이 한결 편해지는구려."

그러자 백기도 역시 가뿐하다는 표정으로 대꾸를 했다.

"예…… 진즉에 했었어야 했는데 이제야 염원(念願)을 이루었습니다."

물론 그들의 대화 내용도 변품이 통역을 하고 있었기 때문에 강철은 염원이라는 말을 듣고는 잠시 고개를 갸우뚱했지만 크게 신경을 쓰지 않고 편전으로 향했다. 그의 뒤에는 궁청장인 변품과 이번 전쟁에 참전했던 장지원과 이일구를 비롯한 장수들이 뒤따르고 있었다. 궁 뜰에는 남아 있는 신료들의 환호 소리로 떠들썩했다.

강철이 장수들과 함께 편전으로 들어가 보고를 하자 태황제가 기뻐하는 것은 당연했다.

"적지 않은 사상자가 날 정도로 힘든 전쟁을 승리로 이끌었다니 참으로 다행이오. 그렇지 않아도 여러 날 소식이 없어 걱정하던 중이었소."

태황제의 말이 변품에 의해 통역이 되자 백기가 몸 둘 바를 몰라 하며 머리를 조아렸다.

"비조기가 떨어진 곳으로 소장이 갔을 때, 장 장군께서 이러한 사실을 직접 도성으로 보고하시겠다고 하였사옵니다. 그래서 소장은 군진으로 돌아와 곧바로 삼년산성으로 출정을 한 터라 연통을 올리지 못하였사옵니다. 송구하옵니다."

백기의 말이 끝나기가 무섭게 이번에는 이일구가 고했다.

"폐하, 소장이 출전했던 고사부리성 역시도 적들을 포위한 상태라 한시도 자리를 비울 수 없어 그렇게 되었사옵니다."

"음, 전황이 화급하면 그런 것까지 신경 쓸 겨를이 없었을 터라 과인도 이해를 하오. 다행히 이렇게 승전보를 전해 주니 고맙구려."

"황공하옵니다."

"그런데 감문주에 있다던 군사가 삼만 오천이라더니, 어떻게 쳐들어온 군사는 사만 명이나 되는 것이오?"

"예! 소장도 그것이 궁금하여 사로잡은 감문주 군주인 김서현과 장군인 동소에게 물어보니, 원래부터 감문주에는 오천 군사가 있었다고 하옵니다. 그 오천에 만노군에서 철수한 삼만 오천이 합쳐진 것이라 하옵니다."

백기의 말이 끝나기가 무섭게 태황제가 급히 물었다.

"이번에 붙잡은 장수가 김서현이라 했소?"

"예! 감문주 군주였던 이리벌이 병부령으로 승직되어 서라벌로 가고 나서 그가 후임으로 왔다고 하옵니다."

"흠…… 그자가 도주하면 안 되는데……."

태황제가 들릴까 말까 하게 혼잣말처럼 중얼거리자 강철이 물었다.

"그런데 무슨 연유로 그러시옵니까?"

군사의 숫자를 물어 놓고는 정작 군사수에는 관심이 없고, 갑자기 포로 장수가 도주할까 걱정하고 있으니 이상하다 싶어서 되물은 것이었다.

"그가 바로 김유신의 부친이잖소."

태황제의 말을 듣고 나서야 비로소 기억이 났는지 급히 대답을 했다.

"아하! 그렇다면 지금이라도 안전하게 비조기로 데려오라고 하는 것이 어떻겠사옵니까?"

"아니오, 그럴 필요까지야 없소. 오히려 우리 장수들과 함께 오는 것이 나을지도 모르오."

총리대신도 고개를 끄덕이며 그 말뜻을 금방 알아차렸다.

"그렇기는 하옵니다. 오히려 옛 동료였던 우리 장수들과 함께 오면서 자연스럽게 우리에 대해 아는 것이 나을 것이옵니다."

"음!"

고개를 끄덕이며 강철의 말에 대꾸를 한 태황제는 구석에 서 있는 계백 쪽으로 시선을 돌렸다.

계백은 비조기에 오르기 전에 장지원에게는 예를 차렸다. 하지만 도성에 도착하여 편전으로 들어오기까지 누구 하나 자신에게 말을 걸어 주는 사람이 없었다. 게다가 다른 장수들은 폐하께 예를 차린 후에 모두 자리에 앉았지만, 자신에게는 문후를 올리라는 말조차도 없었다. 그렇다고 무턱대고 문후를 올릴 수도 없어서 말없이 망부석처럼 구석에 서 있었던 것이었다.

그런데 폐하의 눈빛이 자신에게 머무는 것을 느꼈다.

"그런데 저기 서 있는 어린 장수는 누구요?"

변품은 총리대신이 대답을 하리라 지레 짐작하고, 통역을 하지 않다가 예상 외로 그는 빙그레 웃기만 할 뿐 답변이 없자 당황하며 얼른 통역을 했다.

그의 통역이 있자 백기가 나서 계백에 대해 아뢰기 시작했다.

"폐하! 저자는 십인장으로 이름은 계백이라 하옵니다. 소장이 이번 전쟁에서 승리한 것은 바로 저 장수가 낸 계책 때문이옵니다."

"오……! 계백이라고? 그런데 무슨 계책을 낸 것이요?"

태황제가 놀란 목소리로 물었다.

백기는 그가 삼년산성의 위급사항을 알리기 위해 자신에게 왔던 것부터 시작하여 3천 군사로 적을 혼란에 빠뜨려 그 틈을 타서 승기를 잡을 수 있었다는 것까지 상세히 고했다.

마지막에 백기가 덧붙였다.

"폐하, 원래 십인장은 열 명 이상의 군사를 거느릴 수 없음에도 소장이 임의로 그에게 삼천의 군사를 맡겨 통솔 위계를 어지럽혔사옵니다. 소장을 벌하여 주시옵소서."

"허허허! 말씀 잘 들었소. 듣기만 해도 통쾌하구려. 분대장이 연대병력을 지휘했다? 세상에!"

태황제의 그런 감탄은 천족장군들만 알아들을 수 있는 말이었다.

현대에서 보면 여섯 명 정도를 지휘하는 분대장이 연대 병력에 가까운 3천 명을 지휘했다는 말에 놀라워서 무심코 튀어나온 표현이었다.

"……?"

백기가 무슨 말인지 알아듣지 못하고 눈만 껌뻑거리고 있는 것을 본 태황제가 다시 입을 열었다.

"물론 통솔 위계를 크게 벗어난 것은 사실이요. 하지만 전쟁에서 승패를 책임져야 할 수장이 위기를 맞아 용단을 내린 것까지 벌한다면 어떻게 그때그때 상황에 맞게 대처를 할 수 있겠소? 과인이 이미 각부 대신들에게 위관의 임명권을 부여한 것을 생각해 보면 이해가 될 것이요."

"폐하! 황감하옵니다."

태황제는 다시 계백에게 눈길을 주면서 입을 열었다.

"그대가 계백이라고?"

그러자 구석에 서 있던 그는 조심스럽게 진봉민 앞으로 걸어 나와 군례를 올리며 조아렸다.

"폐하! 소장 계백, 태황제 폐하께 문후를 올리옵니다."

"오! 반갑소. 이번 전쟁에서 귀장의 신묘한 계책과 분전(奮戰)이 승리의 밑거름이 됐다고 하니 과인은 참으로 기쁘오."

"황감하옵니다, 폐하!"

"총리대신! 이번에 큰 전공을 세운 계백에게 어떤 계급을 내리면 적당하겠소?"

"폐하! 큰 전공을 세웠으니 상을 내리는 것이 마땅하오나, 아직 한글교육과 군사훈련을 받지 않은 상태이옵니다. 그러니 일단 육군 대위로 임명하시고 추후에 다시 검토하시는 것이 어떻겠사옵니까?"

"옳은 말씀이요. 계백을 배달국 육군 대위에 임명하겠소. 총리대신은 계백 대위를 새로 모집할 특전군에 넣어 하루빨리 한글교육과 군사훈련을 받을 수 있도록 살펴 주시오."

"알겠사옵니다."

통역을 통해 태황제의 말을 모두 알아들은 계백은 입을 열었다.

"폐하! 과분한 계급을 받아 몸 둘 바를 모르겠사옵니다. 소장 신명을 다 바쳐 충성으로 보답하겠사옵니다."

"그래 주시오. 그리고 예다 장군이 스스로 자결을 했다니 슬픈 일이요. 아까운 장수 하나를 잃은 셈이 아니겠소? 후히 장사를 지내 주도록 하시오."

그 말이 떨어지자 통역을 하고 있던 변품이 안색을 굳히며 조심스럽게 아뢰었다.

"폐하, 신 궁청장 아뢰옵니다. 그자는 사택 일당에 가담했던 역적이옵니다. 그런 자를 후히 장사까지 지내 준다면 이미 목을 쳐 효수했던 자들과 형평이 맞지 않는 일이옵니다. 거두어 주시옵소서."

변품의 말에 강철도 맞장구를 쳤다.

"폐하, 소장 역시도 궁청장의 말이 옳다고 생각하옵니다. 역적 일당에게 적용했던 오국적법에 따라 처결하심이 마땅하옵니다."

두 사람의 말을 듣고 보니 진봉민은 아차 싶었다.

자신이 세운 오국적법을 자신이 스스로 무너뜨리는 꼴이 아닌가!

"흠…… 알겠소! 두 분 말씀을 듣고 보니 과인이 장수 하나를 잃은 안타까움만 생각했던 것 같소. 공들의 말대로 오국적법에 의해 처리토록 하시오."

"지당하신 분부시옵니다."

"그런데 백기 장군! 승전군이 언제쯤이면 포로들을 데리고 이곳에 당도할 것 같소?"

"한 열흘은 족히 걸릴 것이옵니다. 포로들이야 제 발로 오니 문제가 없다지만 노획품인 군량미 구천 석과 소 삼백여 마리, 말 이천여 마리가 험한 길을 따라 움직이려면 적지 않은 시간이 필요하기 때문이옵니다."

노획한 물품이 상상을 초월했다. 그것도 그럴 것이 이번에 동원된 군사는 신라가 보유한 전체 군사력이라 해도 과언이 아니었다. 신라 입장에서는 마지막 기회라 생각하고, 이번 전쟁에서 이기지 못하면 나라가 망한다는 절체절명의 각오로 모든 국력을 쏟아부은 것이었다.

한참 동안 말이 없이 무엇인가를 골똘히 생각하던 태황제가 입을 열었다.

"총리대신! 이번 승전 소식을 가능한 빨리 나라 안에 알리도록 해 보시오. 그리고 포로들과 노획물을 도성 백성들이 모두 볼 수 있도록 간단한 기념 행사도 준비해 보시오."

"승전 축하 행사를 하라는 말씀이옵니까?"

"그렇소! 아마 그 행사를 계기로 구 백제국 백성들은 우리 배달국에 더욱 충성스러운 백성들이 될 것이오. 더욱이 앞으로 신라를 평정하더라도 과거에 적대감을 갖고 있던 양쪽 백성들이 자연스럽게 뭉치는 계기가 될 수 있을 것이요."

태황제의 뜬금없는 말에 강철의 뇌리에는 정전 앞뜰에서 백기가 했던 '염원' 이라는 말이 스쳐 지나가는 이유는 무엇 때문일까?

강철이 다시 물었다.

"특별한 이유라도 있사옵니까?"

"하하! 그냥 과인의 예감이요."

평소 궁금한 것을 물으면 설명을 잘해 주던 태황제가 오늘따라 설명 대신 구렁이 담 넘어가듯이 웃음으로 때우는 것이었다. 그런 모습은 더욱 그를 궁금하게 만들었지만 그렇다고 계속 채근할 수도 없는 노릇이었다.

옆에 있던 백기가 무슨 말인가 하려다가 속으로 꿀꺽 삼켜 버렸다.

강철을 비롯해 장수들이 편전을 물러나와 총리부로 돌아오는 도중에 궁 밖에서 소란스러운 소리가 들렸다. 모두들 무슨 일인가 싶어 급히 중천문 밖으로 나가 보았다.

밖에는 적지 않은 백성들이 도성 안길을 뛰어다니며 흥분된 어조로 알아들을 수 없는 말을 외치고 있었다. 그들의 행동을 궁금하게 여긴 강철은 중천문 밖에서 경비를 서고 있던 수황군에게 물었다.

"저들이 뭐라고 하는 것인가?"

그러자 수황군 군사는 부동자세로 대답했다.

"각하! 저들은 '우리가 승전했다!'는 말도 하고, 더러는 '신라군 사만을 사로잡았다!'는 말도 하고 있습니다."

강철은 속으로 '아직 승전 소식이 공식적으로 알려진 것도 아닌데 어떻게 알고 저 난리들일까?' 싶었다. 한참을 살펴보고 있자니 며칠 전 점등식을 할 때처럼 도성 안 백성들이 거리로 하나둘씩 몰려나오고 있었다. 그러한 백성들의 행동이 이해가 되지는 않았지만, 나쁜 의도가 아니라는 것을 확인한 총리대신은 장군들과 함께 총리부로 돌아왔다. 안에서는 부여장과 부여망지가 강철을 기다리고 있었다.

그들은 무료했던지 부관과 대화를 나누고 있다가 강철이 들어서자 환한 얼굴로 일행을 맞으며 고개를 숙여 인사를 했다.

"각하! 다시 한 번 승전을 감축 드립니다. 그리고 참전했던 장군들께도 감사의 말씀을 드리겠소."

"각하, 승전을 축하드립니다."

강철은 부여장과 부여망지가 새삼스럽게 또다시 축하 인사를 건네자 어색한 얼굴로 인사를 받았다.

"두 분의 축하 말씀 고맙소이다."

장지원과 이일구 역시 같은 장수로서 무슨 축하 인사인가 싶었지만 유독 백기만은 당연하다는 표정이었다. 세 사람이 어색해하는 것을 눈치챘는지 부여장이 총리대신을 향해 입을 열었다.

"총리대신 각하! 이번 낭보(朗報)는 명실공히 배달국의 힘을 내외에 과시한 것입니다. 더불어 소장 또한 훗날 조상님들을 떳떳이 뵐 수 있게 되었으니 어찌 감사를 드려야 할지 모르겠습니다."

부여장의 인사말에 아직도 영문을 모르는 총리대신은 딱히 무슨 말로 대답을 해야 할지 몰라 대충 얼버무렸다.

"고마운 말씀이오."

이번에는 부여망지가 만면에 환한 웃음을 띠고 말을 했다.

"소장이 장수로서 하늘을 대하기가 늘 부끄러웠는데 이제야 떳떳이 하늘을 우러러볼 수 있게 해 주셔서 다시 한 번 감사를 드립니다."

부여망지까지 덩달아 그렇게 말하자, 아무래도 까닭을 알아야겠다고 생각한 장지원이 물었다.

"장군! 이번 승전이 대승이기는 하나, 이미 당성에서도 이 정도의 승전은 했었소. 그래서 이번 승전 역시 당연한 결과라고 본장은 생각하외다. 헌데 하늘 보기가 부끄럽지 않게 되었다고까지 하시니 그 연유를 모르겠소이다."

그가 궁금해하는 것이 무엇인지를 알아차린 부여망지가 미소를 지으며 설명을 하기 시작했다.

"하하! 장군께서 연유를 모르셔서 하시는 말씀이외다. 소장이 말씀드리리다. 지금으로부터 백여 년 전인……."

하고 서두를 꺼낸 부여망지의 얘기는 이러했다.

지금부터 1백여 년 전, 백제국 성왕은 동맹을 맺고 있던 신라와 연합하여 고구려 땅인 아리수(阿利水: 한강) 근처 16개 성을 공격하여 빼앗았다. 그중에 10개 성은 신라가 6개 성은 백제가 갖기로 하였는데, 불과 2년도 채 지나지 않아 신라가 부지불식간에 쳐들어와서 백제 몫이던 6개 성까지 탈취해 갔다.* 왕은 그것을 회복하려고 신라군이 있는 관산성으로 쳐들어갔으나, 불행하게도 그곳에서 3만의 군사와 왕까지 모두 전사하고 말았다. 그런 결과가 빚어지자 백성들은 너 나 할 것 없이 땅을 치고 통곡하면서 언제고 원한을 갚겠다는 각오를 다졌다는 것이다. 이렇게 복수에 대한 염원은 대대로 자손들에게까지 전해져 오늘에 이르렀는데 다행히 이번 대승으로 그 원한이 풀렸다는 것이었다.

"……이런 연유가 있으니 소장이 어찌 감사를 드리지 않을 수가 있겠습니까? 마음 같아서는 큰절이라도 올리고 싶은 심정입니다."

가슴에서 토해지는 부여망지의 말은 이렇게 끝을 맺었다.

---

* 2차 나제동맹: 6세기 백제 성왕이 신라 진흥왕과 함께 고구려를 공격, 고구려에 빼앗겼던 땅을 되찾았으나 백제가 회복한 한강 하류 지역을 신라가 다시 빼앗자 두 나라 사이에 전쟁이 일어났고, 성왕은 전사하였다. 이로써 120여 년간 지속되었던 나·제동맹은 결렬되고 말았다.

천족장군들은 비로소 백제 국왕이었던 부여장과 장수들, 그리고 도성 백성들이 그토록 흥분하는 이유를 깨달았다. 더불어 도성 백성들이 다 볼 수 있도록 승전 기념식을 거행하라고 명한 태황제의 의중도 비로소 알게 되었다.

"말씀 잘 들었소. 부여망지 장군! 그렇지 않아도 태황제 폐하께서 연유도 말씀하지 않으시고 승전 소식을 나라 안에 널리 알리고, 전승 기념식도 준비하라고 하셔서 의아해하던 중이었소."

"해야죠, 아무렴요! 당연히 해야 하구 말구요. 총리대신 각하! 허락하신다면 소장이 여기 있는 내정부 대신과 상의하여 나라 안에 두루 알리도록 하겠습니다."

"하하하! 그렇게 하시오."

총리대신의 허락이 떨어지자, 부여망지와 백기 그리고 부여장까지 군례를 올리고는 부리나케 총리부를 빠져나갔다.

그들이 사라지는 모습을 바라보던 강철이 한마디 했다.

"허어 참! 저렇게도 좋을까?"

"각하! 저들의 표정을 보시지 않으셨습니까? 소장은 이해가 될 것도 같습니다."

"음, 그런데 폐하께서는 이미 예견하고 계셨던 모양이오. 어떻게 짐작하셨는지 이해할 수가 없소."

이일구도 같은 생각이었던지 바로 맞장구를 쳤다.

"소장도 그렇게 생각합니다."

잠시 강철이 무엇인가 생각하는 눈치더니 장지원에게 말을 건넸다.

"장 장군, 아무리 생각해 봐도 지금 조영호 장군을 데려왔으면 싶소만……."

"무슨 급한 일이 있으십니까?"

"이번 전쟁에서 느낀 바가 있어서 그렇소!"

"알겠습니다! 그럼, 다녀오겠습니다."

그 시간에도 궁 밖에서는 백성들의 환호 소리가 담을 넘어 총리부 안까지 역력히 들리고 있었다.

그날 오후 늦은 시각에 태황제가 있는 편전에는 강철과 조영호가 들어가 있었다. 그들은 이번에 거둔 두 곳의 승전에 대한 화제로 분위기가 사뭇 밝았다.

태황제가 두 사람을 내려다보며 물었다.

"이젠 우리 군사를 감문주에 주둔시켜도 신라에서는 더 이상 군사로 훼방을 놓지는 못하겠지……?"

"그렇사옵니다. 우리가 서라벌로 밀고 내려간다 해도 저들은 우리를 막아 낼 변변한 군사조차 남아 있지 않을 것이옵니다."

조영호가 미소를 지으며 대답하자, 옆에 앉아 있는 강철도 고개를 끄덕였다. 태황제도 역시 흐뭇한 얼굴로 그 말에 대꾸를 했다.

"뭐…… 구태여 그렇게 빨리 신라를 점령할 필요는 없다고 생각하오, 총리대신!"

"예, 폐하!"

"이미 과인이 언급했던 대로, 일단 신라와의 경계를 그곳으로 정합시다. 그러자면 우선 우리 군사를 그곳에 주둔시켜야 하지 않겠소?"

"그러는 것이 좋을 것 같사옵니다. 제국군 삼천 명 정도를 그곳에 주둔시키는 것으로 하고 장수는 누구를 보내는 것이 좋겠사옵니까?"

"글쎄? 신라와 경계를 그곳 김천으로 한다면, 고구려 쪽은 임진강 옆에 있는 칠중성(七重城)이 우리의 최전방인 셈인데……."

그러자 옆에 앉았던 조영호가 추천을 했다.

"폐하! 임말리 소장이 어떨까 하옵니다. 삼년산성에 도착한 그는 부여사걸 장군으로부터 지휘권을 인수하자마자 포로들을 정리하기 시작했는데 통솔력이 뛰어나 보였사옵니다. 무질서하게 움직이던 포로들에게 삽시간에 대열을 갖추게 해서 질서를 잡는 것을 보고 하도 놀라워서 장지원 장군이 조종석에서 내려와 빨리 가자고 독촉할 때까지 넋 놓고 바라봤을 정도이옵니다."

조영호의 얘기를 듣던 강철도 적극적으로 동의를 했다.

"폐하! 그렇다면 임말리 장군에게 한번 맡겨 보시옵소서. 소신이 보기에도 감문주 방위사령관으로는 괜찮을 듯하옵니다."

"음! 그럼, 감문주 방위사령관에는 임말리 소장을 보내고, 칠중성 성주로는 국원성 부성주로 있는 염장 대령을 보내기로 하십시다. 그런데 군사를 삼천씩이나 주둔시킬 필요까지 있겠소? 어차피 형식적인 국경 사령부이니, 기동력 있는 기마병으로 오백 정도면 족할 것 같소만!"

"알겠사옵니다. 육군 중에서 말을 잘 다루는 기마병으로 각각 오백 명씩 선발하여 보내도록 하겠사옵니다."

"그렇게 하시고, 아차! 이번 삼년산성 전쟁에서 사로잡은 적장이 김서현 말고, 또 누구누구인지 묻는다는 것을 내가 깜빡 잊었었소."

태황제의 물음에 조영호가 대답했다.

"총사를 맡았던 김서현과 부총사인 건품 외로 알천, 동소, 비리야, 필탄이라고 들었사옵니다."

대답을 들은 태황제는 눈을 뚱그렇게 뜨고는 새삼스럽게 놀란 표정을 지으며 입을 열었다.

"신라국이 이번 전쟁에 나라의 사활(死活)을 걸었던 모양이요. 장수들의 면면을 봐도 그런 것 같소. 역사적으로 보면 저들 중에 알천만 해도 국왕을 하라고 하는데도 사양하고 하지 않았던 사람이요."

강철도 고개를 끄덕였다.

"하하하! 소장도 육사에서 전쟁사를 배울 때 이름을 들어봤던 장수들이옵니다. 어차피 국왕이던 김백정 장군이 우리 쪽에 있으니, 그들도 모두 우리 장수들이 될 것이옵니다."

"허허허! 물론 그렇게 되어야겠지요."

이렇게 대화를 나누는 가운데 며칠 전까지 신라의 대 군단이 주둔하던 감문주에는 배달국의 국경 사령부를 설치하는 것으로 결정이 되었다. 뒤이어 조영호는 백기 장군이 삼년산성에서 용전분투했던 무용담을 그곳에 가서 들었던 대로 전했다. 특히 십인장에 불과한 계백의 활약이 단연 화제가 됐다.

태황제는 이번 전쟁에서 전사자를 위로하고, 특별한 활약을 보인 영웅들을 격려해 줄 방안을 찾아보라는 말로 대화를 마무리지었다.

—3권에 계속

영주(조양)
탁군(천경)
정양
임유관
태원
돈황
낙주
배
동래군(내주)
제군(제주)
북해군(청주)
항돈장성
개봉
낙양
대흥(장안)
당
항주

요동성

원산

장안성(평양)

비사성(대련)

남포

부소갑(개성)

달 국

익현현(속초)

칠중성(파주)

만노군(진천)

당성(화성)

국원성(충주)

웅진성(공주)

중천성(부여)

서라벌(경주)

기벌포(장항)

월나(영암)

이도성

대마도(두섬)

탐라

국지성